唱着情歌
走向彼岸花开

仓央嘉措的诗与情

他是独一无二的六世达赖
他是仓央嘉措

翎 ◎ 著

台海出版社

图书在版编目(CIP)数据

唱着情歌走向彼岸花开 / 一翎著.--北京:
台海出版社,2014.9

ISBN 978-7-5168-0495-7

Ⅰ.①唱… Ⅱ.①一… Ⅲ.①仓央嘉措(1683~
1706)-诗歌欣赏 Ⅳ.①I207.22

中国版本图书馆 CIP 数据核字(2014)第 224405号

唱着情歌走向彼岸花开

著　　者:一　翎

责任编辑:王　萍

装帧设计:吴小敏　　　　　　版式设计:通联图文

责任校对:唐思磊　　　　　　责任印制:蔡　旭

出版发行:台海出版社

地　址:北京市朝阳区劲松南路 1 号，邮政编码:100021

电　话:010-64041652(发行,邮购)

传　真:010-84045799(总编室)

网　址:www.taimeng.org.cn/thcbs/default.htm

E-mail:thcbs@126.com

经　销:全国各地新华书店

印　刷:北京高岭印刷有限公司

本书如有破损、缺页、装订错误,请与本社联系调换

开　本:640×960　　　　1/16

字　数:200 千字　　　　　　印　张:18

版　次:2015 年 1 月第 1 版　　印　次:2015 年 1 月第 1 次印刷

书　号:ISBN 978-7-5168-0495-7

定　价:39.80 元

唱着情歌走向彼岸花开

西藏的喇嘛很多,名字都难记,大多数人只记住有一个叫仓央嘉措。

他是一个传奇。他出身低微,家里穷得只有两只碗;他天性悲悯,甚至不忍弄痛一只受伤的蝴蝶;他敏感善良,每一株小草都住进过他的心房。突然有一天,一个神秘僧人的来访让他瞬间成了转世灵童。自此,他一脚跨进布达拉宫,成了雪域最大的王。

他慧根精深,对如烟的经书学得又快又精,令老师们叹服不已;他满腹经纶,拉萨三大寺院的经学高手与他辩论佛教教义都败下阵来,他也由此赢得了所有人的拥护和爱戴。

他精研佛学,又能彼岸花开,他写的情歌被广为传唱。他白天住在布达拉宫,夜里潜进酒馆风流快活。他感染力极强,酒馆也学起他披上黄色的衣服,整夜放纵。他的情歌动人心魄,"住在布达拉宫,我是雪域最大的王;流浪在拉萨街头,我是世间最美的情郎"。在他的情歌中沦陷的人有很多,酒馆的女招待在他的歌声里浑身酥软,掉进他的酒杯里,最后为保护他和仁增旺姆的爱情跳了楼。

仁增旺姆,那个他总在夜里踩着大雪去私会的情人。他摇动所有的经筒,不为超度,只为触摸她的温度;他身不由己夜夜偷溜,只因她的脸庞无时无刻不浮现在他的心上。

作为西藏最大的教王,他的责任比太阳还大,雪域的每一个角落都需要照耀。在严格的戒律面前,红颜最终远离,成为一抹够不着的风景,他只能一直在伤口中幽居。这辈子,还有来生,他放得下天放得下地,却不会放下她。

他想过简单平静的生活,命运却把他推向了纷乱复杂的政治舞台。他是政教领袖,大权却由第巴桑结嘉措掌握。他对政治不感兴趣,注定是失败的教王。他没有练成铁腕,无力驾驭西藏和蒙古之间错综交杂的政治矛盾。矛盾最终升级为战争,蒙古王拉藏汗胜了,桑结嘉措被杀,他被一道圣旨押往京师。

整个拉萨都在哭泣,藏人的眼泪淌湿了所有的街道。

仓央嘉措被废黜之后的命运扑朔迷离。史书记载他在押解赴京途中卒于青海湖畔;《六世达赖喇嘛传》中却说仓央嘉措没有死,一场突如其来的大雪救了他,从此以后,他看破红尘,隐姓埋名,潜心修佛。他行走阿拉善盟三十年,广传佛法,利益众生,成了一位普度众生的尊者。

真相到底如何已不再重要,因为历史只是曾经,生死终归尘埃。

读懂一个普通的人,只需要看上几眼,但要读懂仓央嘉措,一辈子如何够!

他是伟大的活佛,他是慈爱的尊者,他是一朵祥云,绽放在西藏的天空;他是优秀的诗人,他是最美的情郎。这世间,有谁的情歌可以一直唱响三百年,至今不衰?

无论是谁,都有憔悴。"别怪活佛仓央嘉措,风流浪荡,他所寻求的,和凡人没有两样。"人生有些凉,他唱着情歌去了最深的红尘。

目录

第一章

乡村俊美的少年

1.家里只有两只碗

彼时,五月的春风荡涤了寒冬的余威,遍拂四野,垅上花开。

繁花过眼,怡心养神,无论是富贵中人,还是贫贱之躯,于大自然面前,人人平等。只要有一双善于观察美的眼睛,有一颗敏于感知美的慧心,便能无穷尽地汲取春天的馈赠,拥有阳光般灿烂的情怀,享受花香鸟语的美意,开启混沌蒙昧的心智。

而后,有那样一个童子,以灵慧之心移情于物,以感念之情施恩于人,将大自然般的博爱与仁慈,在世人贫瘠的心田间撒播。

即使,那时他只是个小小的孩童,即使,那时家里穷得只有两只碗。

一只,可以用来盛放谢落的花瓣,一只,可以用来接满清冽的山泉。

辗碎花瓣做成的糌粑,余香绕息;煮沸山泉酿制的酥油茶,淳香可口。

若是遇到来自远方虔诚朝拜的圣客或者流浪者,童子稚嫩的小手便会慷慨地捧送上喷香的糌粑、金黄的酥油茶,这份雪中送炭的体恤,让每个获赠者沐浴在如佛般慈心善德的恩泽中。

这个虽然穷困却好心的童子,名字就叫仓央嘉措。

西藏,纳拉山下,宇松地区,乌坚林村,一户不起眼的农奴家。

父亲扎西敦赞,母亲才仁拉茂,他们信奉宁玛派佛教。

困窘的生活并不妨碍他们相亲相爱,他们每天为生活劳碌奔波,疼爱着他们的孩子阿旺嘉措,时常为祈福诵经念佛。

那个时候,少有人知道这样的人家会发生奇迹,更不会想到这个平凡的小男孩会成为后来受万众膜拜的活佛。

人人具有佛性,人人皆可成佛。

只是,伴着成长,受了真假善恶的洗礼、私心杂念的蛊惑,世俗的欲望渐渐泯灭了许多人的良知,佛性悄然成魔,一刻欢娱一世苦海,一时贪恋一生桎梏,少有人活得轻松洒脱。

可就是有这样一种人,不知是先天灵慧,还是后天愚钝,无论俗世如何名熏利诱、欲海横流,他总能执著地固守着那份真善美的佛性,真正是贫贱不移、富贵不淫、威武不屈。

阿旺嘉措平凡的身躯里,就住着这样珍贵的灵魂。

你是饥饿的行者,我分与你食物和饮品,你心怀感激,盛赞我的慈善,我一笑而过;你心怀怨憎,苛责我的微薄,我亦一笑而过——人心难测,众口难调,但求我心光明。

佛说:拥有一颗无私的爱心,便拥有了一切。

阿旺嘉措,他是凡尘最美的莲花,站在明媚的春色里,笑盈盈看向你我,岁月的蒙尘不曾将他掩色。他说:"若你是莲花,当你站在佛祖面前,你就是我的莲花。"

不必遗世,亦不必独立,清者自清,浊者自浊,哪怕身处万丈红尘,我心不动,此生无恙。

花儿静静地开开落落,苏醒的雪山日益蓬勃。

神山圣湖深邃清灵,在湛蓝的天空下荡起微波;原始森林古老神秘,在疾走的晨风中旋起绿涛;草原旷野一望无际,在温柔的春雨里掀起碧潮——这是一个澄净明澈的世界,连空气都透着崇伟的祥和。

每天,都有朝圣者虔诚地诵念六字真言,双手合十,高举头顶,而后移步膜拜,让身体与大地平行,匍匐全身以额叩地,从日出到日落,不休不止。

他们的唇早已干渴,赤裸的足早已皲裂,孱弱的身躯疲惫不堪,每一次的匍匐,都是一次死里逃生。能爬起,就继续向前;爬不起,生命便就此悄然陨落。

没有人知道他们的名字,亦没有人为死者停泊,他们前赴后继,尾首相接,化成一条绵延不绝的河,春夏秋冬,古往今来,缓慢地流动成世间最悲壮、最雄浑的风景。

他们朝向心中的圣殿,以生命的灵光为筹码,以最坚定的信念、最虔诚的姿态,去求神佛赐福免祸。他们如入无人之境,舍生忘死,一心向佛。

佛在何处? 为何求佛?

幼小的阿旺嘉措心中已有悲悯,他不明白,这些圣客不辞劳苦长途跋涉,到底是为了什么?

若有佛在,佛法无边,这些人何苦这般蹉跎? 连性命都可以枉顾,还有什么烦恼无法解脱?

"佛在西天,住在拉萨雄伟壮丽、金碧辉煌的布达拉宫里!"人们掷地有声地告诉他,丝毫不容质疑。

布达拉宫,耸入云端的神殿,像山峰一样巍峨,那是西藏达赖喇嘛的居所,是人间与天堂的交界,如果能在那里得到活佛的点化,就可以获得永生,解脱六道轮回之苦,引渡芸芸众生……

信徒们似乎忘了,布达拉宫兴建的初衷,始于爱情。

那是公元7世纪时,西藏吐蕃王松赞干布为迎娶大唐文成公主,荟萃群英,招集无数能工巧匠,大动土木,依山而建。

难道说,求爱与求佛,冥冥之中,两者本就息息相通?

"取次花间懒回首,半缘修道半缘君。"

人生一世，草木一春，谋生亦谋爱，求爱亦求佛，求爱不成遂求佛。
心中有爱，方可成佛。

羊群像飘浮在绿草地上的云朵，忽而这边，忽而那边；云朵像游荡在蓝天上的羊群，忽而分散，忽而聚合。

阿旺嘉措仰躺在大地的怀抱里，牧羊、看云、冥想，而那边，朝拜的河流一如既往，缓缓流向远方……

人们不知道，这些朝圣者千辛万苦要去的地方，仓央早已去过。

布达拉宫，那里有色彩绚丽的壁画，还有数不清的塑雕佛像，图案华美的藏毯两边，有锃黄闪亮的经幡，精美的陶瓷玉器随处可见，名贵的金银珠宝点缀其间，厚重的经书陈列榻上，还有许多他看不懂的历史文献，连千年前栽种的唐柳，似乎都已通灵。那里所有的一切都令人震撼，似是连最夸张的梦境都无法比拟它的威严雄伟和富丽堂皇。

而他，曾被众僧簇拥，如小小的王，大模大样地巡查自己的殿堂，只因偶然中的偶然，他被秘密寻访灵童的密使认定为五世达赖罗桑嘉措的转世灵童，也因此，他更名为仓央嘉措。

那时，他不过三岁。

三岁的幼童，并不知道这从天而降的尊荣意味着什么，也不知道有朝一日，他将是那圣殿的主人——未来第六世达赖喇嘛。

当时，游览宫殿的时候，他只觉得新奇有趣。随后，年深日久，华丽的宫殿早模糊在记忆里，只偶尔会在他仰望天宇的时候若隐若现。

那是一个不能言说的秘密。

时光在双亲的忐忑不安里静静流淌，整个村庄淳朴的门巴族人做梦都想不到，未来的活佛是他们看着一点点长大的孩子。

仓央嘉措的父母为保守这个秘密终日惶惑，他们无法预料，那一份荣耀将给他们至爱的孩子招来灾祸还是幸运，他们害怕某一天，厄运会突然降临，一家人的性命在劫难逃。可是，他们无法拒绝，亦根本没有选择的权利，他们能做的只是小心谨慎地守口如瓶，并遵照使者的要求，让其定期秘密把仓央嘉措送往巴桑寺学经。

　　未谙世事的孩童却肩负着宏扬佛法、普度众生的神圣使命。可是，那些经文博大精深，纵然他天性聪慧、机敏过人，仍然觉得艰涩难懂。好在有那么多得道高僧，解疑释惑不厌其烦，幼小的仓央由浅入深，过早地了解了善恶有报、因果循环。

　　偶尔，在仓央嘉措端居庙堂伏案诵经的时候，从寺院外有缠绵的情歌传来，那婉转的旋律、直白的唱词，不必经意，就会牢牢烙印在心上。

　　于是，诵经、听歌，思绪在出世与入世间徘徊，一边是六根清净，一边是万丈红尘；一边是枯燥乏味，一边是趣味盎然，本为顽童稚子的他却只能静坐如钟，在诵经的间隙，让那优美的情歌在心间流连。

　　他还小，小到不知道自己的命运已经被界定，注定与红尘缘浅。

　　不学经的时候，他仍然回到村庄，日复一日地过着贫困的生活，牧羊、放牛、看天上的云朵，困窘的生活并没有因为意外的荣宠戛然而止。

　　不知从何时开始，贪玩好动的仓央嘉措变得越加沉默，他开始喜欢静寂的独处，在独处中梳理纷乱的思维。与别的孩子不同，小小的他已经学会了深思。

　　众生皆苦，何以为度？

　　离群索居的仓央嘉措懂得惜缘与施善，当别的孩子漫山遍野疯跑着追逐、嬉戏的时候，他正为唇干舌燥、饥肠辘辘的香客端茶送水，祈愿他们此番朝圣终得善果。

　　人生在世，当修己德，真、善、美、戒、定、慧，不以善小而不为，不以恶小而为之。即使身处逆境、磨难重重，即使家里穷得只有两只碗，也可以一碗盛放慈悲，一碗装满善德。

　　福至心灵，但向己求。

2.和泥水一起快乐

追溯光阴,清康熙二十一年,春。

火红的朝阳从东方升起,照耀着僻静的山村,也照耀着繁华热闹的拉萨古城;唤醒了酣睡的顽童,也唤醒了羁旅的山僧香客。

乡村里的炊烟轻盈袅娜,弥漫着人间烟火的气息,在瓦蓝的天空下升腾、消散;布达拉宫里供佛的香火,祈求着仙迹佛旨的福泽,在肃穆的殿堂里萦绕、盘旋。

孩子们欢快地冲向辽阔无边的绿野,与蓬勃生长的野草为伍,在山风中追逐快乐;村民们佝偻耕作的身影如音符般,在田地的琴弦上起起落落;僧侣们紧闭双目虔诚地跪拜,在黑暗中追求光明;政客们伪善地争斗,为名利酝酿杀戮……

在这包罗万象的人间,命运是所有人看不见的缰锁。

圣湖静美,草原详和,布达拉宫的上空,洁白的云朵轻歌漫步。

可是,在这富丽堂皇的宫殿深处,一间宽敞却光线幽暗的卧室里,被人们颂为"伟大的五世"达赖阿旺·罗桑嘉措正卧病在床,忽而明晰、忽而混乱地追忆似水流年。

那曾经的盛世繁华,仿佛就在昨天,而如今,他的生命却如疾风中飘摇的烛火,随时都会熄灭。

那年他15岁,被数名高级僧侣、贵族和蒙古头人恭敬地迎进哲蚌寺,被尊奉为达赖五世;18岁,他接受了班禅赐授的沙弥戒;又七年,25岁,男人生命最劲旺的年龄,他肩负起神圣使命,正式成为西藏政教教王,斩断所有红尘情缘。

时光荏苒,似乎不过弹指一挥间,四十年的光阴一路呼啸而去,快得让他觉得不可思议。他还有许多宏伟的愿望没有实现,对人世还有那般深沉的眷恋,虽然已经有许多丰功伟绩,但他仍旧觉得人生还有很多遗憾。

他曾下令扩建布达拉宫，使这藏教圣地更加宏大威严；他曾统一其他教派共信黄教，让所有的教徒拥有共同的信仰；他曾觐见过顺治皇帝，将藏传佛教在大清推广弘扬；他曾制定藏族独特的民族服装，把藏民的着装变得美丽光鲜……

他记不清自己曾主持过多少座寺院的开光仪式，也记不清当初整顿僧俗纪律时巡视过多少地方。这一生，他一直在为各种各样的事情奔忙劳碌。在他的统领下，全藏有1800座寺院，10万名僧侣，他拥有大清皇帝赐封的金册金印，如星辰般高高在上，接受万众的敬仰。

可是，再多的辉煌也会成为过往，他终究不能如星辰般永远闪耀。

生命垂危，即将如一滴水落入大海，即将如一粒尘埃融入土地，再多的功绩都无法让死神放慢脚步，再多的留恋也不能让生命无限延长。他从昏沉迷离中醒来，睁开苍老的双眼，虚弱的声音断断续续，"寻找……转世灵童……遵照佛的暗示……和皇帝的旨意……"

死亡面前，众生平等，即使曾经身为高贵的教王，临终却没有力气把话说完。

罗桑嘉措颓唐地闭上双眼，带走了没有说完的遗愿，殿堂里回荡着悲哭声，而伟大的五世达赖却再也听不见了。

一直默默跪在床前的第巴桑结嘉措，眼里闪着泪光，他慢慢站起，走出殿堂向东方瞭望，大权在握的喜悦与对皇权威严的敬畏让他心神难宁。许久，他阴郁着目光沉声对身边的亲信江阳扎巴施令："封锁五世达赖圆寂的消息，不报秘丧！并且，你做好准备，去秘密寻找达赖转世灵童！"

"是！"江阳扎巴恭敬地领命而去……

时间隐藏着许多不为人知的秘密，慢条斯理地前行，却每每让人在蓦然回首中，惊觉它疾如闪电，仿佛曾经的分分秒秒、年年月月都不过是假像。时间会弹跳，从那年那月闪射到今时今日，似是只在眨眼之间。

转眼，五世达赖圆寂已有五年。

江阳扎巴遍游千山万水,仍然没有找到五世达赖的转世灵童。

长途跋涉让江阳扎巴身心疲惫,他肩负着沉重的使命,脚步蹒跚地从纳拉山下走过,循着冥冥中的指引,进入宇松地区。

江阳扎巴的口袋里,五世达赖曾喜欢的铜铃在清脆作响,他的手里是代表圣尊的佛杖。他在崎岖的山路上停下来,旁边有平旷的原野,青绿松软的野草像绵软的地毯,优美地起伏着,一直铺展到前面的村庄。

他是多么希望在那个村庄里,自己可以如愿以偿,从此结束艰辛的明查暗访。可是,这个希望是那么渺茫。这五年来,他失望了太多次,连他自己都不相信,在这偏僻的地方可以得偿所愿。

达赖喇嘛的转世灵童,应该有俊美的容貌和聪慧的头脑,他可能是刚出世的婴儿,也可能是未满六岁的孩童,在他未谙事世之前,他的心灵未被沾染,灵魂纯洁高尚。他应该还保留着前世的记忆,延续前世达赖的灵通,能认出这铜铃和佛杖,能用童稚的话语说出前世达赖的福音。

江阳扎巴坚信,如果达赖五世的转世灵童站在他面前,他一定能一眼认出,绝对不会看走眼。

只是,失望的次数多了,他不由得开始怀疑,这世间,达赖五世的转世灵童到底有没有出生。如果他找不到,就不能回布达拉宫复命,可如果一直找不到呢?他会不会最终倒在这寻找的途中?

江阳扎巴深深地叹息,灌了铅似的双腿早已酸麻肿胀,他又往前走了一段,不得不停下脚步坐在路边稍作休息。

旁边的草原上,有许多孩子在追逐嬉闹,欢快的笑声惊扰了林间栖息的飞鸟,它们尖声鸣叫着,飞往浓密的树荫里躲藏。

江阳扎巴眯起双眼,一边喝水,一边心事重重地抚摸着古老神秘的佛杖。

本来,风儿轻悄悄的,青草软绵绵的,春日的阳光明媚温暖。可是,命运之神藏在圣水湖畔,掬起湖水,洒向天宇,晴朗的天空即刻风云突变,不久,细碎的雨丝扯开幕帘,从东到西绵延不断。

雨滴在圣水湖的水面旋起数不清的漪涟，又在青草叶上跳舞，溅湿了孩子们单薄的衣裳。

孩子们哄笑着散去，跑向那边的村庄，各自回家避雨。先前热闹的草地寂寞地淋着雨，茂盛的野草被冲洗得闪闪发亮。

江阳扎巴叹了口气，刚要起身，一闪眼，却有意外地发现——

还有一个孩子，藏在草丛里面！

孩子穿着绿色的藏衣，小小的身体被密长的野草掩蔽，他正趴在一堆泥土里，把黝黑的泥土垒成岸堤，把雨水汇聚成溪。

他玩得是那么入迷，不停地用小手拍打着稀泥，把这边挖深，又把那边填起，让沟渠里的雨水流进他开凿的土坑里。可他似乎一直不满意，皱着眉头想来想去，最终选择地势由高到低重新疏渠。他瞪圆灵动聪慧的眼睛忙忙碌碌，脸上被泥水弄得脏兮兮，却乐此不疲。

"你在做什么，可爱的孩子？"

大人的世界少有童趣，江阳扎巴用那只佛杖指着那条雨水汇成的小溪，想知道这孩子的秘密，因为他看起来不像是在单纯地做游戏。

"我在和泥水一起快乐！"小家伙仰起小脸笑嘻嘻道，"我要让小草长得更苗壮，如果雨停了，天干了，这些小水塘还可以继续浇灌小草。"

江阳扎巴听完一愣，失神间，他手里的佛杖应声落地，正落在小男孩的面前，而当他弯腰低头，想把佛杖拿起，口袋里的铜铃似乎着急了，滚出来正好落进小男孩的手心里。

"哇！"

小男孩先是帮他扶起佛杖，然后满脸惊喜地看着那只铃铛。他握着铃铛连连晃动，清脆悦耳的铃声不断地扬起。

江阳扎巴呆怔在雨里，他看着眼前的小男孩，流下了激动的泪滴——他千辛万苦寻找的五世达赖转世灵童，远在天边，近在眼前。

这样迷蒙的细雨，不紧不慢，刚好在那一刻下起；那么多孩子，不多不少，刚好留下他自己；佛杖从来不曾落地，不早不晚，刚好这时落在泥土里；铃铛不声不响，不偏不倚，刚好掉进这孩子的手心里。

佛说：一切皆有定数，凡事皆有因果。

看似偶遇,原来,尽是天命。

世事难料,天命难违。

天真无邪的仓央嘉措,彼时正欢快地摇动铃铛,聆听它美如天籁的清响,时年三岁的他不会知道,命运跟他开了一个怎样亦庄亦谐的玩笑——他遇见了圣使,摸过神圣的佛杖,摇响了圣佛的铃铛,从此与佛结下了不解之缘。

江阳扎巴站在旁边,看着仓央的目光意味深长。

也许,从看到这孩子在雨中和泥水一起快乐的时候,他就该领悟冥冥中自有天命。

只有高高在上的王者,才会那般痴爱江山土地。眼前这幼小的孩童,他为野草居安思危,懂得卑微的生命需要怜惜,因此,他筑泥为堤,顺渠引水,挖塘聚溪,一如王者心怀慈悲善地用所属造福生灵。

因此,江阳扎巴坚信,这孩子有与生俱来的灵通。

土为万物之母。

泥土看似微不足道,却可以聚少成多、推陈出新。成丘、成山、成岳,以至绵延万里疆土,承载天下苍生;化腐、孕育、萌生、成就万物,又主宰万物由盛而衰、由生至死。

叶落归根,人死灯灭,终要入土为安,重返轮回。

世间万物皆归尘土。因世间万物的生命,都是广漠时空中一次短暂而珍贵的偶然,方生方死,方死方生,唯有泥土,亘古长存,与天不朽,与地无疆。

水为万化之源。

上善若水,水利万物而不争。至真至仁,至善至柔,滋养万物而不居功自傲,乐善好施而不计较回报。

与世不争,便无人能与之争。能方能圆,能屈能伸,清洗污浊却能避高趋下,深不可测却能虚怀若谷。

不怒自威,便无人敢与之争。可静可动,可微可巨,静微蓄势得以容海纳川,巨动生怒足以吞天沃日。

一个人若能领悟并融通泥土和水所有的仁德、慈悲与智慧,他便能轻易凌驾于芸芸众生之上,不以物喜,不为己悲,宠辱不惊,超凡脱俗,成为真正的活佛。

而眼前的孩童,他长大后即将肩负的神圣使命——弘扬佛学,普度众生——不正如泥土哺育万物、水源福泽万民一样,慈悲为怀,与世无争么?

江阳扎巴收回思绪,转头看向前方,雨雾蒙蒙,古老而宁静的村庄显得破败而颓唐,但这名为乌坚林、名不见经传的村庄,将会因为这个原名阿旺嘉措的孩子而亘古流芳。

铃铛还在孩子的手里叮当作响,那边朝拜的香客依旧不疾不缓,曾经倒下去的身躯早已被风干,活着的,依旧满怀希望。他们都不知道,五世达赖喇嘛早已秘葬,而新的活佛就在他们身边不远处。

那一年,那一天,那个更名为仓央嘉措的孩子,与泥水一起快乐。

自此一念,便成佛。

3.羽化成蝶的梦想

时光是这世间最冷静从容的旁观者,从不会因为谁的悲喜而迟疑,尘世间再多的惊天动地,于它而言,都是浮云过眼,转瞬之间,就会成为过去。

那个细雨蒙蒙的春日,那位偶然邂逅的僧侣,还有那根雕工精致的佛杖、晶光闪亮的铃铛,于仓央嘉措而言,不过是记忆里的小插曲。

童心无染,不会刻意铭记,何况每天都有那么多的新奇,常常一觉醒来,昨天便是空白,所有的心思只用来寻找今天的精彩。

春意更浓,花事更盛,圣湖里的水与高山上的树一起荡漾,草原上的风与天上的云一起舞动,回清倒影,妙趣纵横,那件小事很轻易地便被仓央嘉措淡化、遗忘、陈封。

这天清晨，一只蝴蝶敲开了他的窗棂。

彩色的蝴蝶翩然飞临，它扇动着花纹绚烂的翅膀，在他惊异的目光中，不慌不忙地转身，流连在他窗前的花丛。

它有纤长的细腿、灵动的触角、小巧的腰身，像花朵一般盛开在半空。

小小的生灵，轻易地蛊惑了孩童的心，他急急忙忙冲出门，目不转睛地盯着它，屏住呼吸，小心翼翼地靠近，不假思索地抬拢双掌，想捕获它的倩影。

也许是心跳太急，也许是举酸了手臂，他的指尖几乎碰到它的触须，却还是让它轻巧地逃离。

它似乎故意与他嬉戏，起起落落，远远近近，围着他若即若离，一直把他引进绿草地。

他停止了追逐，气喘吁吁，看着它远去的芳踪，不由有些垂头丧气。可是，回眸间，他却蓦然发现，一夜之间，草地变成了花园！

数不清的彩蝶舞姿翩跹，五颜六色的野花争奇斗艳，草原变成了花的海洋，一直蔓延到天边！

花海似锦，生命如荼，轰轰烈烈，所向披靡。

这惊心动魄的美，深深震撼了这颗稚嫩的童心，他久久地痴望，忘记了自己身在何方。

这天清晨，他接受了一只蝴蝶的邀请，花与蝶的盛会似为他一个人举行。

他不知道，同样的天空下，不同的剧目正在上演……

彼时，一场倾盆大雨正肆虐着拉萨古城。

天昏地暗，电闪雷鸣，空旷的街道上，没有一个人影，大昭寺、哲蚌寺、色拉寺、甘丹寺……全都沉默在狂风暴雨之中，寺院中的佛像们一片安宁，每座佛寺里都冷清肃静。

布达拉宫深处，神色冷峻的桑结嘉措紧皱眉峰，为能继续大权独揽费尽心神。

康熙十八年,桑结嘉措二十六岁,五世达赖委他以重任,在五世达赖圆寂的前三年,他独揽政教大权。

五世达赖圆寂后,他秘不发丧,对外发布声明:第五世达赖喇嘛静居高阁,闭关修行,一切人等皆不接见,所有事务均由他桑结嘉措处理。

大权独揽给了他无上的荣光与威严,可同时,他的心中也时刻充满了惶恐。是谎言,就总有被拆穿的一天,彼时,神圣不可侵犯的康熙皇帝会因为他欺君罔上而震怒,发现被欺蒙的藏民会群起而攻,早就觊觎西藏的蒙古汗王会带着骁勇善战的军队横扫布达拉宫,将他斩首示众……

这可怕的预见折磨着桑结嘉措,所以,他急需找到一个人,在康熙皇帝和藏蒙人民知道真相的时候,替他顶罪,这个人,就是五世达赖的转世灵童。

五世达赖的转世灵童,他长得会是什么模样?未来的某一天,他会被众人拥护着当上尊贵的教王,可他注定会成为一只替罪的羔羊。

有了这只羔羊,他桑结嘉措便可安然无恙,再有什么祸患,都与他无关。

可是,他派出去暗中寻访转世灵童的江阳扎巴一直没有音讯,他在漫长的等待里心急如焚,他怕江阳扎巴会将他出卖背叛,又担心找不到听话的转世灵童,他寝食难安、心神不定,坐在教王的宝座上望眼欲穿……

外面,骤雨渐停,达赖的佛堂又传来细密的铃鼓声。

躲雨的信徒们从四面八方涌来,重新点燃供奉的焚香。他们无比虔诚地跪拜在烟雾缭绕的佛像前,祈求伟大的五世达赖保佑他们平安吉祥。

这些人真让人心烦,卑微得像蝼蚁一样,愚蠢而又肮脏,他们不知道,五世达赖早已圆寂归天,他们的祈祷是多么痴傻荒唐。

桑结嘉措异样焦灼不安,看什么都不顺眼,当他第六次站起来从窗口远望的时候,江阳扎巴的身影终于出现在了布达拉宫前。

"尊贵的第巴阁下,我找到了六世达赖,他眼明心亮,有与生俱来的佛相……"

江阳扎巴跪拜在他的面前,神色里掩饰不住对那孩子的赞赏。桑结嘉措却越听越不耐烦,打断江阳扎巴的话,冷声说道:"找到了就好。记着,要让他的父母严守秘密,不要让村子里的任何人知道这件事。也不要给他们钱,让他们和往常一样,否则,过惯了贫穷生活的人突然富有会引发很多猜想,那个叫阿旺嘉措的孩子也会变得嚣张。你知道的,我们需要的不是一只张狂的蝴蝶,而是一只能安静地潜藏在茧里冬眠的虫蛹……"

江阳扎巴愕然,却不敢有丝毫质疑。俯首听命,唯令是从,早已成了他的习惯,无论桑结嘉措做出怎样的决断,在他看来都是理所应当,他一直以为睿智的第巴为藏民着想,顾全大局,思谋周全。

桑结嘉措说完,看着恭敬从命的江阳扎巴,卸下了压在心头的重担。他和颜悦色地拍了拍江阳扎巴的肩膀,对他的忠诚给予赞赏,可他心里,却另有盘算……

在山的另一边,繁花如锦的草地却成了血流成河的战场。

西藏地方政权讨伐西部拉达克部落,达赖汗的弟弟甘丹才旺统率着拉萨的军队一次次摇旗呐喊,噬血的兵器冷光四溅,对战双方剑拔弩张。

双方势均力敌,旗鼓相当,几场厮杀过后,双方各有死伤,横七竖八的尸体散乱在草地上,可是胜负还不明朗,活着的人得要个结果——不是你死,就是我亡。

草地早已经被践踏得狼藉不堪,遍野的芬芳也已经被血腥掩藏,厮杀的号角即将再次吹响,将士们彼此虎视眈眈。

杀声震天,最后的激战混乱,暴虐,疯狂,每个人的眼眸里都藏着冷酷的锋芒,紧握武器的手臂机械而凶猛,嘶声的叫喊泄露了内心无尽的恐慌,人们在恐慌中变得更加残暴嚣张,他们野兽般地咆哮着,任血肉之躯在利刃下解散……

当拉达克军队最后一个兵士被刺穿，甘丹才旺与部下胜利凯旋，迎接他们的是美酒佳酿，还有美丽的姑娘，他们载歌载舞一起欢畅，丝毫不为死在战场上的将士感到悲伤。

败者为寇，胜者为王；死者为殇，活者为皇。

散布在西北广大地区和驻扎在西藏的蒙古部落之间，首领们为各霸一方连年征战。每个首领都把士兵们的生命当作争名夺利的拐杖，毫不怜惜地用他们的血肉之躯抵挡敌人的刀枪，断臂残肢、枯骨遍野，淋漓的鲜血染红了夕阳。

战胜的一方，将士举杯相邀，面向东方沐浴五世达赖的佛光，感谢活佛有灵，保佑他们吉泰安康；战败的一方，将士们虔诚跪拜，面向东方祈求五世达赖的恩赏，期盼活佛有灵，能赐予他们神奇的力量——他们都信奉五世达赖教王，以为他和从前一样神圣威严。

可他们不知道，五世达赖已圆寂五年，第巴桑结嘉措用谎言掩盖了真相。

他们自以为尊贵的生命，终日为虚空的荣耀而奔忙，他们看不见自己的愚蠢，因为他们早已被名缰利锁套牢，被蒙昧了心智，熏瞎了双眼。

他们都自以为正义，征战的理由总是冠冕堂皇，即使杀人一万自损八千，也在所不惜。他们的欲望永远无法满足，直到他们自己也倒在战场。

当他们遍体鳞伤，再也没有力气称霸称王，仰望明净广阔的天空，突然感觉人生如大梦一场。匆匆忙忙地走过，所有的争抢不过是虚妄的痴狂，喧嚣的欲望如乌云飘散，澄静的心绝望地发现，悔过为时已晚。

冰冷的泪水滑落脸庞，对人生仍然充满无穷的眷恋。那时，许多人看到，被践踏得凌乱不堪的草原上，绚丽的野花像美丽的锦缎，翩翩起舞的蝴蝶扇动着轻盈的翅膀。

原来，他们的一生，都在做一个羽化成蝶的痴梦，可惜，不是所有的毛毛虫都能熬过漫长而肃杀的寒冬，破茧而出获得新生！

祈愿，这样的彻悟能延续给来生，远离俗尘，不慕虚荣，寻一片没有压迫、没有剥削、没有战争的世外桃源，男耕女织，恬淡从容……

数不清的蝴蝶凌乱地飞舞，连它们也厌倦了人类族群之间血腥的杀戮，它们成群结队地飞向山的那边。

在清澈的圣湖旁边，有一片宁静的草原，那里的野花开得异样灿烂，蝴蝶们姿态万千。

在花海蝶潮之间，有个天真无邪的孩童，他的眼神是那样纯净、善良，在他身边，是他慈爱的母亲。

他就是未来的教王，此时此刻，他还读不懂母亲眼里的忧伤，喜悦填满了他的心房。

他坐在花丛中，痴痴看着美如梦幻的草原，衣襟上落满了细碎的花瓣，让他的呼吸变得无比芬芳。

鲜花是蝴蝶变的吗？随风也可以轻盈起舞；蝴蝶是开在空中的鲜花吗？扇动的翅膀多像花开瓣颤！

这些蝴蝶真的是鲜花变的吗？或者，它们与生俱来就是会飞的花？

"不，我的孩子，蝴蝶是丑陋的毛毛虫变的。"很意外，母亲叹着气，这样告诉他。

"丑陋的毛毛虫藏在蛹里过冬，在黑暗里蜕变，等到天气温暖，它们破茧而出，才能变成美丽的蝴蝶。"

母亲疼爱地看着他，又深深地叹了口气。

能在不如意的时候脱胎换骨、破茧而出，拥有自由飞翔的翅膀，摆脱困境和厄运，这该是多么幸运的造化！

可是，谁知道当蝴蝶展开翅膀，会不会遭遇被捕捉的命运，在未知而可怕的狂风骤雨里沉默消亡？

"哇！"仓央嘉措发出一声惊叹，"毛毛虫茧变成蝴蝶，就可以飞得高、飞得远，像花开在空中一样。"

童稚的声音宛如天籁，闪亮的眼睛像静夜里的星辰，可爱的脸上满是向往之情。他起身张开臂膀，在花丛中欢快地旋转、奔跑、跳动，"阿妈，我也变成蝴蝶啦！"

也许，这世间，所有人都拥有一个羽化成蝶的梦想，希望能远离困窘与平凡。

可是,孩子,未来的某一天,当你真的坐在高高的庙堂之上,接受万民的供奉与膜拜,那时,你是否还会像现在一样,像蝴蝶一样在阳光下尽情舞动,让欢乐的笑声随风飘送?

远处,朝拜的香客缓缓向前挪动,六字真言被他们反复吟诵,他们的身影单薄而凝重,以匍匐的姿态叩问生命……

许多年后,有没有从这里路过的香客,在布达拉宫里认出年轻俊朗的六世达赖,就是此刻追随蝴蝶奔跑的孩童?

那时,你问他:世间为何有那么多遗憾?

他说:这是一个娑婆世界,娑婆即遗憾,没有遗憾,给你再多幸福,也无法体会到快乐。

那时,他已经实现了羽化成蝶的梦,却不知,于他而言,这是遗憾,还是成全……

4.父亲最后的叮咛

岁月不居,春秋代序。

当山涧里曾经繁盛美丽的花枝落尽残红,翠绿的叶子密密匝匝地从枝节里生出,青涩的果实悄无声息地隐藏在花托里,欢快的鸟儿在浓荫里此起彼伏地歌唱,短暂的夏季便声情并茂地来临。

瓦蓝的天空上,金雕是无可厚非的王者,它们展开双翅像疾风一样掠过,雄壮的气魄令风云变色。

金雕在高空俯望,一边是纳拉山下,宇松地区,乌坚林村,恬淡的门巴族人正在牧牛放羊;一边是布达拉山,佛教圣地,布达拉宫旁,繁忙的工匠正在扩建殿宇……它们不明白,为什么人间烟火里,有迥然不同的生活。

那是因为，光明与黑暗，真实与谎言，善良与邪恶，仁慈与暴虐……矛盾共生共存，阴阳相磨相荡，圣贤不一，道德不明。天下苍生，虽各居其位，各得其所，却少有人能完全按照自己的心意主宰因果。

雪白的羊群像飘浮在绿草地上的云朵，忽而这边，忽而那边；雪白的云朵像游荡在蓝天上的羊群，忽而分散，忽而聚合。

当悠闲的牧羊人对着青山碧野纵情放歌时，疲惫的工匠们正和着淋漓的血汗增砖添瓦。

在那巍峨的宫殿深处，桑结嘉措处心积虑，努力掩盖谎言：他一边对外宣称五世达赖正闭关静坐，修炼密法，继续以五世达赖的名义掌控政权，一边严密封锁寻找转世灵童的举措；甚至，他让貌似五世达赖的江阳扎巴装扮成达赖，偶然坐在宝座上，接受各地高僧和蒙古贵族的朝拜。

太阳每天照常升起，桑烟每天照常燃起，嘹亮的法号被吹响，隆重的佛教仪式定期开始，红宫已经落成，白宫正加紧建设，拉萨当局和拉达克部落之间的战争依旧此消彼长，蒙古各部汗王只是维持着表面的平和。

一切看起来都是那么天衣无缝，没有人怀疑什么。但一旦真相大白，这份平静就会被打破，权贵们会为争权夺利发动战争，掀起血雨腥风。

凡尘俗世，常常这样莫名其妙——人们宁可活在谎言里，也不能心平气和地面对真相。

仓央嘉措，注定是这弥天大谎的终结者。

彼时，他六岁了，已经被秘密培训了许多次。因要读经诵佛，他比别的孩子认识更多的字，懂得更多的道理，灵慧早开，聪敏过人。小小的年龄，仓央嘉措已经会作诗、谱曲，随口就能唱出悦耳的山歌。

看着乖巧可爱的孩子，父亲扎西敦赞和母亲才仁拉茂无比欣慰，又无比忐忑。他们听从拉萨朝拜回来的香客说，伟大的五世达赖如何威严地端坐圣殿，传授充满智慧的佛法。既然五世达赖健在，为什么几年前就有特使来到家里，告诉他们，他们的儿子就是五世达赖的转世灵童呢？

只有圆寂的活佛才能转移灵魂，转世化身为新的肉身，何曾听说过，活着的活佛就可以转世为人？可是，纵有满腹疑惑，卑微如沙尘的他们也不敢询问。

日复一日，年复一年，困窘的生活还在继续，玄虚的尊荣依然飘遥，他们背负着这样沉重的秘密，可怕的隐患恐吓着他们，终于，阿爸扎西敦赞在心力交瘁之下生病了。

开始，阿爸虚软无力，终日神智迷离，沧桑的脸上，五官痛苦地纠结着。没几天，他开始剧烈地咳嗽、呕吐，随着病情加重，竟然开始屡屡吐血。

即使这样，阿爸仍然努力支撑着病弱的身体，起早贪黑地劳作，想在临死前给妻儿做好一切。可是，病魔并没有因此而放过善良的他，即使已经吃过从寺院里讨来的香灰，喝过供奉在佛前的圣水，他的病情仍然没有好转的迹象，反而更加严重。而家里那么贫困，村子和附近的地方也找不到医术高明的人，阿爸终于病倒在床上。

看着奄奄一息的阿爸，阿妈常常忍着泪，握着他干枯的、布满老茧的手，和他一起回忆年轻时那些短暂而幸福的时光。每当这时候，阿爸的痛苦似乎就会减轻许多，甚至有迷蒙的微笑浮上他的唇角。

仓央嘉措守护在阿爸阿妈的身旁，心里一阵阵发慌。他从来没想过强壮如牛的阿爸会这样一病不起，当看到阿妈背转身去泪流如雨时，隐隐的不安像乌云般在心头聚集。他手脚勤快地帮阿爸炖药、喂汤、翻身、换衣，尽自己所能地去做家里的杂务，想看到阿爸慢慢好起来。可是，他的阿爸却病得一天比一天厉害，最后，连说话的力气都没有了。

这天，一阵激烈的咳嗽后，阿爸瘦弱的身体猛地一颤，身子往前一倾，吐出一大口鲜血。守在一旁的阿妈大惊失色，抱着丈夫手足无措。阿爸用最后的力气握紧了仓央嘉措的手，眼中满是怜惜和不舍，他愧疚地对懂事的儿子说："阿爸……要走了……你要好好照顾阿妈，好好学习……"他还有许多话想对儿子说,但时间已经不够了,他慈爱的目光长久地停留在仓央嘉措的脸上,又看了妻子最后一眼,终于垂落下了手臂,倒了下去。

阿妈才仁拉茂痛苦地呻吟了一声,晕倒在阿爸的身边。他们还是像往常一样依偎着,如同正安静地熟睡着,但事实却是阴阳两隔,他们再也无法相亲相爱,这个家,已经残缺不全。

仓央嘉措愣怔地看着这一切,突然之间,他感受到了死亡无可比拟的残忍与可怕。阿爸的离世和那些倒在朝拜路上陌生的香客是不同的,带给他的是钻心噬骨的恐惧和难过。他试图把阿妈拉起来叫醒,可是,阿妈这些日子太劳累、太伤心了,闭着眼睛许久都没有反应。

阿爸刚刚病死了,阿妈也不理他了吗?仓央嘉措吓坏了,忍不住号啕大哭。生命的脆弱、世事的无常带来了无尽的恐慌,让他觉得绝望。

阿妈在仓央嘉措声嘶力竭的哭声中转醒,把他揽进怀里,忍着巨大的悲伤安抚他。

以后,他要牢记父亲的叮咛,好好照顾阿妈,用心读书。仓央嘉措暗暗发誓……

这个世界上,突然少了一个人。

就像一片干黄的叶子,在某个偶然与必然相碰撞的时刻,悄然从昔日繁华的枝头谢落。

它的凋落,对于其他的树叶来说无关痛痒,它们依然会迎着灿烂的阳光,在枝头上随风起舞,荡漾着青翠欲滴的绿意,张扬生命的蓬勃,即便当时会有一点点同情,也会很快淡漠,再后来,它们会完全忘记,曾有那样一片叶子,也曾像它们一样健壮、美好地存在过。

父亲扎西敦赞只是人群中一个无足轻重的过客,同村的人,开始还有几个同情这对孤儿寡母,也上门安慰探望过,但没几天,大家各自忙碌,很快就习惯了父亲的离去。

但于仓央嘉措而言,丧失至亲的伤痛持久难愈,他也因此改变了许多。每每看到阿妈辛苦劳作,他就尽力帮阿妈;怕阿妈忧伤难过,他就努力想办法逗阿妈开心。他觉得自己似乎一夜之间长大了,再不能增添阿妈的烦恼、惹阿妈生气,他俨然成了一个小大人,里里外外帮阿妈做这做那,连村子里的大人们都忍不住夸奖他。

阿妈看到儿子这样懂事,心里倍觉欣慰,她以柔弱的肩膀勇敢地支撑起这个家,把对丈夫的不舍与爱恋全都转变成对儿子的关爱。劳累了一天的她,常常抱着儿子给他讲动听的故事,并教他唱那些优美的民歌。

每个动听的故事都是一段奇特的旅程,每首民歌都充满诗情画意,在它们的陪伴下,冬天似乎没那么冷了,夏天的星空也美得出奇。妈妈的怀抱是那样温暖,神情是那样慈祥,她的声音有一种魔力,轻易就能让他安静和着迷。在那些故事里,这世间的花虫鸟兽都有了悲喜,就连潜游在水底的鱼也会讲道理——鱼儿天生就生活在水里,顺其自然,随遇而安,所以它们快乐无比。

人也应该这样,顺其自然,随遇而安,学会感受最平淡的快乐。

就这样,仓央嘉措和阿妈相依为命,因为有阿妈海一样深沉的爱,日子虽过得清苦,却满是温暖。仓央嘉措牢记着父亲的叮嘱,对阿妈倍加体贴,对族人也十分友善,在学习上更是刻苦努力。随着他一天天长大,他对人生的领悟比同龄的孩子更通透,心志也更加坚强,最可贵的是,他懂得感恩与珍惜。

也许,每个人心智的成熟,都会因各种契机而加深对人情世故的参悟。

这样的契机,也许是令人难以接受的意外,也许是水到渠成的圆满,譬如亲人猝然离世的伤悲,抑或有情人天各一方的无奈……人生不如意十之八九,能在这八九的不如意中心平气和,能在那一二的如意中恬淡安然,将人生的悲喜与离合都化为浮云过眼,将心境历练得静若平湖,是许多修道中人追求的极致。

仓央嘉措天生聪敏灵慧,这样的聪敏灵慧是福,亦是祸。

然而,无论福祸,也无论以后的岁月里,仓央嘉措如何艰难地行走在这情海万丈、佛道崇虚的矛盾人生里，他颇具争议的一生，也终于繁花落尽，消亡于人世间。

当我们的脚步轻松地在布达拉宫前拾阶而上，伫立于威慑人心的佛像前，聆听那波澜不惊的梵音，可会与仓央嘉措端居佛堂时的遥相呼应？

当我们的目光悠然地在西藏草原上眺望远方，沉醉于温暖明净的阳光里，呼吸那清新淡雅的芬芳，可会与仓央嘉措痴望蝴蝶时的息息相通？

幼小的孩童，慢慢成长为青葱的少年，从草原到圣殿，从凡庸到活佛，从圣僧到情郎，从尊者到罪臣，他将自己那短暂的悠悠岁月，走出了别样的感伤与激昂——此命由天不由心，偏想由心不由天。

时光威逼，刀霜剑雨，纯净的童心终会被尘缘沾染，年轻的容颜终会被俗事沧桑。每个生命，不过是浩瀚星空里一抹飞逝的残影，终究形销迹灭，只那曾经慈悲的拈花恋蝶，只那一夕间参悟的心静神明，隔着久远的时空，浓缩在文字之间，让后人逆时追忆，惦念难忘。

那时那刻，仓央嘉措走过的地方，此时此刻，天高云淡。

5.幸福是简单的知足

人生，永远都是缺憾的。

佛说的"娑婆世界"，意为：能忍受许多缺憾的世界。

众生禅佛悟道的最终目的，是想要在"忍"受种种苦难的同时参悟、修行，并以慈悲之心、智勇之谋、明静之志来感化自身、教化他人，在净化自己心灵的同时，从俗世间各种困扰中解脱出来，达到超凡脱俗的境界，获得心境的平和、人生的喜乐，是为相对的圆满。

可是，人有七情六欲，想要超脱，获得圆满，须得苦修行；而且，即使苦修行,若心智蒙昧,也常常难以如愿。何况,世事难测,好事多磨,从不以人的意志为转移。

花开百日,艳丽无双,终有谢落的一天;青春美貌,风华绝代,终有衰亡的一刻……生老病死、爱别离、怨憎恚、求不得,再加上种种天灾人祸,想要求得一世圆满,难如上青天。

如此说来,活着,当真是一种煎熬,可偏偏好死不如赖活,蝼蚁尚且贪生,何况身为万物灵长的人？要活着,却又不想要缺憾,这如同鱼和熊掌,难以兼得。

世世代代的人都想化解这样的矛盾,想活着,想没有缺憾地活着,想拥有幸福圆满的人生。为此,斗争便成了人们追求圆满的必经之路。人与自己斗,与他人斗,与自然斗,与社会斗,斗争贯穿时空,在人世间从来不曾消停。

凡是有人群的地方就有江湖,就算没有人群,自己也常常和自己过不去,人心不足蛇吞象,庸人自扰者何其多。所以,幸福圆满总如同水中月镜中花,看似触手可及,却总是难得。

到底,怎样才能身在尘世又能超然物外,求得圆满？

放下手中的经卷,仓央嘉措轻轻蹙起眉头。

几年来,读了许多经书史籍,又经历了不少人情冷暖,年仅八岁的仓央嘉措已然不再是心无旁骛的顽皮孩童。

那些佛说经论与现实之间的重重矛盾,让他觉得这经卷实在深奥玄虚、艰涩难懂。

有老僧为他解难释疑:"信佛之人不看世人过。看破放下,静则清明。"

《管子·内业》有说:"大心而敞,宽气而广,其形安而不移,能守一而弃万苛,则利不诱,见害不惧,宽舒而仁,独乐其身,是谓云气,意行似天。"说的就是让人追求心境宁静,以宽容之心为人处世,就可以摆脱俗世的牵绊,宠辱不惊,从而六根清净,心无杂尘。

可是,若一世为人,就为了看破、放下,明明生来有情有欲,偏偏要努力修为，达到无欲无求、无悲无喜、四大皆空的境界，那活着的意义是什么？活着和死去，岂不是同样的状态？

这样的思考，时常会让仓央嘉措迷惘，读的经文史册越多，这样的困惑就越是有增无减。古往今来，帝王将相，凡夫俗子，虽贵贱有异、贫富不均，但最终不过是殊途同归，都难免一死。而在有生之年，帝王有帝王的烦恼，俗子有俗子的痛苦，既如此，人生到底要追求怎样的境界，才能与烦恼、痛苦绝缘呢？

疑问盘桓在心里，再看这些经文，越发觉如纸上谈兵。

仓央嘉措的困惑让老僧为难，这个敢于质疑发难的孩子，思考的浓度超出了他的预计。他信佛读经，以经文为神旨，从来不曾、也不敢质疑，有质疑便是对神佛的大不敬。他不明白，这个被指定为伟大的五世达赖转世灵童的孩子，怎么会有这么多的疑问。

于是，老僧惶恐，上报第巴桑结嘉措。

桑结嘉措不需要一个善于独立思考、总是提出质疑的转世灵童，他只希望仓央嘉措能把那些经文熟练地记在脑子里，然后照本宣科，在需要的时候，能像模像样地转述给前来拜佛的香客们，做好一个六世达赖喇嘛应该做的事就可以了。

桑结嘉措思来想去，又钦点了六名高僧，跟他们强调说，仓央嘉措是未来的活佛，要传道布经，而不是要让他研究佛学经典著书立传，为了减少不必要的麻烦，要让仓央嘉措信仰佛经，不折不扣地顺从佛的旨意。

高僧们诚惶诚恐，奔赴巴桑寺对仓央嘉措进行洗脑训练。他们都是精通佛学的学者，怀着满腔的宗教热情，使出浑身解数来解答仓央嘉措的困惑，引导他熟读背佛学经文，并慢慢引导他减少质疑。

怎样获得圆满、幸福？

他们异口同声地强调：看破红尘，放下执念，随缘自适，念佛悟性，悟佛成佛！

他们要求仓央嘉措把这些记下并努力做到，不必问为什么，也无需问为什么。

高僧赐教，权威震慑，九岁的仓央嘉措虽仍是半知半解，却选择了沉默。

从巴桑寺回家，是仓央嘉措最快乐的事。

虽然家境仍然贫苦，可那里有慈爱的阿妈，还有任他自由奔跑的草原。

和妈妈一起放羊、酿制青稞酒，和小伙伴们一起玩耍、做游戏，帮助村子里孤寡老人挑水洗衣，去山涧里采野果砍木柴……都比那枯燥乏味的佛堂生活丰富有趣得多。

"阿妈，我不想再去巴桑寺了。"

一天，晚饭后，仓央嘉措对阿妈说。

阿妈一愣，看着已经高至自己下颌的儿子，想说什么，终是轻轻叹了口气。

"阿妈，到底什么是圆满？人怎样才能得到幸福？"仓央嘉措烦恼地说，"师父们说的道理太深奥，我总是想不明白。"

"孩子，幸福就是简单地知足，圆满就是力所能及地让身边的人感到幸福。"阿妈看着儿子，想了想，握着他的手说。

"阿妈，和你在一起，阿旺很幸福圆满。"仓央嘉措搂住阿妈，甜甜地笑着说。

"是的，阿妈和阿旺在一起，也很幸福圆满。可是，我的孩子，如果你认真学经，你还可以帮助更多的人得到幸福和圆满。当你用慈悲的心肠和宽博的仁爱帮助每个向你求助的人，你会觉得更幸福圆满。"妈妈语重心长地告诉他。

母亲的话让仓央嘉措若有所思。

再离开阿妈去巴桑寺学经，仓央嘉措那一直因困惑而浮躁的心终于宁静平和了下来，那些艰涩难懂的佛经也渐渐变得明朗了，他以他聪慧纯净的童心牢牢地记下：多存善念，多行善事，清心寡欲，乐天知命……

九岁的仓央嘉措，纯善的天性犹如没有瑕疵的碧玉，那些佛语经文烙印在他的心上,光华溢动,天地通明,让他毫不怀疑人性的真、善、美,深信若执善念、行善事、知足常乐,便可寻得幸福圆满。

在那群山环绕的巴桑寺,在碧瓦飞甍的寺院深处,那棵遒劲苍健的古槐树下,那日影斑驳的窗口,眉目清灵的少年正捧读着文字繁复的经书,时而诵读,时而思索,于时光宁静寂然地驻落间,用世上最纯净的心参禅悟道。

发黄的经卷上,春花落瓣,秋月照影,他敛净孩童的痴顽,认真学经。

阿爸离世的遗言、阿妈郑重的嘱咐烙印在他心上,他以为,他可以靠自己的努力,让阿妈和更多的人得到幸福和圆满。

若人道天理只宏扬在经文里,无疑是正义美好的;若人情世故只美化在理想里,无疑是纯真无瑕的。

学业精进的仓央嘉措丝毫不知道,他的人生早已经被界定在一个谎言里,他要的幸福圆满,还没有开始,就已经注定了残缺不全的结局。

就在他勤诵诗经的日子里,神圣的佛殿布达拉宫里,弥天大谎正以道貌岸然的姿态日日上演。

那个曾与仓央嘉措有过一面之缘的圣使江阳扎巴倍受煎熬,终日战战兢兢地伪装成伟大的五世达赖,坐在那威严的庙堂之上,在众生的膜拜中日益萎靡沮丧。

怕人揭穿,江阳扎巴终日不声不响,表情刻板,神色慌张,无论他怎样努力,都无法像五世达赖一样。他的异常很快引起了细心人的猜想,甚至有人忍不住试探,而哪怕是最简单的试探,都能轻易让他露出破绽。

江阳扎巴到底不是真正的五世达赖,他没有那样通古明今的智慧,也不具备那样威慑人心的气场,他无法像五世达赖一样从容淡定,更无法像第巴桑结嘉措一样理得心安。

一朵花的凋零,一片叶的飘落,一只昆虫的死亡,都如同可怕的预兆,预示他蝼蚁一样的生命,随时会在被揭穿谎言的一刻,被人凌迟肆虐,然后留下千古骂名,永世不得翻身。

他很想把真相公之于众:"我不是五世达赖,伟大的五世达赖早已圆寂,我是被第巴桑结嘉措逼迫,不得不扮演,一切都不是我心甘情愿的……"

可是,他不敢这样做,第巴桑结嘉措手握重权,轻易就可以让他消亡,他能选择的只是继续冒充,强作镇定穿上达赖的袈裟装模做样。

对未来的恐惧就像沉重的枷锁,让江阳扎巴临近崩溃的边缘。每当深夜辗转难眠,他在极度的痛苦中总会想起那个可爱的孩子,想起他在细雨中的草原上,与泥土一起快乐,冲他扬起纯真的笑脸。

那是他江阳扎巴历经艰难、跋山涉水找到的五世达赖转世灵童,当时,他丝毫不知道第巴桑结嘉措的打算,他找到那孩子的时候喜出望外,认定自己完成了一件福泽后世的使命,对那孩子而言也是无上的荣光。可现在,他悲哀地发现,他极有可能给那孩子带来灾祸。

江阳扎巴寝食难安,在这神圣的佛堂里,人道天理因谎言而混乱,人情世故因作伪而肮脏,可他却势单力薄无力反抗,只能违心地肩负这"光荣的使命",继续欺世盗名。

可怜的江阳扎巴,他看不到已经长成少年的仓央嘉措诵经的身影,听不到他纯美的声音——

"幸福就是简单地知足,圆满就是力所能及地让身边的人感到幸福。"

无助而凄惶的泪水模糊了江阳扎巴的双眼……

6.身不由己也是一种福气

这世上,每个人都有身不由己的时候。

可是,大多数人之所以身不由己,首先是因为他们的内心有不为人知的秘密或欲望。为继续掩盖这些秘密、实现这些欲望,他们会不断地费尽心机,必要的时候甚至会不择手段,随后,箭在弦上,不得不发,于是更加身不由己。

桑结嘉措就是这样一个人。

身为尊贵的第巴,桑结嘉措一直是一人之下,万人之上,五世达赖圆寂后,他终得独揽大权。他隐瞒了五世达赖圆寂的消息,继续以五世达赖的名义发号施令。他比谁都清楚,他用谎言盗取权势违背天理,可他还是一意孤行。

除了内心对权势的渴望,桑结嘉措也有不得已的苦衷。为确保西藏各地方政权及各教派之间长治久安,为了黄教势力的巩固和加强,为了提防宿敌蒙古王子的侵犯,他只能对圆寂的五世达赖秘不发丧,并指使江阳扎巴冒充五世达赖照常伟道布场。

转眼,这个弥天大谎已经将事实成功地遮掩了九年!

在这九年里,那个幼小的仓央嘉措已经长成少年,而他的宿敌蒙古王子也成为了威风八面的蒙古汗王。

一场激战正在悄然酝酿,一触即发,桑结嘉措比任何人都忐忑不安。

桑结嘉措站在窗前,望向蒙古的方向,那里有天下最辽阔的草原,也有最剽悍的战将。他们天性残暴,嗜杀如狂,眼下因对皇权的忌惮,暂且不敢对他怎样,可是,如果皇上知道他犯了欺君大罪,天颜震怒,蒙古汗王的铁蹄立刻就会挥师而下,率先攻打西藏,他这一世的荣光将会就此毁于一旦。

一想到那血雨腥风的场面,桑结嘉措就心惊胆战,他紧握的双手被冷汗浸湿,恐惧与仇恨同时填满了他的胸膛。

拉藏王子曾经和他桑结嘉措爱上了同一个姑娘。

那个美丽的姑娘叫才旺甲茂,她是位贵族才女,从小到大过着养尊处优的生活,可她的个性一点儿都不暴戾乖张,是个温柔善良的好女孩儿。

年轻的桑结嘉措爱上了她，想让她做世上最幸福的新娘。他为她奋发图强，很快就要成为尊贵的第巴。可就在这时，拉藏王子无意中邂逅了才旺甲茂，被她艳丽的容貌摄走了魂魄，于是不顾一切请求他的父王向才旺甲茂求婚，并成功地娶了她。

桑结嘉措痛失所爱，肝肠寸断，对拉藏王子无比痛恨。偏偏拉藏王子认定才旺甲茂婚前失贞，婚后不肯善待才旺甲茂，冷落她的同时，也对桑结嘉措恨之入骨。

这段宿怨深埋多年，桑结嘉措再没有找到心爱的姑娘，仍旧对才旺甲茂念念不忘，而拉藏王子也一直对桑结嘉措虎视眈眈。

那场你死我活的战争早晚会降临，桑结嘉措不想坐以待毙。这些年，他一直处心积虑，在五世达赖圆寂后更是借机壮大自己的力量，他已做好了打算，争取在东窗事发之前，一定要有足够的把握战胜拉藏王子。

仓央嘉措，那只替罪羊，是他桑结嘉措最有力的王牌，有他在，拉藏王子就不敢把他怎么样。

只是，随着年龄渐长，那少年越发显得才华不凡，负责培训的高僧们都对仓央嘉措另眼相看，夸他胆识过人、机敏能干，对经学典籍总能过目不忘。

这样的人，有自己独到的见解和主张，年长后往往难以驱使驾驭，他要好好想一想，怎样才能让那少年对他唯命是从，不会有丝毫违抗。

桑结嘉措微微皱紧了眉头，离开窗前走出宫殿，孤身独影，在夕阳的余晖中，如单薄的剪影，投落在空荡的楼廊上。他听到自己脚步声，滞缓地踏着阶前的落叶上，发出沙沙的轻响，他的心没来由地一阵轻颤。

不知不觉，秋风又起。这一年，在提心吊胆中，过得是如此漫长却又如此短暂，还好，总算平安。

他回过头来，眯着眼睛看向晚霞中雄伟的宫殿。如今，他是这里至高无上的王，路边的僧侣诚惶诚恐地请安，然后低眉顺眼地急步走远，他们敬畏他，因为他尊贵的地位和威慑的权势，而这些让他无比留恋的所在，随时都会让他命丧黄泉。

桑结嘉措在萧瑟的秋风中生生打了个寒战，他孤独地奋斗到现在，没有人知道他曾承受过多少苦痛，也没有人知道他付出了多少艰辛，他不能让这一切化为泡影，唯有继续步步为营。

他桑结嘉措做的一切都是身不由己，可是，这样的身不由己无疑是值得庆幸的，他因此而无比尊贵，哪怕灾祸终有一天会降临，至少，他这一生曾如此辉煌过，应该无憾了。

至于那个少年，既然他被认定是五世达赖的转世灵童，那么，未来他在享受这尊位的荣光的同时，就应该承担起这尊位可能带来的所有凶险。一切，不过是理所应当。

心思数转，桑结嘉措终是舒展开紧皱的眉宇，脸上阴霾散尽，踏着满地被夕阳染成血色的落叶，渐行渐远……

夕日欲颓，倦鸟归林。

巴桑寺里，此时亦是黄叶满地堆积。

仓央嘉措坐在禅院后面的小树林里，看夕阳的余晖一点点从林间树梢褪尽，听归巢的鸟儿轻言细语。

天色渐晚，夜风寒沁入骨，他仍然静坐如钟，直到前面禅院里夜读的灯光亮起，陪读的高僧在树林外面高声喊他的名字。

"尊师，我想回家看望我的阿妈。"仓央嘉措心事重重地走出来，再次请求那位高僧。

"不行，你已经长大了，不能像从前那样经常跑回家，总是荒疏时间对你毫无益处，你应该静心向学，不要总想着回家。"

"尊师，我已经快半年没有看到我阿妈了。"仓央嘉措的声音不由有些哽咽。

这半年里，他请过一次假，可被高僧拒绝了，这次，他的请求依旧不被允许。

"你的阿妈很健康，也很快乐，是她请求我督促你抓紧时间好好学经参佛的，你不要让你阿妈失望。"高僧想了想又说，"你看，很快就要过年了,你再等一等,到了年关,你就可以回家看望你阿妈了。"

"可是,上次离开家的时候,我阿妈生病了,我一直很担心她。"

"她已经康复了,何况,你回家去也只是给她添更多的烦恼罢了,你能帮她做什么呢?她却还要给你洗衣做饭。还是安心在这里学习吧,别再像个不懂事的孩子那样,天天想着回到阿妈身边寻求庇护和安稳,你要知道,那样的孩子是没有出息的。"高僧平淡的语气里明显透出了不耐烦。

"阿妈需要我呀!我可以帮阿妈做很多事,不会给阿妈带来任何烦恼,我的阿爸不在了,阿妈会觉得很孤独,我每次回家,她都高兴地抱紧我欢迎我……"仓央嘉措急急地解释。

每次他回家,慈祥的阿妈都会等在村口,沧桑的脸上满是期盼。一看到他,她就老远地招手,舒展开的笑容像阳光一样灿烂温暖。

这些天,每每想到阿妈一次次焦灼地等在村口,一次次失望而归的身影,他就难过。他不明白,为什么以前他一请求回家,就会被允准,这一年来,他却被一再拒绝。

"身为一个佛徒,是不应该这样恋家的。伟大的释迦牟尼圣佛当初决定修行的时候,毅然放弃皇宫里的荣华富贵,毫不留恋娇妻弱子。他舍弃个人的家庭,是为了为天下苍生谋福,他怀着一颗大慈大悲的心,静坐在菩提树下,发誓说'不得道,永远不离座'。他忍饥挨饿,拒绝一切诱惑,意志像磐石一样坚定,终于大彻大悟,修成正果。可看看你,只为一时半会儿看不到你的阿妈,就这样哭哭啼啼,再不知悔改,佛祖就会降罪于你我!"

说完,高僧转身就走。

"尊师,为什么别的佛徒可以随意离开,我却不可以!"仓央嘉措急了,忍不住追问。

"因为你与他们不同!你与佛有缘!"

高僧不容置疑地留下一句话,加快了远去的脚步,再不愿看他一眼。

仓央嘉措看着高僧决然离去的背影,在瑟瑟的秋风中欲哭无泪。

他知道,高僧的话很有道理,可他终究想不明白,修行求道和思母恋家为什么会冲突,这之间并没有对立的矛盾,就算伟大如释迦牟尼,既然心怀慈悲,以天下苍生为念,那他的妻儿不算是天下苍生中的人吗?他怎么能让自己的娇妻忍受孤独别离之苦,让自己的孩子过没有父爱的生活?如果连自己的妻儿都照看不好,又怎么能体恤天下苍生之苦?

这些疑问纠结在他心里,他却不敢问。质疑佛祖是大不敬,问出口,得到的可能不是解答,而是可怕的灾祸。

仓央嘉措失魂落魄地站在暮色里,小小的身影在秋风中显得那么孤独、伤感,他久久地看着家的方向,直到夜色降临,深邃的夜空中亮起了繁星。

头一次,仓央嘉措朦胧地感知,似乎有他所不知道的力量在禁锢着他,让他身不由己。

"孩子,去吧,记住阿爸的话,好好学习,佛祖会保佑你的。"耳边突然响起阿妈曾经的叮嘱,她看着他的眼睛里闪着泪光。

"阿妈,我不想离开你。"

"傻孩子,这世上的每个人都有身不由己的时候。你要记住,即使身不由己,能到那个地方读书,也是一种福气。"

想到阿妈的这些话,仓央嘉措烦乱的心绪平和了许多,他又重新拾起身边的经卷。

"也许,此时的身不由己是一种福气,可是,阿妈,我还是觉得留在你身边更幸福。"

仓央嘉措忍了很久的泪水决堤而出,可是,秋风无情,那晶莹的泪滴瞬息间便被风干了……

7.回家的路太遥远

想家的日子里,时间分分秒秒都变成了煎熬。

对家乡和阿妈的思念,如遮天蔽日的藤萝,疯狂地长满了仓央嘉措的心田。他没有人可以倾诉,没有人可以求助,每天就这般枯坐窗前诵读经文。

他本就聪敏好学,这些经文,他早已背得烂熟,可高僧们说,光背熟还不够,熟能生巧,还要通悟更多的道理才行。

经卷里有写,佛祖释迦牟尼认为:"求道是注重精神的超脱,跟生活方式没有关系。"

既然如此,他想回家看看久别的阿妈,有什么不可以?反正这些经文他已经背熟了,就算在家里陪着阿妈,他也可以反复参悟,不会影响他深修,可是,无论他怎么请求,高僧总是拒绝。

甚至,新年临近,高僧却决定食言,拿出更多的大道理劝他打消回家的念头,这让他几乎忍无可忍。同时,一股不祥的预感像阴云一样终日压抑在心头,以至于他再也无法安心诵读经文。

噬骨的孤独和担忧让仓央嘉措度日如年,明知再次恳求高僧依旧无济于事,但他还是决定再试一次。

可是,还没等到仓央嘉措请假,他的叔父就从家乡来到了巴桑寺,将阿妈病逝的噩耗带给了他。

"阿旺嘉措,你的阿妈临死前还叫着你的名字,你为什么这么久都不回家看望她啊?你知不知道,她在病重的日子里,是多么殷切地盼望着你,好几次,她支撑着病弱的身体,去村口张望,她多么希望能看到你。她担心你,常常念叨你,唉,可是,每次我想把你找回来,她又总是拉住我,怕打扰你学习……"

叔父黝黑的脸上写满了悲伤,他忍不住责问仓央嘉措,又絮絮叨叨地诉说着阿妈临别前的种种,每一句都像尖锐的匕首划在仓央嘉措的心上。

"不——叔父，我现在就跟你走，我要去看我的阿妈。你不知道，我请了好多次假，可是高僧不允许我离开！我也很想念阿妈，她不会这么离开我的，不会的……"

仓央嘉措先是惊怔，紧接着便肝肠寸断地失声痛哭起来，他拉着叔父的手臂，急急忙忙往外走。

"不用了，孩子，我和村子里的人已经把你的阿妈安葬了，她以后再也不会孤独了，她会和你的阿爸团聚，他们会在天上看着你，保佑你的……"

叔父看着泪流满面的仓央嘉措，不由老泪纵横。他弯腰紧紧抱住他，这可怜的孩子，几年前没了阿爸，现在连阿妈也没有了，他还不到十岁，就成了孤儿，上天对这孩子怎么就这么薄情寡义呢？

"不！阿妈……"

仓央嘉措放声大哭，在阿妈病卧在床的时候，他连一碗水都没有奉送过；在阿妈临死前，他连阿妈最后一面都没能看到。那是世界上最疼他爱他的阿妈呀，就这么突然离开了他，他怎么都不相信这是真的。

"阿旺嘉措，你不要太悲伤，以后，你就安心学习，好好照顾自己……"

叔父叮嘱完，把带来的一些衣物放进他的手里，就颤颤地转身离开了。

叔父也已经年老，脚步蹒跚的背影，似乎已经承受不住岁月的沧桑，随时都会倒下去。

仓央嘉措看着叔父远去的背影渐渐消失在山脚下，铺天盖地的悲伤让他双腿一软，跌坐在地上。他无助地仰望苍穹，灰白的天空似感应到了他无尽的凄怆，簌簌地飘起了雪花。

洁白的雪花如世上最纯洁的精灵，从广漠的天宇洒落，落在仓央嘉措满是泪水的脸上，也融化成泪，缓缓流下。

那是阿妈的泪水吗？是不是阿妈在天之灵，舍不得他这样伤心，忍不住化成飞雪，陪在他左右，陪他一起，抚慰他悲痛的心？

仓央嘉措愣愣地望着飘雪的天空，极度的悲痛如海潮一样阵阵袭来。他想着那些和阿妈相依为命的日子,一幕幕,似乎就在昨天,阿妈温暖的怀抱、慈爱的笑脸都还那么清楚,可阿妈竟然已经不在了……

此后,他再也不用对家乡日思夜想了,再也没有任何牵挂了,这巴桑寺,当真成了他唯一可以赖以生存的地方,可此时此刻,他对这里充满了憎恨。

可是,即使憎恨,天下之大,除了这里,哪里又能成为他的容身之所呢?

眼泪层层泛滥,冰冻在脸上,整个世界都变成了冰天雪地。

有她在,即使远隔,即使想念,有那样一份实实在在的牵挂,母爱隔着千山万水,也能化成阳光雨露,润养每个孤独的日子。

她不在,那份同根连理的依赖被生生斩断,孤独便不再是一种感觉,而变成了伸手可触的影子,牢牢地罩下,无论身在何处,都是形单影只。

一夜之间,群山披孝,层林挂雪,万里江山,一片肃穆。

那个清峻的少年,一觉醒来,似已脱胎换骨,眉眼间云淡风轻,已无悲喜。

踏着玉屑般的积雪,他沉静地走进佛堂,拈起佛珠,跪在佛前,为阿妈和阿爸诵经超度。

阿妈和阿爸一生贫苦,却相亲相爱,用世上最纯真崇高的爱哺育他成长,可他还没来得及长大成人回报他们的恩德,他们就先后撒手人寰,他能做的,唯有在此为他们诵经祈福。

这一跪,就是三天三夜。

几位高僧惴惴不安,他们找了这样那样的理由拒绝仓央嘉措回家探望,实在太过残忍,可是,他们必须遵从桑结嘉措的命令,即使重新来过,他们依然不敢自作主张。

只有让仓央嘉措没有任何依赖,精神上没有任何牵绊,他才会变得乖巧懂事。桑结嘉措相信,一个自小孤独无依的转世灵童,必然会感激他的收留资助之恩,而对他言听计从。

可让所有人没想到的是，为父母祈福完后，仓央嘉措竟悄不作声地离开了巴桑寺！

仓央嘉措憎恨巴桑寺，憎恨那些口口声声慈悲为怀的高僧，若不是要在这里学经，若不是高僧们一再阻拦，他怎么会与阿妈阴阳两隔？如果这一年来，他一直都陪在阿妈身边，体贴入微，悉心照料，阿妈的病或许早就康复了。

想到这些，仓央嘉措也恨自己，他为什么从来没想过忤逆高僧们的意愿？为什么没有早一点离开这里，回到阿妈身边？

仓央嘉措愤恨难当，在巴桑寺后的山林里发狂地奔跑。他不知道自己要去哪里，也不知道以后要做些什么，他只知道，他要离开巴桑寺，再也不要看到那些虚伪的高僧，再也不要诵经念佛。

冬天的山林，怪石嶙峋，枯枝纵横，积雪掩盖了落叶和衰草，高低起伏，温滑难行。奔跑中的仓央嘉措跌跌撞撞，一不小心，被隐藏在积雪下的树根绊倒，他趴在冰冷的雪地上，只觉万念俱灰，天地一片昏暗。

经书中有写，贵为王子的佛祖释迦牟尼在出家修行之前，为心魔所困，他苦苦思索"宫廷里的荣华富贵，健壮的肉体，被人喜爱的青春，究竟对我来说是什么？人会生病，也会衰老，更难免死亡。青春、健康、生存，到底有什么意义呢"？他想不通，便舍弃妻儿，想以苦修来开解心魔。

此时此刻，横亘在仓央嘉措心中的魔障同样难以驱逐，极度的悲伤、力不从心的无助、深重的厌倦，让年少的他难堪重负，电光石火间，他突然疑惑，为什么村子里其他的孩子都不用来巴桑寺学经，唯独他必须定期来到这里？为什么那些负责接送他的人总要在深夜里到村子里把他接走，行踪神神秘秘？为什么那些教导他的高僧对别的佛徒看得很松，唯独对他一个人苛难？

风雪交加，山林肃静，没有人告诉他答案，他听到自己的哭声是那样凄怆悲凉，却再也没有阿妈温暖的怀抱可以依傍。

沉重的孤独感如盘踞在心口的毒蛇，呲牙咧嘴，肆意暴虐，让仓央嘉措如坠地狱。他哀伤地抬起头，茫然四顾，天地茫茫，白雪皑皑，无边的寒意侵袭包围着他，掠夺着他身体的热量，他的手脚都已冻僵，他突然想起那些倒在朝圣路上的香客,他仰躺在雪地里,看着灰白的天空,任清冷的雪花落在他的脸上、身上。

阿妈,我们一家人很快就可以团聚了,阿旺嘉措再也不会离开你和阿爸。

烦乱的心绪在一念之间回归平静,他舒展四肢,任寒意串通四肢百骸,安恬地闭上了眼睛。

世界渐渐黑透,一切的喧嚣都已隐退……

醒来的时候,仓央嘉措以为自己来到了另一个世界,他惶急地寻找阿妈和阿爸的身影,但映入眼帘的却是巴桑寺教经的高僧们。

屋子里乌烟瘴气,浓重的熏香伴着嗡嗡不止的念经声,让仓央嘉措越发头晕脑涨。细细一看,屋子里竟然布了道场,一个身着华服的法师正闭着眼睛神神叨叨地做法事。

他们要干什么?仓央嘉措惊惶地坐起,却被身边的高僧按躺下去,示意他保持安静。

仓央嘉措无力反抗,索性冷静地看着那个法师,他想:不管他们怎么折腾,等他休息好了,他会再找机会逃走。

法师突然睁开眼睛,锐利的目光扫过仓央嘉措的脸,表情阴郁地对其中一个高僧低语。

高僧听了法师的话,惊恐万状地哆嗦起来。

不用问,仓央嘉措都知道,那个僧人一定会说他被魔鬼缠身。这样的说法,一直是这些法师最拿手的伎俩。

仓央嘉措猜得一点儿也不错,而在场所有的人都相信了那位法师的信口雌黄,他们诚惶诚恐地拥簇着法师走到屋外,然后把门锁得严严实实。

仓央嘉措被禁锢了,彻底失去了自由。

每天,都有人按时送来斋饭,等他吃完,一言不发地端走饭碗。连续一个多月,陪伴仓央嘉措的只有一本本厚厚的经书史籍。

百无聊赖的生活能让人发疯,可是,有了这些经书史籍,仓央嘉措被禁锢的日子反而变得宁静、充实,他勤奋地学经读史,尽力让自己在忙碌中忘记回忆。

回家的路太遥远,阿妈和阿爸相聚在天上,他们一定希望自己像从前一样认真学习、健康快乐,他不能让他们失望。

孤灯独影,少年把悲伤埋进书页,在字里行间梳理流年,无论世间沧桑变幻,斗室静寂淡然……

8.医好孤独的伤

无论身处何方,这颗心都倍感孤独。

如同一片落叶,脱离了昔日安身立命的枝头,孤苦地飘零下去,从此再无依靠;如同一棵树,置身于一片森林,远远看去,一片葱绿,根枝连理,但实际上,每棵树之间总是隔着或近或远的距离,到底只能依赖自己的根系存生。

人与人、心与心之间,也如同这些树,可以彼此感知,但无法气血相通、心有灵犀。

没有亲情的抚慰,没有友爱的滋养,孤独会把自己的心冻伤。

可是,仓央嘉措没有选择,只能任由孤独如影随形,日日伴着青灯古佛。

一颗心在孤独中结了冰,人就会变得沉静,再不会动辄为琐碎的俗事烦恼,处变不惊,淡然处世,如此,他也便慢慢地习惯了这样的孤独,习惯了这样几乎与世隔绝的生活。

窗外,日月轮回,四时更替,无论是风和景明的春日,还是露冷霜重的秋夜,一杯淡茶,一盏古灯,数本页扉泛黄的经书史籍,或读或思,仓央嘉措夙兴夜寐,孜孜不倦。

经文中藏着许多彻悟人生的智慧,史籍中描摹了太多的兴衰成败,神游其中,视接千里,思通古今,聪慧敏锐的仓央嘉措以前所未有的热情投入其中,渐渐世事通明、才学精进,渐入佳境。

读书,可以医治孤独的伤,这是仓央嘉措没有料到的。然而,事实证明,这些经文史籍的确如妙手回春的神医,让他渐渐从阿妈离世的悲痛中走出来,重新燃起生活的希望。

在不知不觉之间,仓央嘉措在学习中蜕茧成蝶,任孤寂的流光将他雕琢成卓尔不群的少年……

时间闪逝,窗外花开几度,寒来暑往,转眼,仓央嘉措十四岁了。

十四岁的少年,身姿已挺拔颀长,举手投足儒雅而稳重。日日参禅悟道、研读经文,使他拥有超凡脱俗的气韵。他深邃的眸子里闪烁着睿智的灵光,俊朗的面容皎洁如月、清逸出尘,当他长身玉立于人群之中,那与众不同的气质,轻易便能引来关注的目光。

他是巴桑寺里最年轻、经学最出众的学徒,除此之外,令他傲然于世的是他惊世骇俗的诗词歌赋。

自古有云:知止然后有定,定而后能静,静而后能安,安而后能虑,虑而后能得。

因阿妈的离世而悲痛欲绝的仓央嘉措,在愤然逃离巴桑寺之后,在漫长而孤独的几年里,把全部的心思都用在了研读经论和涉猎群书上,不断提高自身的修为,并写下了许多感人肺腑的诗词。

他的诗词歌赋,如被净化过的星光月华,饱含着人世间最纯美、最真诚的慈悲,又蕴含着深刻的哲理和智慧,一经流传,便经久不衰。

我问佛:为何不给所有女子羞花闭月的容颜?

佛曰:那只是昙花的一现,

用来蒙蔽世俗的眼,

没有什么美可以抵过一颗纯净仁爱的心,

我把它赐给每一个女子,

可有人让它蒙上了灰。

我问佛：世间为何有那么多遗憾？

佛曰：这是一个娑婆世界，

娑婆即遗憾，

没有遗憾，

给你再多幸福也不会体会快乐。

我问佛：如何让人们的心不再感到孤单？

佛曰：每一颗心生来就是孤单而残缺的，

多数带着这种残缺度过一生，

只因与能使它圆满的另一半相遇时，

不是疏忽错过，

就是已失去了拥有它的资格。

我问佛：如何才能如你般睿智？

佛曰：佛是过来人，人是未来佛。

佛把世间万物分为十界：佛、菩萨、声闻、缘觉、天、阿修罗、人、畜生、饿鬼、地狱。

天、阿修罗、人、畜生、饿鬼、地狱为六道众生。

六道众生要经历因果轮回，从中体验痛苦。

在体验痛苦的过程中，只有参透生命的真谛，才能得到永生。

凤凰，涅盘……

世间浮生如梦，尘埃落定之后，一切时光的幻影都已销声匿迹，唯有这样的诗行，载着那个灵慧少年眉宇间的幽思，跨越时空亘久留存，然后如晶莹的露珠落进世人干涸的心田，轻灵开出来的花，如此芬芳怡人。

那个幽居于西藏巴桑寺的少年，静守孤独的身影如此风姿卓绝，硬是将那些清远寂寥的光阴点化成了写意的风景，刻进历史的经卷。

当我们于闲暇之间、困倦之余,沐浴着傍晚祥和的霞光,端一杯香茗,借他几段诗行,浮躁的心便于瞬息之间宁静悠然,任思绪顺着时光逆流而上。恍然间,三百年时光亦不过弹指一挥间,荣辱兴衰几度轮回,再抬眼,纵是身边再多喧嚣,也已淡然……

那年那月那日,巴桑寺里的几位德高望重的高僧,蓦然从自我陶醉中惊觉,这许多日来,来巴桑寺的诸多访客似乎都不是冲着他们而来的,而是因为那个静美的少年——仓央嘉措。

虽然,仓央嘉措沉默寡言,也很少踏足闹市之间,可就是莫名其妙的,有那么多人从四面八方慕名而来,只为看他一眼。

有厚道的藏民拿着胡琴将他的诗词弹唱,有朴实的妇人送来酥油茶和糕点,甚至,有许多年轻美丽的姑娘,含羞带怯地走到他的门前,不声不响痴望半天。

仓央嘉措一如皓月、艳阳,掩饰不住自己的光芒,他又有那样善良慈悲的心肠,不忍心拒绝人们的探望。他为喜欢吹拉弹唱的藏民写新的诗歌,又给辛苦的妇人开解愁闷的心结,面对那些可爱的姑娘,他也总是笑脸相迎,用最真诚的话语和她们交谈。

仓央嘉措丝毫没有觉得有什么不妥,自他懂事以来,就和族人们一样信奉宁玛佛教,教规不禁止僧徒娶妻生子,自然也不会禁止与姑娘们正常交往。

可是,他是以后的六世达赖,达赖所属的黄教严禁僧侣结婚成家、接近妇女。所以,仓央嘉措的举动让几位高僧又羞又恼、惊恐不安,他们像被点着了尾巴的猫,想方设法地维护黄教的清规戒律,禁止仓央嘉措"一错再错"。

仓央嘉措完全不知道自己错在什么地方,没有人告诉他他是五世达赖的转世灵童,他以为他和所有信奉宁玛教的僧徒一样,可以和喜欢自己的人倾心交谈,也可以和自己喜欢的人交往。

高僧们忍无可忍,连夜传书桑结嘉措,他们怕再这样下去,仓央嘉措会过早暴露身份,招来更多不必要的麻烦。

桑结嘉措很快下达了指令,让高僧们同仓央嘉措一起转移到错那宗的贡巴寺。

那个贡巴寺距离桑巴寺并不远,但地处偏隅,山路难行,很少有人会跑去那个地方。因此,僻静的贡巴寺更有利于学经修行,那里面有比巴桑寺更多的经卷史籍,藏书之多令人咋舌。

有那么多的书可看,仓央嘉措自然无暇与人交往。

这就是桑结嘉措的盘算,而且,事实正如他所想的那样,搬到了贡巴寺的仓央嘉措,很快就被寺院里丰富的藏书所吸引。这次,几位高僧不费吹灰之力,就成功地让仓央嘉措长坐书房,昔日那些叨扰的访客再也不会打扰他们的清闲了。

仓央嘉措并不知道突然搬到贡巴寺的原因,他也不关心这些,更不愿意去向高僧打探。他的亲人早已不在人世,他身在何处有什么要紧,何况,这里有这么多藏书,像磁铁一样吸引着他的目光。

经卷史籍早已医好了他孤独的伤,还给他心灵的滋养,他早就学会了享受孤独,然后在孤独中读书、冥想。这里的藏书简直浩如烟海,许多的经卷都是孤本珍藏。

高僧们有意把第巴桑结嘉措有关星相学的著名论著《白琉璃》放在显眼的地方,想要让这少年听第巴的话,就先要让他学着接纳第巴的思想。

仓央嘉措并不知道高僧们所想,他以谦逊之心认真研读那些文章,看完了《白琉璃》,然后是五世达赖的《土古拉》、红蚌巴的《诗镜注释》、《除垢经》、《般若波罗密多经》……他终日与书为伍,汲取书中的精华。浑然忘我之间,他拥有了更好的学识修养。

足不出户,目不窥园,仓央嘉措如痴如狂地读史观经,在青葱的岁月里,让更多的感悟触动他的灵魂。

知识的丰富、精神的强大,让他不再是昔日那个愁苦忧郁的少年,他对人生有了更多、更全面的认知,对人性有了更直观、更深刻的了解。他向往光明和自由,祈盼友谊与爱情,他构想着自己美好的明天——与自己心爱的姑娘,相依相伴过平静幸福的生活,多发善心,多行善事,在有生之年,无怨、无悔、无憾。

一如,他诗中曾写的那样:

留人间多少爱,迎浮世千重变。
和有情人,做快乐事。
别问是劫是缘。

这样的构想,让每一个孤独平淡的日子变得充满希望,它们如通往幸福的阶石,他相信,只要他徒步而上,循着冥冥中注定的缘,定会在某个奇妙的瞬间,与那个越过千山万水前来寻他的姑娘在人世间重逢。

所有的相逢,都是久别重逢;所有的相知,都是再续前缘。

仓央嘉措微笑的唇畔漾起了春天的诗意——他一定会和心爱的姑娘回到那梦中的草原,再一次踏上绵软的青草地,看野花绽放如繁星满天,伴彩蝶起舞,尽情歌唱,他要实现阿妈与阿爸生前的愿望,建一座新房,门前种上美丽的木杪椤和金铁锁。

就这样,仓央嘉措用书香熏染每个寂寞的日子,用思悟充实空虚的心灵,在希望中医好孤独的伤。年少的少年,山中岁月,独自行走,月华染遍衣袂,星光缀满凤愿,那是一个诗意的身影,回眸间,云淡风轻,逸雅悠然……

9.此心不动,岁月无殇

天地化生,万物有灵。
此心不动,岁月无殇。
静守孤独的日子,在博览经史中悟道、参禅,十四岁的俊美少年仓央嘉措慧心独具,冷眼观世,所思所悟倒比贡巴寺里的高僧更通透些。

古往今来,无论是王候将相,还是凡夫俗子,没有一人可以真正无忧无虑。

做官有做官的苦恼。同僚间的亲疏远近需要拿捏把握好,要会讨好上级,也要能安顿好下级,偏偏人心难测,保不定就在哪个环节上出了纰漏,轻则招人嫉恨,重则惹来杀身之祸,终日如履薄冰,战战兢兢;清廉了日子难熬,贪污受贿又害怕被抓,明哲保身的办法基本没有;今天这个百姓申冤告状,明天那个高官鱼肉乡民,想为百姓出头怕惹怒高官,想偏袒高官又怕百姓造反,实在是左右为难,无以为安。

做佛僧也有做佛僧的苦恼。红尘万丈,花花世界,到处都是诱惑,明明难以勘破,偏偏要穿着一身道袍,戴着僧帽,低眉顺眼地肃穆起来,捻着一百零八颗珠子串成的佛珠碎碎念,看别人灯红酒绿,听别人爱短情长,本就不甚淡定的心越发无限向往;即使有那得道的高僧一心向佛,无欲无求,可这日复一日的寂寥常常让人蓦然惊觉,自己这血肉之躯真如行尸走肉一般,只比那又冷又硬的石头多口气,比那纹丝不动的垂柳能走,需要超度的那些人心口不一、杂念丛生,表面态度恭敬,心里其实完全不那么想,佛僧是什么东西?连自己都活得清贫拮据,又能有什么办法让别人活得富足安乐?

如此,遍看天下,众生皆苦。

人生七苦:投胎、夭折、废疾、野蛮、边地、奴婢、妇女;天灾八苦:水旱饥荒、虫噬、火焚、水涝、地震、山崩、海难、疫病;人道五苦:鳏寡、孤独、绝症、贫寒、卑贱;人治五苦:刑狱、苛税、兵役、国法、家规;人情八苦:愚蠢、仇怨、爱恋、牵累、劳苦、愿欲、压制、隔阂;人尊五苦:仇富、嫉贵、憎寿、争王、求仙。

真正是苦海无边,疏而不漏。

人生在世,这许多种的苦里,总难逃一二。

这些苦,有的是以可视可观的外在形态呈现,有的却是潜伏于人的内心,外人难以察觉。很多痛苦根本就难以解脱,更可怕的是,它能在瞬息之间便使人家破人亡。所以,相比而言,如果一个人能了解自己的痛苦并寻求解脱的方法,那苦也就不再是苦,而是一种幸运了。

所以,苦是相对而言的,有轻重缓急之分,而只要不是猝不及防的天灾,只是人祸,或者根本就是自己的心魔,则完全可以通过增强自身的修为、开阔胸襟,得以苦中求乐,然后化苦为乐,最终离苦得乐。

仓央嘉措正是因为参透了生世之苦,才从阿妈离世的痛苦中解脱出来,以读书之乐化解孤独之苦。

万物有变,然而,纵横不出方圆,万变不离其宗,所以,万物变而有序。

乾天、坤地、震风、巽雷、坎水、离火、艮山、兑泽,五行八卦循环往复,阴阳相生相克,苦乐亦相辅相成。

世上的事,变幻莫测,看得穿,悟得透,便知即使身在苦中,苦不为苦,即使身在乐中,乐不为乐。以此从容冷静的心态来面对人生种种幻化之境,就可以坦然自若。

有了坦然自若的心态,就可以做到宠辱不惊、去留无意,泰山崩于前而不变色,麋鹿兴于左而目不瞬。

如此修为,苦乐、爱恨、离合尽可化为无形,还天地一片清明。

仓央嘉措穿花拂柳,独步天下,在那湛蓝天宇下的灵山秀水之间,于静悟中居高临下遍布佛语:命由己造,相由心生,世间万物皆是化相,心不动,万物皆不动,心不变,万物皆不变。

以不变之心应世间万变之事,以豁达乐观的心态面对种种苦境,才能化苦为乐。

所以,若一个人有坚定的信念、乐观的心态,立志毕生为做到仁德、正义、至善、解难、慈善而努力,这样的人就不会为暂时的困苦处境而担忧苦恼,他会把这些苦难当成对心志的磨砺,从克服这些苦难中获得生命的愉悦;相反,若一个人好逸恶劳,总想着不劳而获,又心胸狭隘、意志薄弱,那么他的生活就会像一片沼泽一样暗无天日,他置身于这样的泥沼中,只会在怨天尤人中越陷越深,任牢骚和痛苦彻底将他埋葬。

人生在世,若想脱离苦海,必要心志坚定,乐观豁达,不以物喜,不为己悲,能拒绝各种诱惑。

人的一生,苦境多,诱惑也多。这许多的诱惑,看似会让人获得快乐,实际却是苦境的诱饵。名利、美色、地位等,都容易让心志不够坚定的人误入歧途,因贪图名利而违背良知,为贪恋美色而祸国殃民,因贪得地位而行贿受贿……这样的人难得善终。

只要心不动,念不移,万般苦境都将不足为虑。

万物通灵,私相授受,有心的人才能得到更多的点化与彻悟。

心境纯净如仓央嘉措,饱读经文史籍,洞明世事百态,更于自然这无字书中参悟万种禅机。

月有阴晴圆缺,天有阴晴雨雪,春去冬来,四时交替,荣辱环复,兴衰更迭……这世间的所有,都遵循着一种神秘而奇妙的规律存在、发展,没有什么可以例外。

命有生死,境有顺逆,事有成败,花有开谢,叶有萌枯……这世间的所有,没有哪个可以自始至终一成不变。

至于爱恨情仇,不过是心中一念,朝令夕改,更没有一定之规。

如此,若还执迷不悟,苛刻自己或他人,实在是天下本无事,庸人自扰之。

如这满树繁花,当春乃发,数日间,便爆艳夺人,那集天地灵秀于一身的态势姿色,是如此惊魂摄魄,令人痴爱,可数日后终究会香消玉殒、落英纷纷、化作满地狼藉。此时,纵然再爱,再伤春悲秋,也不得不接受这残忍的谢幕。

仓央嘉措的衣襟上,满落碎花点点,他拈起一瓣,长久凝眸,脑海中,昔日繁华记忆犹新,只这点点飞花碎玉,已然不堪追忆。蓦然想起年轻的阿妈,曾是那样健美如花,和年幼的他一起行走田间,笑若春阳,声若燕语,教他指认花草树木、泥石五谷,告诉他蚕蛹如何羽化成蝶,教导他爱己及人不强人意……可是,几番寒暑,阿妈曾光洁饱满的额头上遍布沧桑纹理,蹒跚的脚步再也留不住青春疾逝。

人生苦短,朝为青丝暮成霜雪,英雄气短,美人迟暮,所有美好的事物,终要化为昨日黄花。如此,过于执念,于人于己,都是刁难。

踏着落花归去,悟道于心。

世间万象,存在即合理,本无苦乐之分。之所以有苦乐,是因为人心有向背,心所好为乐,心所恶为苦。而苦乐皆有因果,人们如果不懂因果,就不能参透苦乐,又往往会乐因种苦果。比如这花,开时是乐,谢时是苦,没有开时的繁盛,又怎会有谢时的衰颓?由花及人、及事,得时乐,失时苦;成时乐,败时苦。种种,无非因果。

所以,人只有能居安思危、思因及果,才能安身立命、心定神凝。

仓央嘉措就这般,以灵慧之心参悟佛道,把每个孤独的日子变成智慧的积累。

不知不觉,到贡巴寺已半年有余。

寺里的高僧们发现,从前那些去巴桑寺拜佛求经的人,竟然多有不辞劳苦奔波,赶来贡巴寺的。当然,他们仍然是冲着仓央嘉措而来,有求诗的,有求点化的,有求歌赋的,也有只为看他一眼的。

昔日香火稀落的贡巴寺日益热闹起来,那空置了许久的佛堂中,蒙了厚厚尘灰的佛像被香客们擦拭得亮堂堂的,佛像前的供桌上、神龛前,瓜果梨枣、花茶糕点应有尽有,香火自然旺盛不衰,堂前跪拜的香客也是络绎不绝。

一直闲散无事的高僧们不得不忙碌起来,清洒打扫,布置法事,宣经讲道。他们各守各位、各尽其职,贡巴寺气象一新,俨然成了方圆十里的名寺古刹,一时间声名渐起。

盛意难却,就算高僧们再不希望让仓央嘉措出头露面,到底拗不过香客们的殷切,不时地,仓央嘉措也会到佛堂里宣讲经文佛道。

他的话很少,语速也慢,但言简意赅,句句明理,偏偏他的声音又那么好听,磁性而敦厚,温和又清澈,如山间的溪水,响起天籁般的韵律,声声入耳,句句舒心。再加上他如风的气质,让那些香客甘之如饴,只觉得那些索然无味的经文道学全成了金玉良言。

　　与别的讲经宣道的高僧不同,仓央嘉措从来不敷衍,他既不像卜卦者那样,故弄玄虚地让香客们抽签解命,用些生涩难懂的诗文让香客们云里雾里、诚惶诚恐;也不像宣经者那样,照本宣科,拿一本厚得像砖头一样的经书,碾着唾沫一页页翻读,读着读着,香客们困得要命,自己也不知所云,弄得大家都莫名其妙。

　　他端坐在那里,神色清明,目光炯炯,微微笑着,看着香客们,把平时所学所悟娓娓道来,香客有疑惑难解的问题,他会略加思索后细细地为香客解答,他的解释总能让香客们有恍然大悟之感。所以,每逢他开堂讲经,堂下从来都是座无虚席。

　　最让香客们欢喜的是,仓央嘉措从来不像那些高僧们一样板着面孔不苟言笑,无论是为人解难释疑,还是为人写诗作赋,他总是那般和颜悦色。偶尔,他还会和香客交流切磋,针对某一件事或者现象发表各自的看法,和香客们平起平坐,相谈甚欢。

　　有些高僧看不过眼,觉得仓央嘉措这般作为有损佛道尊严,便又私下去桑结嘉措那边告状。可还没等桑结嘉措的批令下达到贡巴寺,却已经有更多的高僧耳濡目染,像仓央嘉措那样,态度温和地给香客们讲经宣道,得到了香客们的称颂。香客们得偿所愿,感恩戴德,把贡巴寺的美名传扬开去,更多的香客慕名而来,贡巴寺的香火由此变得更加旺盛。

　　佛僧,这本是天底下最清苦无聊的营生,在仓央嘉措这里,却生生变得趣味盎然起来。

　　仓央嘉措让一众高僧豁然开朗:心不苦,天下无苦;心若苦,处处苦,天下无不苦。

　　心不苦,是因为心志坚定、乐观。此心不动,天下无殇。

10.坐亦禅,行亦禅

当大片粉红的桃花、金黄的油菜花、绿油油的青稞把田野变成一幅流光溢彩的画卷时,仓央嘉措来贡巴寺已经一年了。

远在布达拉宫的桑结嘉措从在贡巴寺负责督导仓央嘉措学经的高僧那里得知,仓央嘉措天资聪慧,又勤学苦修,经学佛道精湛过人,让香客们顶礼膜拜,他便不由得烦恼。

五世达赖圆寂的消息一瞒就是十多年,就算他桑结嘉措再精明强干,这谎言终究有被揭穿的一天。天知道,他在这十多年里过的是什么样的日子,整天提心吊胆,战战兢兢,但那至高无上的地位和尊荣又让他无比迷恋,他就在这种极端的矛盾中活着。可即使这样,他也不想让仓央嘉措正式坐床接任,成为六世达赖。

只要谎言一天没被揭穿, 他桑结嘉措就是这布达拉宫里的王,不到万不得已,他不会把仓央嘉措这只替罪羊推到公众的面前。

可现在,仓央嘉措的美名远播,如果让更多的人知道了他的存在,定会惹来是非。

桑结嘉措思来想去,决定让仓央嘉措回家小住。这样,一来可以让仓央嘉措回村庄拜祭一下死去的父母, 于情于理也算仁至义尽了;二来,能让他暂时远离贡巴寺,省得那些香客们总为他兴师动众。

高僧们得令后,主动提出要给仓央嘉措放假。

仓央嘉措虽然觉得蹊跷,但并不在意,简单收拾了行囊后,他回到了自己日思夜想的乌坚林村。

仓央嘉措未曾剃度,他在回乡的途中摘掉僧帽,穿上藏族的服装,又变回了草原上的翩翩美少年。

离开的时候,草原上野花开遍,蝴蝶纷飞;归来的时候,草原上依然花开蝶绕,春意盎然。

只是,那青山脚下的屋子里再没有慈爱的阿妈,等他走近,扑过来将他紧紧抱住。屋门紧闭,门扉显得那样破旧,推开门,屋里到处蒙着尘埃。

这时,儿时一起长大的小伙伴们呼啦啦都跑了来,嘻嘻哈哈一齐动手,转眼就把屋子里里外外打扫得干干净净。他们簇拥着仓央嘉措,催他给他们说说外面的世界,他们好奇地睁大双眼,在仓央嘉措的叙说里不停地惊叹。

而最让他们惊叹的是,仓央嘉措,他们儿时的伙伴,竟然长成了这样一位英俊的少年,又拥有那么渊博的知识和深奥的见解。他微微笑一笑,就像草原上升起的朝阳一样光芒耀眼;他随随便便说几句话,就像诗一样优美流畅;在他看来普通的事情,大家听起来却是奇闻秩事,里面的那些人情世故,让他们大开眼界……

世代淳朴的门巴族人,因为村子里有仓央嘉措这样一位卓然出众的少年而满心欢喜,他们热情地欢迎他回来,给他送来许多生活用品和食物,而他回馈给族人们精神的食粮,给他们宣经讲道,还给会弹唱的族人写诗作赋。

仓央嘉措的诗赋韵律优美,读起来朗朗上口,唱起来余味无穷。很快,喜爱歌唱的族人们都开始传唱仓央嘉措的诗歌,那些悠扬的歌声在辽阔的草原上回荡,在浩瀚的天宇下起伏,与大自然和谐共鸣,让天上的雄鹰都栖居山岭用心倾听。

仓央嘉措就像珍珠那般,无论身在哪里,都掩饰不住夺目的光彩。昔日寂然的村庄,因为他的归来,焕发出了新的生机,每个宁静的夜晚,他的家都是神圣的道场,有那么多的族人静坐着听他讲解佛经。

虽然族人们一直信奉宁玛红教,但他们大都不能真正懂得佛教的大道,他们觉得那是高不可攀又深奥难懂的道理。

可仓央嘉措却告诉他们,不是这样的,佛理处处可见。

"佛说:坐亦禅,行亦禅,一花一世界,一叶一如来,春来花自青,秋至叶飘零,无穷般若心自在,语默动静体自然。"

没错,坐亦禅,行亦禅。无论行住坐卧、语默动静,无论花草树木、春去秋来，也无论花开花落、叶萌叶衰，更无论山高水远、严寒酷暑……眼所到处、心所到处，处处可见佛理，时时可以参禅悟道。

族人们面面相觑，只觉得仓央嘉措的话惊世骇俗，颠覆了他们过去对佛教的理解。

仓央嘉措娓娓道来，他引经据典，深入浅出地给他们讲解。

比如，天下人，无论做什么，归根到底，不过是为了吃得饱、睡得好。

吃得饱，代表物质条件优越；睡得好，代表心无负累，精神愉悦。两者都能拥有的人，就可以算是成功的人。

但凡事因人而异，饱和好的标准不同，人心所求的程度便不同。吃与睡这两件最平常的事，不同性格的人，做起来却是千差万别。

有的人，按时吃饭按时睡觉，顺天应命，自给自足，不贪不抢，每天吃得饱、睡得好，自然活得轻松安然；有的人，吃着碗里的看着锅里的，又百般挑剔，对拥有的总不知足，非要与人攀比，总希望比别人吃得好，睡觉的地方也要讲究，天天巴望着住像皇宫一样豪华舒适的地方，但自己又没那能力去达到，于是痛苦不堪，以至于吃不好、睡不着，结果身体健康受损，招病惹灾，得不偿失；更有甚者，为了一己私欲，不惜大开杀戒，强取豪夺。这样的人，即使一时风光无限，吃得山珍海味，但杀戮造孽，难免惶恐，自然难以睡得安稳，噩梦丛生，胆战心惊，睡不好，精神不振，纵然有美味佳肴，吃起来也味同嚼蜡。就算他已泯灭了良知，不知自己罪孽深重，因果有报，他日必遭天谴。正所谓，自作孽，不可活。

所以，同样是吃饭睡觉，若有平常心，不计较，不攀比，不贪婪，心安理得，就可以吃得饱、睡得好；失了平常心，贪得无厌，攀比嫉妒，穷奢极欲，必然会惹来许多烦恼，事与愿违，吃不好，睡不好，精神倍受折磨。

天下人，都吃饭睡觉，可又有多少人能安心吃饭、安稳睡觉？因争名夺利、斤斤计较而寝食难安的大有人在。静心想想，不过是一件简单的事，却因为私欲难填而变得复杂艰难，这些看起来聪明的人岂不是舍本逐末、自作自受？如果能明白其中的道理，就是参悟了佛道——为人处世，也应当如吃饭睡觉一样，当量力而为、知足常乐。

族人们听了仓央嘉措的解说，无不心悦诚服。细细一想，正是如此，民以食为天，可就为这一口吃食，又引起了天下多少纷争战乱？真正能吃得饱、睡得好的人寥寥无几。其实，钱财地位、高楼广厦都不过是身外之物，生不带来死不带去，难以随人始终；只这身体，生来死去，自始至终与命相依相随。善待自己的身心，凡事量力而为，不强人所难，也不好强斗狠，与人为善，才能身心安泰、养怡得福。

仓央嘉措的宣讲令族人们豁然开朗。果然，坐亦禅，行亦禅，眼所见处，处处蕴含禅理佛道。

路要一步步走，饭要一口口吃，这便如人做事求学，要"日积月累"。一片叶子稀薄渺小，一树叶子便是一片浓荫，数以万计的叶子长满枝头便形成了一片森林，这是在告诉人们，"积少成多，功到自然成"。登高才能望远，如人修养，自己的德行修养高，才能拥有更开阔的人生境界。草木春荣秋衰，如人生而有命，年轻的时候当奋发图强，年老的时候当安身立命……

仓央嘉措和族人们团聚一堂，教学相长，其乐融融。

彼时，仓央嘉措已成了族人心中的佛陀。

白天，族人们去田间劳作，仓央嘉措应伙伴们邀约，或去山野拾趣，或去圣湖观景，岁月一如既往，静好安然。

多年的寺院学经生涯，让仓央嘉措养成了博学勤思的习惯，与那些心无旁骛的伙伴们不同，他对生活有更深刻的感悟，对世间万物有更真挚的情感，他更懂得心怀感恩之情，以珍惜之情善待所有。

一次，他和伙伴们在苍莽的群山中邂逅了一只栖落山涧的老鹰，彼时，那只老鹰正伏在一块巨大的崖石上，不停地用喙啄那坚硬的崖石。同行的伙伴伏在草丛里，悄然拉开弓箭，对准不远处的老鹰。

仓央嘉措制止了伙伴，满怀敬仰的目光久久凝视着那只苍鹰，直到苍鹰飞走。伙伴不解地看着他，他收回目光，告诉伙伴们，鹰不是能被关进笼子里饲养的鸟,它傲骨峥峥,只属于广漠的苍穹。

那一天,小伙伴们知道了鹰身上的佛理禅机。

万物有灵,苍鹰是藏族天空的精灵,人们常常看到它们展翅高飞的雄姿,却很少有人知道,为了能这般自由自在地翱翔天宇,鹰们进行了怎样艰苦卓绝的斗争。

雏鹰不会飞翔,老鹰就叼着它们,一次次把它们从高崖上扔下去,胆小怕事的雏鹰常常会被摔得粉身碎骨,而那些勇敢的雏鹰则会在生死关头展开稚嫩的翅膀,努力练习飞行的技巧,以求日后具备搏击长空的资格。随后,过了壮年,鹰的喙会变得弯曲、脆弱,爪子会变钝,双翅也会变得粗大沉重。这时的鹰几乎失去了生存的能力,可是,它们不会静静等死,而是忍着饥饿与疼痛,在岩石上日复一日地打磨自己的喙,直到喙脱落重生;长出新的喙后,它又用锋利的喙将磨钝的爪甲啄碎、拔掉,哪怕鲜血淋漓、痛入肺腑也不停止,直到长出新的爪甲;然后,它继续把粗壮而沉重的羽毛一根根拔掉,让新的羽毛长出来。

这个过程漫长而惨痛,可是,雄鹰义无反顾,直至获得新生,重展雄风,翱翔天宇。

面对这样的天之骄子,你怎么能忍心去射杀?

雏鹰绝处逢生,如人要学会自食其力;老鹰忍痛重生,如人要学会扬长避短。这两种必须的生存之道,都需要人们像鹰一样意志坚定,勇敢地面对绝境,清醒地改正自身的缺点,在逆境中化险为夷,不断提升自己的能力,这样才能更好地活下去。这是苍鹰们令人肃然起敬的地方,又有多少人能做到?

伙伴们若有所思,仓央嘉措也心有所感,他的目光追随着天空中**苍鹰高傲的身影,默默沉想:苍鹰拥有天空,为能翱翔天宇而涅磐重生,自己的天空又在何方呢?**

少年心事,白璧无瑕,云淡风轻,他不知道,他的天空,早已被命运凝重地限定……

第二章

世间最美的情郎

1.和有情人做快乐事

她蹲在清澈的圣湖边,目光像湖水一样清澈明净;她唇边若有若无的笑意,像绽放在枝头最迷人的娇花;她用玉兰花一样纤美的素手,一下下用力将衣服在石板上搓揉,丝毫不知道,她少女清新的芬芳,引来了蝴蝶双双栖落在她黑亮的发梢……

是不是每个人年轻的生命里,都有那么一个女孩,在那年那月那日那时,突然如惊鸿一掠般,定格成一幅唯美的画,震憾少年沉静的心?

如一道彩虹突然冲破乌云,流光溢彩地冲散阴霾;如一片嫩绿骤然钻出积雪,生机盎然地唤醒荒芜?

就那样,怦然心动!

然后,阳光洒下来,尘世间所有美好的感觉蜂拥而来,整个世界都轰轰烈烈地开出花来!

而那个女孩,是光源的中心,是所有美好的辐射点。那集天地灵秀于一体的情影,此刻,就那般轻灵妩媚地倒映在湖水中,也倒映在了仓央嘉措的心上,然后成为唯美的烙印。

他就站在不远处,看着她的侧影失了神。

她对他的存在无知无觉,仍然快乐地撩着水花洗衣服,时而抬起皓腕擦抹额头的水滴。当河水被衣服撩起的时候,四溅开去的水花在阳光下闪成一片缤纷迷离,她咯咯地笑了起来,清亮的笑声美如天籁,引来成群的游鱼……

时空凝滞,天地静寂,只为伊人,在水一方。

那如花的笑靥,灿烂了他无边无际孤冷的时光;那快乐的笑声,驱散了他缠绵不尽郁结的轻愁。

她纤美的手拨动起涟漪的温柔,荡漾起他心中的诗情,让跃动的韵律鲜活了他的灵魂。他听到自己的血液如旋起了风暴,在血管里呼啸地奔流,随着他狂乱的心跳,翻腾着,冲撞着,荡涤着,让他的身心突然轻盈开去,化作她身边的风,轻盈地撩起她的发梢,惊走那栖恋的蝶……

他认得她,她是邻村的姑娘。很小的时候,他曾见过她,那时候,她又小又矮,面黄肌瘦。

可是,你看,时间多疯狂,它明明不动声色,却又如此大张旗鼓,让一个个黯淡的孩子长成俊美的少年、长成窈窕的淑女,又用心良苦地施展神奇的魔法,让他们懵懂的心懂得了向往。

本以为,你不过是生命里无意的过客,然,再相见,才知道,你是这生命里的珍爱。

仓央嘉措走向她,而她蓦然回首,惊见他,默默相视,然后,彼此会心一笑,一如久别重逢……

少年的心,被爱情燃起了热情的火焰,轻易让每个平淡的日子光芒万丈。

不加束缚,不要压抑,就让这爱的激情将黑夜点亮。因她美丽的风姿,因她绚丽的舞步,因她迷人的笑脸,他愿意让整个世界彻夜不眠。

为能与她眉目传情而快乐,为能与她牵手拥抱而幸福。当她用优美的歌声唱出他为她写的诗行,草原就变成了碧波荡漾的海洋,海洋就变成了波浪起伏的草原。天地之间,漫山遍野,所有的生灵尽情舞动,欢聚一堂。

生命原来可以如此张扬,青春原来可以如此激荡,身体似乎无法禁锢这汹涌的欢乐,灵魂似乎无法盛装这澎湃的激情——当她踏着金铃叮当的碎响,在草原上洒下一路芬芳,繁星变成钻石落进海洋,月光攒成珍珠串成项链,沉默的峰巅也为她倾倒,平静的湖泊也为她痴狂……

他迎向她,张开自己的怀抱,如葱郁的丛林,欢喜飞鸟的投靠。

他为她写下浪漫的诗行,让华彩的情诗染香她的唇瓣;他为她采撷绚烂的山花,让动人的花环靓丽她的娇颜;他牵着她的手,在林间徜徉,听高山流水,闻鸟语花香;他抱她坐在膝上,哪怕什么话也不讲,只在风里静默相望,也依然心动神往。

她为他轻歌曼舞,为他洗衣做饭,听他讲有趣的传闻,酣梦中将脸庞靠在他的胸膛……

多情的少年,痴心的姑娘,就这般,爱如潮水,抵死缠绵,每一天,都是地老天荒。

洋溢的诗情,追循着伊人的芳踪,围绕着她流转的星辉,让相依相伴的时刻变得那么美好。

爱情如世上最芳醇的美酒,斟满时间做成的酒杯,人在其中,不饮即醉,醉在其中,久久回味。

仓央嘉措炽热地爱着美丽的姑娘,他写的情歌在草原上广为流传,诗中有与心上人初识乍遇的羞怯,有两情相悦时忘我的欢欣,有望眼欲穿时的患得患失,也有山盟海誓时的惺惺相惜。

在那东方高高的山顶,
升起一轮皎洁的月亮,
仁增旺姆(纯洁的少女)美丽而醉人的容颜,
时时荡漾在我的心房。

歌声随风飘散,如天使洁白的翅膀,滑过长天,翻越高山,传遍西藏,到处都有人吟唱。

巴桑寺上,贡巴寺下,布达拉宫外,仓央嘉措的名字越来越多地被人提起,他那俊逸绝代的风姿,还有那锦心绣口的诗才。

桑结嘉措听到这些诗歌,十分惶恐恼怒。这个恼人的孩子,他将成为六世达赖,皈依黄教,怎么可以这样伤风败俗,不守教规?

桑结嘉措密令,让贡巴寺的高僧连夜传话,让仓央嘉措赶回贡巴寺闭门学经。

可是,仓央嘉措不愿意再莫名其妙地受人管束,他和族人世代信奉红教,恋爱结婚天经地义,他丝毫不知道他哪里做得不对。

与心爱的女子长相厮守,生儿育女,执手偕老,岁月静好,这就是他想要的人生。为什么还要回贡巴寺去,每天形单影只地与书为伍,去念那些刻板而缥缈的佛文经书?

该懂的道理他都懂了,该背的经文他都背下来了,佛学中所说的解脱他已了悟,现在,他这样开心地活着,只觉得只要能与心上人相守相爱,世间再没有什么牵绊和烦扰。

回贡巴寺的日子一天天临近,仓央嘉措丝毫没有启程的打算,他每天照常与族人们一起去田间劳作,为生计奔忙,然后和心爱的姑娘一起畅想未来。他在圣湖边与她许下前生后世的约定,在雪山之间与她立下永结同心的誓言。那时,他以为,没有任何事情可以动摇他的信念,也没有任何力量能改变他的梦想。

去年种的青苗,
今年已成秸束,
少年忽然衰老,
身比南弓还弯。

他以为,爱情会开花结果,然后,他与心爱的姑娘一起慢慢变老,即使佝偻了腰身,也依然是彼此心中的珍宝。

我那心爱的人儿，

如作我终身伴侣，

就像从大海底下，

捞上来一件珍宝。

他以为，只要他以这般珍惜的情怀爱她，用一生的时光去珍藏她，终生与她相依偎，就能让生命圆满，不再有遗憾。

他那么单纯地相信，爱情是两个人之间的事，只要彼此心心相印，就没有什么能把他们分开。

甚至，他把炙热的爱与佛说融化成诗，惊世骇俗地唱出心中所想：

我问佛：如果遇到了可以爱的人，却又怕不能把握该怎么办？

佛曰：留人间多少爱，迎浮世千重变，

和有情人，做快乐事，

别问是劫是缘。

留人间多少爱，迎浮世千重变。

爱的盟誓，掷地有声，无怨无悔。

可是，在这浮华的尘世，在这喧嚣的人间，哪里真正有不染俗尘的雪域仙境呢？

即使，这里的雪山，清一色的白，纯白，银装素裹，白璧无瑕，可终年积雪之下，掩埋的仍然是浮土尘埃；即使，这里的冰峰，蜿蜒如玉骨腾龙，带着不可一世的豪迈，奔涌向前气势汹汹，可天涯海角之后，断裂处还是千沟成壑！

纯美少年那深沉的爱恋，其实不过是这山坳里平展如瀑的积雪，抒情的弧度承受不过利欲的重荷，当它想用平静的力量美化世界的时候，无情冷酷的山风轻易便让它化为飞尘。

桑结嘉措恼恨不已，可他不能大动干戈，因为那样做只会适得其反。可是，他是布达拉宫高高在上的王，仓央嘉措不过是他掌控下的替罪羊，他绝对不允许这枚棋子违逆他的意愿,让他的计划功败垂成。既然仓央嘉措一意孤行,他可以另辟蹊径,他坚信,他可以轻易让仓央嘉措死心。于是,桑结嘉措表面上不动声色,暗地里却进行了一番周密的谋划。

仓央嘉措完全不知道他的爱情随时会被破坏,他一如既往地在蓝宝石般的圣湖边,等待他心爱的姑娘。

想念她的时候,天空蓝得那样纯粹,像偌大的画布,任白云妙笔丹青。

云彩的每一种变幻,都是他想送她的礼物,他屏息凝望,看明媚的阳光怎样点缀它,写意的风怎样渲染它,他恨不得把这世上所有的尽态极妍,都让云朵幻化出来,让她在他的怀里,一起欣赏。

她姗姗来迟,他拉她的手,絮絮诉说离情别绪。他指着那洁白的云朵,告诉他相思的形状,诗意的灵感让他黑亮的眸子溢满神采。

她柔柔地靠在他怀里,不看云,只看他,目光迷离,魂飞天外。

他的博学,他的清俊,他的风雅,他的细致,他的一切都令她迷恋复沉醉。

永远太长,一世太短,和有情人做快乐事,别问是劫是缘。

拥有了这一刻,哪怕是劫,亦无悔无怨。

只因,这刹那间的永恒,如此唯美……

2.别问是劫是缘

是不是每一个情窦初开的少年,都会邂逅初恋的魔咒,从见到她起,就忘了自己?

如细水长流般,耐心十足地陪在她左右,看她微笑,听她絮语,无论何时何地,只要她在身边,眼底、心里满满都是惬意,看山、看水都是风光旖旎。

每天,盼着朝阳升起,又盼着夕阳归去,因为晨起有她的笑语,日落有她的慰藉;白天不再有哀伤的叹息,黑夜亦不再有独眠的孤寂。

他说,他要娶她为妻,她也说,非他不嫁。其实,两人不过是不谙世事的少年,可因为爱情,便相信生生世世,承诺给对方自己的一辈子。

那时的仓央嘉措一贫如洗,父母早已不在,他拥有的只是年轻气盛,许多梦想是那么遥不可及;她却是邻村富人家的女儿,不嫌弃他的贫困,不怕嫁给他吃苦受累,只想着,能和他在一起便无怨无悔。

她不骄纵,愿意为他洗手做羹汤、飞针走线缝衣衫。即使是山涧里最平常的野菜,她亦能做得花样百出、色鲜味美;从来不必测量尺寸,她为他缝制的衣衫就如量身定做一般。

偶尔,她也会嗔怒地撒个娇,紧抿着嘴巴不声不响。那时,他就会拉拉她的小手,俯在她耳边说句悄悄话,被逗得忍俊不禁的她便会露出粲然的微笑。

就这般,两人默然相爱,寂静欢喜。

这边,岁月静好。

那边,却早已硝烟弥漫。

地久天长的爱情,世间从来罕见,何况看似平静无波的生活总是暗流涌动。

满以为自己可以主宰命运,其实,从来都是命运主宰人生。

古往今来,帝王将相,凡夫俗子,莫不如是。

仓央嘉措亦在劫难逃。

自五世达赖喇嘛圆寂之后,桑结嘉措就一面继续千方百计地隐瞒真相,一面处心积虑地与蒙古准噶尔部的汗王噶尔丹秘密结盟,想要合力将西藏的和硕特汗王赶走,不断壮大自己的力量,以牢固地独揽西藏大权。

为此,桑结嘉措不惜欺骗和对抗清王朝,暗施计谋加深西藏各部落之间的矛盾,制造动乱,以图坐收渔翁之利。

当蒙古喀尔喀三汗部的内讧日益尖锐,桑结嘉措见机行事,以五世达赖的名义,唆使噶尔丹乘机侵入蒙古北部,打败喀尔喀各部军队,侵占了喀尔喀三汗部的大片领地。

内忧未解,外患加身的喀尔喀三汗部不得不停止内讧,一致对外,集中残余兵力,与噶尔丹进行激烈对战。双方互不相让,战火愈演愈烈,喀尔喀周围的部落生怕被殃及,也加入了喀尔喀三汗部,一起抗击噶尔丹的入侵。双方势均力敌,一时打得难分难舍,蒙古北部大片土地的百姓家破人亡,流离失所。

康熙皇帝听闻战事,龙颜震怒,势将御驾亲征平复战乱,但考虑到蒙古人都信仰佛教并尊奉达赖喇嘛,便想以和平的方法解决蒙古各部之间的纷争,派出使臣前往西藏请五世达赖出面调停。

桑结嘉措听到这个消息,顿时方寸大乱。他本以为噶尔丹大兵压境,在短时间内很快就可以打败喀尔喀各部,帮助他顺利巩固、发展自己在藏区的势力,没想到却偷鸡不成反蚀一把米,激战双方相持不下,康熙皇帝竟然要派使臣前来和平镇压战乱。

眼看隐瞒了十四年的真相就要大白于天下,这可是欺君之罪,桑结嘉措惶惶不可终日,万般无奈之下,竟然抱着侥幸的心理,再次斗胆让一直冒充着五世达赖的亲信江阳扎巴接见清廷使臣。

安排好一切后,桑结嘉措授意噶尔丹在和谈的时候假装臣服。可是,被战火激起征服欲的噶尔丹阴奉阳违,他在和谈中故意滋事挑衅喀尔喀部和谈代表,肆意辱骂喀尔喀部的来使;喀尔喀部针锋相对,对噶尔丹痛责不已。双方越发水火难容,导致兵戎相见,噶尔丹的弟弟在争执中被喀尔喀土谢图汗察珲多尔济刺杀。

噶尔丹怒不可遏,丝毫不理会桑结嘉措的劝阻和康熙皇帝的命令,再度举师动众,率兵而上,攻打喀尔喀各部。

喀尔喀各部貌合神离,军心不稳,被噶尔丹打得节节败退,部中百姓尸横遍野,惨不忍睹。噶尔丹却企图一鼓作气,乘胜追击,甚至野心勃勃地想要入侵关内。

康熙责令五世达赖火速派人阻止噶尔丹,桑结嘉措玩火自焚,一筹莫展之际,竟然再次选择与噶尔丹沆瀣一气,不但不力劝噶尔丹停战,反而大力唆使噶尔丹继续南侵。

噶尔丹自恃兵富力强,被暂时的胜利冲昏了头脑,继而进军内蒙古乌朱穆秦地区,并胆大妄为地率兵直逼热河,在离北京仅有七百里的地方安营扎塞,威逼京都。

康熙皇帝忍无可忍,亲率精兵挥师北上。

噶尔丹狂妄自大,丝毫不把康熙放在眼里。

桑结嘉措知道,康熙平乱之后,势必会追究他策反失职之罪,到时候,五世达赖早已圆寂的真相就会被揭穿,他将因欺君之罪而命悬一线,所有的荣华富贵都将付之东流,所有的权势都会化为云烟消散,即使他推出仓央嘉措那只替罪羊,也难保幸免于难。但如果噶尔丹大获全胜,那他就可以继续坐拥藏区江山,大权在握,呼风唤雨。

两害相权取其轻,最终,桑结嘉措选择继续怂恿噶尔丹,甚至派人假以五世达赖的名义为噶尔丹诵经求胜、卜卦问佛,许与噶尔丹平分天下的诺言,借以煽动噶尔丹竭力对抗清廷。

噶尔丹好大喜功,对称王称霸志在必得。自他起兵,东至青海,他先后占领了哈密、吐鲁番、阿克苏、乌什、喀什噶尔、叶尔羌等地,兼有四卫拉特并控制南疆地区,现在又快要完胜漠北喀尔喀蒙古地区,可谓所向披靡、战功赫赫。

许多之前对他耀武扬威的可汗都惨败在他的手下,他俘虏了众多部落的权贵汗王,践踏着他们的尊严,肆意侮辱驱使,那种胜者为王、败者为寇的快感让他越发不可一世。

康熙有什么了不起?那些长辫子的清兵又怎么能敌得过他噶尔丹的万千精兵强将?索性放开手脚大干一场,让他噶尔丹的铁蹄踏遍大清江山!

噶尔丹当机立断,借口为弟报仇,与结交了十余年的沙俄串通一气,大肆调兵遣将……

战争是一场旷日持久的灾难,百姓命如草芥,弱如蝼蚁。

发动战争的政治家们狼子野心，他们以能运筹帷幄、决策千里而洋洋自得，丝毫不在意无辜的百姓饱受战乱之苦。他们像一群丧失了理智的杀人魔，为争权夺利而丧心病狂。

在这长达八年的漫长战乱中，天下局势风云变幻。

在桑结嘉措的支持和谋划下，噶尔丹的"近攻计"取得了显赫的战功，而后，桑结嘉措又怂恿他采取"东进"政策，进而统一蒙古，建立一个不依附于清王朝的大蒙古帝国。

为了实现自己的野心，噶尔丹进一步巩固和俄国的友好关系，与俄国互相利用，妄想靠沙俄牵制清政府，并与沙俄联军多次迎击清兵，与清政府关系急剧恶化。

康熙先后两次御驾亲征，均大败噶尔丹。在此期间，噶尔丹所统领的准噶尔内部发生了严重内讧，致使噶尔丹兵员锐减，战斗力严重削弱。噶尔丹却不思悔改，兵败之后，他一意孤行地投靠沙俄，借兵深入乌兰布通，直取京都。

不料，雄才大略的康熙转变了对战策略，他先是成功地瓦解了沙俄与噶尔丹的结盟，随后又下令严禁对外输出军火，让噶尔丹众叛亲离、后援无力，之后，康熙再次御驾亲征。

康熙三十三年五月，噶尔丹与清军在昭莫多激战数日，噶尔丹再次一败涂地，不得不带领残兵败将流窜于塔米尔河流域一带。

一直等着坐收渔翁之利的桑结嘉措美梦落空，不由心慌气短，惶惶不可终日。他暗中派人增援噶尔丹，让噶尔丹养精蓄锐以备再战。

可惜，连年征战，四面树敌的噶尔丹已如丧家之犬、强弩之末，再也无力与清军对抗。但穷途末路的噶尔丹仍然不思悔改，于康熙三十五年，纠结余部再次与清军激战，结果溃不成军。走投无路的噶尔丹唯一可以投靠的，只有曾经掌握藏区实权的第巴桑结嘉措。

可惜，此时的桑结嘉措已自身难保。

虽说事在人为，可现实却是尽人事、听天命。桑结嘉措费尽心机，结果却几乎满盘皆输。

凯旋而归的康熙很快就要找他算账了，欺君之罪已昭然若揭，助纣为虐罪加一等,眼看他就要没几天可活了,唯一的希望和砝码就是他雪藏的仓央嘉措。

仓央嘉措,那个乡野小子,到底被他占去了便宜。

桑结嘉措无奈又沮丧,早已利欲熏心的他丝毫不会想,这样的便宜,于仓央嘉措是祸不是福。

一个人的命运,就是这样难以捉摸。

看似与自己毫不相关的人或者事,在若干年之后,竟这般不可思议地改变了自己命运的轨迹。那就像是一张看不见的大网,神不知鬼不觉地罩下来,让原本自由自在的仓央嘉措瞬间束手束脚,再也不能随心所欲。

五世达赖、桑结嘉措、噶尔丹、康熙,还有那许多藏区、蒙古部落的首领,这些人,本来与生于村野的仓央嘉措没有任何关系。可命运就是这般奇诡,阴差阳错地,一场持续了十四年的战乱,一个蒙昧天下的谎言,最终却要让原本微不足道的仓央嘉措来收拾残局。

俊美、儒雅、向往自由和爱情的少年此刻还一无所知,他的命运将面临一个华丽的转身,让他变成藏区至高无上的王,而那华丽的背后危机四伏。

他仍然心地纯良,与心爱的姑娘相恋。

岂不知,这爱越缠绵,日后的离别就越伤感;这爱越炽狂,日后的痛苦就越深重。

佛说:万法皆生,皆系缘份,偶然的相遇,暮然的回首,注定彼此的一生,只为眼光交汇的刹那。

缘起即灭,缘生已空。

可是,心中有爱,便如飞蛾扑向光明,哪还会去计较缘灭还是缘空?

她在他怀里,长发如瀑,星眸似水;她呵气如兰,笑靥如梦;她赋予天地瑰丽的色彩,让星辰列阵舞动;她唯美了他所有的幻想,让生命如此,灿若夏花。

别问是劫是缘,此一刻,便是永恒……

3.进可攻,退可守

萧瑟的秋风荡涤了夏日的浓荫,又将草原勃勃的生机封藏,气温骤降,衰草连天,寒冬即将威逼而来。

布达拉宫重建工程全部竣工,主持这项宏伟工程的桑结嘉措却愁眉不展。

这座气势恢弘的艺术殿堂里,收藏着世上最令人向往的珍宝,它在西藏西北巍峨的红山之上,居高临下与天上的云彩接壤。鎏金的房檐饰以金粉描绘的图案,宝瓶、摩蝎鱼和金翅乌这些吉祥的象征点缀着层层的梁脊,彩墨的壁画巧夺天工,金身的佛像栩栩如生,交错的廊道,杂陈的殿堂,宫堡式的建筑群依山桑砌,色彩绚烂、气势非凡。

可是,他桑结嘉措煞费苦心命人修建了这富丽堂皇的宫殿,自己怕是无福消受了。

桑结嘉措久久地仰望着这群楼重叠、殿宇嵯峨的圣殿,沮丧得无以复加。

他一直自诩英明,支持噶尔丹的"近攻计",继而支持他全力推进"东进政策",本以为噶尔丹会大获全胜,结果却被康熙打得落花流水。就算他有心相助,也断然不敢像以前那样明目张胆,大清王朝国昌势强,康熙皇帝更是圣威难犯,他力求自保都不见得能化险为夷,哪里还能顾得上他噶尔丹?

为今之计,只得做最坏的打算了。

不过,没到最后,也不能轻易认栽。进可攻,退可守,噶尔丹兵败山倒,不是还有仓央嘉措么?

如果把仓央嘉措推出来,或许能侥幸解决眼下的燃眉之急,到时候,少不更事的仓央嘉措也就是一个傀儡,所有事都得他第巴做主。如此,他依旧大权大握,并且,再也不用整天提心吊胆了。

想到这些,桑结嘉措紧皱的眉头渐渐舒展开来。他即刻传令下去,暗中着手准备六世达赖的坐床大典。

那一天,和往常没什么不同。

只是秋日的阳光罕见的明媚,风也静悄悄的,枯黄的衰草绵软的像厚厚的绒毯。

仓央嘉措仰躺在草地上,旁边放着的经书被清风翻来翻去,天上的云朵仍然恣意变幻着,天空蓝得纯粹,秋水长天,意境悠远。

她还没有来。

其实,离约定的时间还早。

可是,就算这样静静等待,也是件开心的事。不急也不恼,想着她可能正在家里对镜梳妆,把长长的黑发披散下来,用那双灵巧的小手编成麻花辫,然后戴上漂亮的头饰,对着镜子左左右右看来看去,然后去衣柜里挑选裙衫,每次都像去参加盛大的宴会那般,惶恐又期待,忐忑又欣喜……

想着这些,少年的唇边便不由地泛起温情的微笑。

那边,有许多孩子在游戏嬉闹,欢快的笑声像水波一样荡漾开去。他们用石块沙子建造城堡,又用枯草编织团席和草帽。他们把折叠的纸鹤抛向空中,张开双臂闭上眼睛像翱翔一样奔跑。

这些孩子,多像生生不息的野草?前一茬儿已经长高,后一茬儿已急不可耐地满地跑。

看到他们,就如同看到了自己的童年。

他突然恍惚地记起,曾有那么一天,大家就是这样疯疯闹闹,猝不及防间来了一场急雨,别的孩子都跑回了村子,只有他藏在草丛里挖渠导水。玩得正入迷时,一个过路人停在他的身边,他手里拿着一根又粗又重、雕刻着精美花纹的佛杖,他还有一只很好玩的铃铛。

是的,他从来没有见过那么漂亮好玩的铃铛。银制的光泽,造型奇特而小巧,声音别样的清脆响亮,拿在手里轻轻摇动的时候,它就像有了生命似的叮当作响,"铃铃铃、铛铛铛……"

如果他能有那样一只铃铛该多好,他会把它送给她,她也一定会很喜欢。他会亲自把它系在她的脚踝上,让它随着她的步履欢快地摇响,无论她走到哪个地方,都响在他的心上;如果以后他们有了孩子,那只铃铛就能成为孩子最好的玩具。可惜,当时的他没好意思跟那个过路人讨要,他很小就知道,不能随随便便问别人讨要东西,何况那是个陌生人,何况那是个那么精致的东西。

那个过路人的模样,他已经完全想不起来了,那段往事也早已变得虚无缥缈,像一个遥远的梦境,似有还无。

仓央嘉措闭上眼睛,享受着阳光的拂照,任思绪随意飘摇,在等她的每时每刻,心情如风一样自由。

可是,那似梦境里的铃声,久久萦绕不散,渐渐地,竟然似从梦境里钻了出来,虽然听起来有些遥远,却是真真切切地响着。

仓央嘉措睁开眼睛,循着那铃声望去。

耀眼的阳光刺痛了他的双眼,眼前瞬间一片黑暗,然后,那黑暗像一层薄雾般慢慢散去,逐渐清明的视野里,他看到一支浩浩荡荡的队伍从那边的山坳里转过来,走在崎岖不平的山路上,井然有序地向这边的草原挺进,那些细碎的铃声,随着距离的短缩,越来越清晰嘹亮。

那是些什么人?到这边来做什么?

仓央嘉措漫不经心地看了一眼,重新仰躺下来,舒展四肢,为安静的小憩被打扰而微微不快……

当沉醉在爱情中的少年,躺在绵软的草地上等待他心爱的姑娘时,一队盛装的僧侣从那边山脚下走来,径直朝着村子的方向。他们神色郑重肃静,步履整齐划一,擎在手里的经幡在微风里飞舞翻卷,红的、黄的、白的,如茂密的丛林,绵延向暗色的村庄。

仓央嘉措浑然不知,这支远道而来的队伍,正是为他而来。

如果他知道自己即将被带去布达拉宫,从此不能与心爱的姑娘相依相伴,他会不会毅然逃离,带着心爱的姑娘远走他乡?

要自由还是要荣光?那个俊逸出尘的少年会做出怎样的选择,如果可以选择?

六世达赖,地位至高无上,受万众敬仰。忽略它背后的凶险,只看表面，那是世上少有的尊荣，许多人处心积虑一辈子都难以攀登的峰巅。

心爱的姑娘，缠绵的爱情，与这可遇难求的尊荣相比，孰重孰轻？江山，美人，不可两全。

会不会，在那尊荣面前，姑娘如花的笑靥会黯淡下去？毕竟，世上的美人千千万万，而这样的圣位却屈指可数，错过，便无法再重来。

世俗的眼，利欲的心，必然会选择那一世荣光。

可仓央嘉措是灵慧脱俗的，他是否会对那高高在上的尊位不屑一顾，依然云淡风轻、情深意重地牵着情人的手，笑看人世繁华，淡看凡俗宠辱，你不离，我便不弃，一如曾海誓山盟的那样，生生世世，相守白头？

没有人知道答案，就连仓央嘉措自己都不知道。

所有的假设就只是假设而已，当时的他没有逃走，便没有了选择的权利。

没有选择的权利，便少了许多纠结，即使后来心有不平，占着江山，还想要美人，甚至不守清规戒律，不顾佛训教道，肆意要做那"世上最美的情郎"，但到底，省略了一段为爱情而置荣华于弃履的佳话。

而放眼世间，那些真正为爱情而弃尊荣的男儿，自古少有。

美人与江山，向来江山为重。

爱江山更爱美人，适合志得意满的帝王。

只爱江山不爱美人的男人是绝种，只爱美人不爱江山的男人，最终都会成为亡国之君。

偏偏仓央嘉措，日后做了六世达赖，却不斩尘念，为爱而痴，为情而狂，硬生生以这极端矛盾的存在，成为流芳万世的情僧教王。

世人弄事，世事弄人。

彼时的仓央嘉措就这般懵懵懂懂完成了人生一次翻天覆地、惊世骇俗的转身。

一切恍然如梦……

当那些盛装的僧侣在族人们的簇拥和指引下，走到仓央嘉措的面前时，他心爱的姑娘在离他不远的地方愕然站定。

怎么回事？仓央嘉措莫名其妙地打量着一众僧侣，一时忘了召唤他的情人。

"尊贵的达赖，请随我们启程回宫……"

僧侣们无比恭敬，齐齐跪倒，嘴里说出来的话让仓央嘉措如坠梦中。

没有人为他解释什么，他们只负责传达命令，然后催促他即刻启程。

僧侣后面，是一队戎装的兵士，他们面色冷峻，厚实的铠甲在阳光下泛着冷冽的寒光。

一个士兵牵来一匹装饰华美的骏马，俯首恭请。

仓央嘉措迷惑不解，纹丝不动。

"尊贵的达赖，我们奉伟大的第巴之命，前来恭迎您。"

这次，站直了的僧侣们不再慈眉善目，他们分立两边，让兵士们上前，将仓央嘉措驾坐在马上。

"阿旺！"

一直僵愣在那边的姑娘惊叫起来，美丽的双眸里淌下晶莹的泪水，她跑过来，扑向她的情郎，可两边的兵士强硬地阻止了她，粗鲁地把她推远。

"不许碰她！"

仓央嘉措惊声警告，那些兵士俯首退下，却站成了一道人墙，隔离在他和她之间。

那道人墙，就是天堑鸿沟，咫尺天涯，他们的情缘注定难续。

随后，他们再不肯说一句话，立刻转身离去，如来时一样行色匆匆。

仓央嘉措根本没有意识到要反抗，这支由僧侣与士兵组合的队伍威严而神圣，他们遵从伟大的第巴之命，来恭请他前往布达拉宫。

伟大的第巴，他的命令没有人敢违抗，何况，仓央嘉措以为这只是一次短暂的旅行，他幼稚地回过头来，对着僵愣在那里的姑娘大喊："等着我，我很快就会回来！"

所有的族人都以为是这样，他们看着长大的青涩少年受到第巴隆重的邀请，他们为此自豪而欢庆，他们在草原上招着手，远远地欢送他们的孩子远行。

只有那美丽的姑娘,心头升起不祥的阴云,可她除了站在那里泪流满面,没有任何办法挽留她的情人。

秋风渐冷,暮色将临。

人群散去,伊人独影,不由倍觉伤情。可是,她的情郎,再也不能如往昔般,抱她在怀里,许她一世情浓……

4.幸与不幸同在

如今的一分一秒都是煎熬,桑结嘉措彻夜难眠,暴风雨前的平静最让人心惊胆寒,可康熙就是按兵不动,天高皇帝远,他不知道康熙皇帝到底会怎么处置他!

噶尔丹已经被康熙逼到了山穷水尽的地步,昔日那个不可一世、耀武扬威的噶尔丹最后连他最爱的妃子阿弩都保护不了,任其在康熙的炮火之下香消玉殒。

康熙早已搬师回朝,按说,时间过去了那么久,也应该跟他桑结嘉措清算了。

可是,半个月过去了,康熙对他既没有兴师问罪,也没有出兵征讨,就这么冷处理着,让他在揣测里惶恐不安。

仓央嘉措,那个走运的野孩子应该快到拉萨了吧!

桑结嘉措搓着手,如热锅上的蚂蚁一样来回踱步,无奈沮丧又心疼,他好不容易得来的一切,现在却不得不拱手让给仓央嘉措,就算仓央嘉措是他的棋子,可这棋子日后听不听他摆布还未可知。

更可恨的是,现在就算有这枚棋子,也不一定就能让康熙对他既往不咎。都怪那个噶尔丹,他真是烂泥扶不上墙,若是他能够获得胜利,自己就不用这么焦心了!

在桑结嘉措提心吊胆的等待中,大清使臣终于来了。

清使送来了三样东西：噶尔丹的佩刀、噶尔丹妻子阿弩的佛像、阿弩的佩符。

三样东西都是死物，却生生将桑结嘉措吓破了。

论武略，他不如噶尔丹骁勇善战，他桑结嘉措就是一个文人，成天和佛僧、佛学打交道，精于算计权谋已经很不错了，战场上那一套，他根本没实践经验。何况，就算他有经验，噶尔丹都打不过的康熙，他又怎么敢去打？

论命数，他桑结嘉措比阿弩幸福，至少，现在康熙还没直接赐毒酒白凌，要他自行了断，也没有调兵遣将来为难他，可是，这并不代表康熙会就此放过他。阿弩的佛像明明白白地告诉他，若识相，臣服，忠心归附，就留他一条狗命；否则，他就会像可怜的阿弩一样，死无葬身之地，只能留下一尊冷冰冰的佛像，算是证明他还活过一场。

至于那个佩符，桑结嘉措也心领神会。这佩符可是噶尔丹的心爱之物，噶尔丹兵败妻亡，再好的东西也留不住。他桑结嘉措也一样，无论他这些年收藏了多少人间至宝，也无论他把这布达拉宫重建得怎么富丽堂皇，如果他没命了，这些东西就跟他一毛钱关系都没有了，还是老老实实想想清楚，赶紧表忠心，归顺大清为好。

桑结嘉措何其聪明，鸡蛋碰石头只能是自寻死路，要想活命，唯一的办法只能是成全仓央嘉措，然后，一边以仓央嘉措为借口，一边准备好进贡的财宝，恭恭敬敬地俯首称臣。

想明白这些，桑结嘉措的内衣都湿透了，他活到现在，从来没有这么恐惧、痛苦过，可是，此一时彼一时，他把一个弥天大谎掩盖了十多年，康熙没命人一刀灭了他已经是恩德了，哪里还敢奢望什么王权富贵？

"摆、摆宴！为大清圣使洗尘！"桑结嘉措压下满心的惶恐，硬生生扯开一脸笑容，态度无比恭敬。

不管怎么样，先过了康熙这一关再说。

桑结嘉措暗暗抹了把汗，盘算着怎么先把这位使臣伺候好，回头再怎么跟康熙口吐莲花。

彼时，仓央嘉措已经来到了拉萨。

陌生的城市，陌生的人群，一切的一切，似乎都如海市蜃楼一般，真真切切地摆在眼前，给他的感觉却那般虚无缥缈。

这感觉，就像行走在梦境之中。

仓央嘉措坐在高大的骏马上，被浩荡的队伍拥簇着，走在拉萨繁华的街头，整个人处于一种迷茫的晕眩之中。

没有人认识他，可当每一道好奇地目光投落到他的身上时，就再也挪不动了。

他端坐在马背上，唇形优美，鼻梁俊挺，剑眉秀目，神色宁寂。一袭长衫裹着他颀长挺拔的身姿，越发显得他那清俊绝尘的面容如月光般皎洁圣灵，他如水般明澈的眸光带着一丝雾般的困惑，不经意地落到哪里，哪里便花开如锦。

温润如玉，风华绝代，翩翩少年轻易便吸引了诸多关注的目光。

行人止步，在街道两边自行列队，夹道目送仓央嘉措一行人缓缓走向布达拉宫的方向。

人们窃窃私语，不知道这位突然出现在拉萨街头的俊美少年到底是谁。

可是，很快就有人认出了护拥在仓央嘉措身边的僧侣和后面的护卫兵。

"那是第巴大人的信僧！"

"天啊，是布达拉宫里的圣卫！"

人们惊疑地叫着，投来的目光带着敬畏与惊艳，久久追寻着仓央嘉措的身影。

这少年到底是什么人，竟让伟大的第巴桑结嘉措派出最亲信的僧侣和贴身的护卫？

没有人猜得出，就算是仓央嘉措自己，也想不出来。

第巴桑结嘉措找他做什么呢？他不过是一介平民，既无治国大略，又无经世奇才，突然就这般被大张旗鼓地接进拉萨，他真不知道接下来会发生些什么。

是的,到此,一切都像一场荒诞不经的梦。

随遇而安,谜底很快就会揭开,不久后,他会回到家乡的村庄,日子就像一湾平静的水塘,被突然扔进的小石块惊扰了,泛起几圈涟漪,但很快就会恢复平静,接下来的日子还是会一如既往,他依旧可以和心爱的姑娘相濡以沫。

一直就这样想着,所以,无论身在哪里,都安之若素。

这只是一场梦,醒来后,一切都不会有任何改变。

仓央嘉措这么想着的时候,一直紧抿的唇角泛起微笑,目光也变得平和温柔起来。

呵!人群们发出数声惊叹,那个少年的微笑就如云开日出一般,瞬间眩亮了周遭,那肃静的面容瞬间如冰消雪融、春暖花开,那是怎样一张俊颜,竟如佛光普照般让人心颤?

仓央嘉措在人们的注目中,离布达拉宫渐行渐近,儿时的记忆早已模糊不清,那座金碧辉煌的宫殿,此时正威严雄伟地坐落在云端,俯视着天下苍生,默默地等待着他的新主人……

直到置身于布拉达宫,面对笑容和蔼的第巴桑结嘉措,仓央嘉措才如梦初醒。

第巴桑结嘉措,这个人绝对没有闲情跟他这个十五岁的少年开玩笑。就在刚才,他神色郑重地告诉他,他,仓央嘉措,是五世达赖的转世灵童,也就是即将坐床的六世达赖喇嘛,从此,要长住布达拉宫。

六世达赖?黄教至高无上的活佛?

面对这个惊天动地的变故,仓央嘉措一时愣怔,忘了悲喜,脑海里空白一片,所有思绪瞬间停滞。

第巴桑结嘉措满怀悲愤,他也不知道自己该怎么面对仓央嘉措。这个少年不费吹灰之力就将他多年辛苦拥有的一切据为己有,他简直就是罪大恶极的强盗;可是,他又是自己目前唯一可用的王牌,有了他,自己才能把那些借口堂而皇之地说给康熙听,才有可能保住性命,从这点来说,这少年又是他的救命恩人。

桑结嘉措哭不出来,也笑不出来,但木着一张脸又怕吓着这孩子,如果这孩子不听话,不愿意配合他,那他这唯一的希望就破灭了,后果将不堪设想。想到这些,他只好勉强挤出笑意,尽量让自己看起来面目可亲,他甚至勉为其难地从座位上走了下来,亲热地拉着少年的手,语气也尽可能温和亲切。

很意外,仓央嘉措听到他说出来的话后,竟然没有表露出一丝喜悦,他不是应该喜出望外,继而得意忘形的吗?

可是,少年一直站在那里,微微眯着眼睛,目不转睛地凝视着他,沉稳得像个久经沙场的战将。

这异样的感觉让桑结嘉措烦恼不安,他不由得停下叙说,上上下下地认真打量他。

长身玉立,气度非凡。

桑结嘉措的心狠狠地沉了下去。之前,他也曾听贡巴寺或者巴桑寺里的僧侣说这位仓央嘉措如何如何聪慧灵悟,他一直都觉得是夸大其词。可现在,当他站在自己面前,那周身萦绕不散的威仪似与生俱来,让他感到震撼,他甚至莫名其妙地生出了一丝怯懦,好像这少年真是活佛转世,神圣不可侵犯。

他就静静站在那里,自始至终,一句话都没有说。他的态度,一直都是不亢不卑,直视的目光坦然而清澈,那里面,看不到一丝利欲熏染,纯静、清明的眸光似乎可以穿透一切、看透一切,让所有的罪恶和阴谋无以遁形。

在这沉稳的少年平静的凝视下,桑结嘉措不由得生出一种压抑和不安的感觉。他先是感到惊疑,而后便是惶恐,这样的仓央嘉措,完全不是那种可以任人搓圆捏扁的角色,日后,他能驾驭得了他么?

如果,这个少年,坐床之后,完全不听他的掌控,会是什么样的局面?

桑结嘉措想想都觉得心慌气短,他不能允许自己煞费苦心之后,却给自己培养了一个强大的敌人,他必须一开始就让这个少年知道谁是他的恩人和主人!

桑结嘉措深吸一口气,在仓央嘉措面前站定,尽可能让自己看似强大威慑。他把黄教的教规逐条宣达，最后，他对仓央强调："黄教不允许佛僧与女子恋爱结婚，特别是达赖，必须严格遵守教规戒律！"

不允许佛僧与女子恋爱结婚！

这句话如晴天霹雳一般，炸响在仓央嘉措的耳边，他混沌的思维顿时一片清明。

不让与女子恋爱结婚，那岂不是要让他背信弃义，辜负心爱的姑娘？

"如果我不坐床呢？"仓央嘉措问。

"这是你莫大的荣幸，你必须受戒坐床，这是佛的旨意！佛祖莲花生讲过：'我们这一生的情景，是前一生行为的结果，任何办法都不能改变这种安排。'你自小就被送往巴桑寺学经参佛，不就是因为你是五世达赖的转世灵童吗？这一切都是佛祖的安排，你不可以违逆！为了佛教，为了众生，你必须担此重任！如若不然，天下苍生都将因你违背佛的旨意而获罪，遭受天谴……"

桑结嘉措忍不住怒了，这少年长得气宇轩昂，脑子里难道都是水吗？这么大的幸运落到他头上，他竟然不识好歹地想要拒绝！

说实话，如果有一丝可能，他桑结嘉措都不想把这天大的好事给这么个不谙世事的少年，可现在，他生怕仓央嘉措节外生枝，不得不苦口婆心地拿佛祖的旨意劝诫他。

天下怎么有人这么好命？别人争着抢着拼着性命都无法拥有的宝座，他仓央嘉措竟然不屑一顾，简直岂有此理！

是的，岂有此理。

可是，这世上的很多事，原本就无理可讲。

幸与不幸，福与祸，是与非，总是并驾齐驱。

桑结嘉措扶持仓央桑措坐床，以逃劫难，是幸，亦是不幸；仓央嘉措一步登天，名垂千古，是幸，亦是不幸。

但，只要活着，幸与不幸，都是幸福。

5.雪地上会留下脚印

冬季的第一场雪来得突然，如平和的命运猝然脱轨，一夜之间，一切都变得面目全非。

仓央嘉措在布达拉宫里养尊处优，衣食住行都享受达赖的待遇，只是，他失去了自由。

布达拉宫外的台阶覆盖着厚厚的积雪，层层叠叠地铺向远方，眼所及处，千里冰封，万里雪舞。

香客们凌乱的脚印曲曲折折地蜿蜒成路，其中，没有他望眼欲穿等待的姑娘。

思念如这漫天飞雪，丝丝缕缕，绵延不绝，以缥缈轻盈的存在，执著不懈地堆积、堆积，渐渐成山成岳，继而铺满整个世界，厚实而沉重地压下来，让人不堪重负，难以自拔。

仓央嘉措，这个自小在佛学经文里浸染的少年，从来都心静神安，可现在，他却委实乱了方寸。这如金丝笼中鸟一样的生活让他感到窒息，他迫切地想离开这里，回到家乡的草原上，和心爱的姑娘团聚，再也不分开。

可是，这最简单的愿望，如今却比登天还难，总有人卑微恭敬地陪同左右，而他这看似尊贵的主人却被禁锢着。

相思到底是一种怎样的毒？如饮鸩止渴，却让人欲罢不能。

曾经花前月下的缠绵，别样清晰地重现，美人如玉，谈笑宴宴，眉梢眼低都是风情，可伸出手去，触摸到的却总是冰冷的虚空，那一阵痛似一阵的伤感，只把这晦黯的寒冬变成一天又一天的劫难。

壁垒森严的宫殿，苛刻繁琐的教规，如两道牢不可破的链锁，将仓央嘉措严严实实地束缚。辽阔无边的草原、碧波荡漾的圣湖、冰清玉洁的雪峰……一切都成了梦里的场景，而那些刻骨铭心的誓言，在残酷的现实面前，早已支离破碎，化为昨日云烟。

这样失去自由的日子，仓央嘉措不是没有经历过。但那时的他心无旁骛，只以清茶孤灯、佛论经书为伴，日子并不难熬，反而有一种宁静的幸福。

但现在，这样宁静的幸福似一去不返，取而代之的是无尽的焦灼与苦闷。而最让他痛苦的是，这焦灼与苦闷与日俱增，无论他怎样努力地调节心绪，都无法摆脱这桎梏一样的折磨。

他心爱的姑娘，此时在做什么？是在寒风里悲伤地哭泣，还是坐在门槛上痴痴地期盼？他记得，他离开的时候曾告诉过她，他还会回去，让她等他，可现在，他内心充满了恐惧，一别千年，怕是此生，再也无缘相见了！

红尘万丈，脱不过悲欢相伴；佛门净土，容不下儿女情长。

孤灯、独影、寒雪、严冬，至尊地位的背后，是少年仓央嘉措泣血的忧伤……

至此，仓央嘉措才恍然大悟，为什么他与村子里其他的孩子不同，很小就来过布达拉宫，然后定期秘密被接往巴桑寺学经；为什么阿爸阿妈讳莫如深，每每看着他欲言又止，眼神哀伤而惶恐；为什么巴桑寺的高僧后来拒绝他回乡探亲，又怕他惹人注意而将他秘密转送。

原来，他的命运早已被界定！

黄教教王，六世达赖喇嘛，注定孤独一生。

灵魂最大的痛苦，就是否定自己的曾经；人生最大的挫折，就是现实背离梦想。原本，他要的不过是一个暖心的女人、一个可爱的孩子、一个幸福的小家庭，结庐人境，远离喧尘。原以为那是人间最朴素平凡的愿望，如今却成了最奢侈无望的幻想。

佛曰，人生有八苦：生，老，病，死，爱别离，怨憎恚，求不得，放不下。

那么，谁能告诉他，这份爱，要如何放下？这份情，要如何割舍？

对于生而信奉红教、崇尚婚恋自由的仓央嘉措来说，坚守的信念、执著的爱恋尽数幻灭，无疑于一次撕心裂肺的凌迟，而他，却只能静听晨钟暮鼓，枯望日落烟霞，任相思化成锋刀剑雨，一遍遍将心洞穿……

飞花碎玉，漫天雪舞。

这场雪，就这般洋洋洒洒、不紧不慢、旷日持久地下着，一连数天，千山鸟绝，万径踪灭。

冰天雪地，寒浸入骨，一如此时仓央嘉措痛苦的心境，他倚坐门旁，目送天色向晚，任无边的黑暗将思念封冻。

好不容易熬过了白天，接下来又将是痛苦难耐的夜晚。

日复一日，月复一月，难道，还要年复一年？

仓央嘉措神情萧索地起身，慢慢踱回屋里，怅然地看着自己孤独的身影，在跳跃的烛光下明明暗暗，想到此后绵长的岁月，都要这般顾影自怜，不由黯然神伤。

夜色肆无忌惮地淹没了布达拉宫，白天里光灿耀眼的色彩不复辉煌，全都变成了冷灰，阴森诡秘，令人感到压抑。

随后，夜色深沉，星垂平野。

仓央嘉措舒展僵麻的四肢，走到窗前，仰望广漠的苍穹。

一颗流星自天边陨落，留下光艳的一闪，然后，便是寂灭。

漫天繁星，如心碎点点、泪痕斑斑，悲怜地与他默默相对。

人生苦短，生死相恋，难道就这样一刀两断？他情何以堪，她情归何方？仓央嘉措惆怅地走出屋外，雪住风停，万籁俱寂，天地间，似只剩下他一人，孤人独影，茫然前行。

走下高台，穿过广场，少年渐渐加快脚步。摆脱束缚，追求自由和爱情的愿望，在压抑了这许多天之后，在这夜深人静的时刻，如吞天沃日的巨浪，排山倒海般地袭卷向他，一向从容淡定的仓央嘉措终于忍不住急跑起来。

脚下的积雪发出微不可闻的轻响，与狂乱的心跳遥相呼应。少年狂喜地发现，这样的时刻，他真的是自由的！

白天如影随形盯着他的那些人早就睡熟了，整个布达拉宫安静极了，他可以纵情地在雪地上奔跑，一直跑，直到离开这令人窒息和绝望的宫殿。

回家的路很长，一夜怕都走不完，可这有什么关系，只要努力前行,脚总比路长。

对爱人殷切热烈的思念给了少年使不完的力量,但理智告诉他,如果桑结嘉措发现他逃跑了,一定会大发雷霆,将伺候他的人全部治罪。所以,他必须在黎明到来之前赶回,只为不让无辜的人受到伤害。

如此漫长的路,他今夜必须完成一个来回,所以他必须奔跑。

他一路飞奔,片刻不敢停下脚步,他一定要见到她,哪怕只看她一眼,只拥抱一下,亲口对她解释离别的无奈,倾诉不曾改变的爱。

身体似乎变成了一缕轻风,在信念的驱使下奋力前行,跑了很久,直到终于停在她的窗前。

她亮着灯光的窗,在漆黑的夜里显得那么突兀,可那是世上最温馨美好的所在。

她冲出门来,惊喜得说不出话来,他张开怀抱,她便不顾一切地扑进来。

所有的疲惫、伤悲,都因久别重逢而消退,痴恋的人儿,心与心相通,泪与泪相融,在这寂静的夜里,风儿知道他们的沉醉……

　　心如哈达洁白,
　　纯朴无瑕无玷;
　　你若心有诚意,
　　请在心上写吧!
　　柳树爱上了小鸟,
　　小鸟对柳树倾心。
　　只要情投意合,
　　鹞鹰也无隙可乘。

心爱的姑娘追随他来到拉萨,住在只有他们两个人知道的地方。有爱在心里,能在深夜相会,仓央嘉措不再痛苦悲愁,他写下这样的情诗,来表达心中满满的喜悦。他把桑结嘉措比作鹞鹰,傻傻地以为,只要他和她痴心相恋,谁也不能真正把他们分开。

可是,痴情的少年太大意,他忘了,雪地上会留下脚印,会将他的秘密泄露出去。

这一夜,雪一直下着,鹅毛般的飞雪如精灵一般,在广漠的天宇下纵情旋舞。

又是万籁俱静的午夜,仓央嘉措换了衣装,踏着积雪,去寻找他心爱的姑娘……

凌晨醒来,门外喧哗。

仓央嘉措疑惑地打开门,只见桑结嘉措满脸怒容,正对着几个俯首贴耳的僧侣大声训斥,他指着地上的脚印,质问他们仓央嘉措夜里的行踪。

到底有一个僧侣经不起第巴的恐吓,战战兢兢地说出了仓央嘉措的秘密,他是在不经意的一次,碰见仓央嘉措夜里出行,便好奇地一路跟踪……

桑结嘉措怒视仓央嘉措,气得浑身发抖,可是,他并没有立即兴师问罪,只是在沉默良久之后,阴沉着脸令人严守仓央嘉措的寝宫,夜里也安排了诸多人手轮番监护。

桑结嘉措从来就不相信爱情,他的爱情很早之前就遭遇了背叛,他爱的姑娘嫁给了他的敌人,给他带来了不尽的耻辱和一生的孤独。仓央嘉措不久后就会坐床,正式成为黄教的教王,自然要遵守教规,不得与女人相恋、通婚,他禁锢他,完全是遵照佛的旨意。

就这样,仓央嘉措连夜里的自由也丧失了。

明明知道,心爱的姑娘就在不远的地方等他相会,可他却不能再见到她,白天黑夜,有那么多的人严防死守,他再也没有机会走出这戒律森严的宫殿。

黑夜空前绝后的漫长,白天旷日持久的空寂,仓央嘉措度日如年,只能靠写诗来排遣满心的痛苦。无数诗句带着他对生世的困惑、对爱情的向往,在他笔端蜿蜒而出:

……

我问佛：为什么总是在我悲伤的时候下雪。

佛说：冬天就要过去，留点记忆。

我问佛：为什么每次下雪都是我不在意的夜晚。

佛说：不经意的时候，人们总会错过很多真正的美丽。

我问佛：那过几天还下不下雪。

佛说：不要只盯着这个季节，错过了今冬。

……

这个冬天，真的很快就要过去了。

无论仓央嘉措曾怀着怎样美好的愿望，无论他与心爱的姑娘爱得怎样痴狂，时间就是这样，静若流水，不动声色，以一种冷酷而决然的姿态，毫不迟疑地流淌，一意孤行地为所欲为。

没有人敌得过时间的蹉跎，亦没有任何事情能敌得过时间的淡漠。花儿开得再艳丽，也会有花凋香殒的一刻，爱情亦如是，无论曾经怎样轰轰烈烈，若两人长久不见，到底会被淡化，然后遗忘。

桑结嘉措对此深信不移，他甚至命人监视仓央嘉措的爱人，那个无辜而可怜的姑娘。她不知道，她的存在已经成为伟大的第巴心头的死结，随时都会被他以莫须有的罪名处死，只因，她爱上了不该爱的人。

窗外的天空，在这个冬天里，似乎一天都没有晴朗过，一直断断续续地飘着雪。

这洁白的雪，原本与世无争，可它投落了世间，便变得冷酷无情，学会了计谋，它留下他的脚印，以离散他与他心爱的姑娘。

胸中充满了痛恨与绝望，可是，仓央嘉措无计可施，他痴痴地望着窗外的飞雪，只盼望早日云开日出，有灿烂的阳光将雪融化，让这个冬天所有的意外与痛苦全部消融，等到春暖花开，桑结嘉措放松了禁锢，他再与她相见……

那时，没有雪，所以不会在雪地上留下脚印。

6.相聚不是良辰美景

　　这一年的年关,布达拉宫格外喜庆,康熙皇帝命人送来了许多礼物,所有的佛僧都因此感到荣光。

　　只有桑结嘉措愁眉深锁,这是康熙先礼后兵的警告,他比任何人都明白,他拖延至此,除了把仓央嘉措扶持起来,别无他法。天知道,他是多么心不甘情不愿!

　　无奈之下,桑结嘉措只好加快准备仓央嘉措的坐床大典。

　　转眼,已是第二年三月,天气依然阴寒。

　　这一天,噶尔丹秘密来访。

　　这个曾经不可一世的蒙古汗王,此时骨瘦如柴,神色萎靡,完全没有了昔日的风采,如果不是他的话语中仍然有如从前般的盛气凌人,桑结嘉措几乎怀疑他不是真的噶尔丹。

　　一个人活在这世上,要么一直平平淡淡,要么一直春风得意,要么先苦后甜。如果像噶尔丹这样,先甜后苦,那痛苦便翻了数倍,直接将人的心志瓦解,让人变得怨气冲天。

　　现在的噶尔丹就是这样,他丝毫不认为战败是因为自己轻敌、狂妄,他是来向桑结嘉措求助的,言语之间却不由自主地露出了埋怨:"我当初就不应该听你的话,如果不是你的近攻远征的计策有误,我怎么会落到今天这样的地步?如果当初我能采取近交远攻的策略,至少不会像现在这般众叛亲离,也不用来求你桑结嘉措了。"

　　当年,噶尔丹高高在上、志得意满,有的是人对他俯首贴耳,围着他打转,桑结嘉措想要与他成为盟友,自然要对他礼遇有嘉,为他出谋划策。可现在,他噶尔丹算什么呢?一只打了败仗的丧家之犬,连吃住都成了问题,还有什么资格站在他面前吆五喝六?

　　何况,如果不是噶尔丹轻敌冒进,最终落得一败涂地的下场,他桑结嘉措又怎么会被康熙威逼?又何必要把自己辛苦所得的成果拱手让给仓央嘉措那个毛孩子?他现在已经够烦了,这个噶尔丹还好意思来火上浇油,实在没有半点儿自知之明。

桑结嘉措冷眼看着噶尔丹,心里别提多厌恶、多愤恨了。

噶尔丹发了一通牢骚,本指望桑结嘉措能看在往日的情份上收留他,给他养精蓄锐、重整旗鼓的机会,可他唠唠叨叨说了半天,桑结嘉措竟然一言不发,对他不理不睬。

噶尔丹不由恼羞成怒,刚要发飙,一抬眼,就见桑结嘉措面色阴沉、眼冒凶光,浑身上下都裹着一股不可侵犯的威严。他心里不由一阵胆怯,慌张地挪开目光,一时不知看向哪里。一低头,又见自己破衣烂衫,浑身上下伤痕累累,那满腔的恼怒顿时化成巨大的羞愤,不由得更加垂头丧气。

弱者是永远没有底气跟强者叫板的,今非昔比,他噶尔丹在桑结嘉措眼里,再也不是那个一呼百应、骁勇善战的强者,而成了不堪一击、苟延残喘的弱者。

至此,噶尔丹猛然悲哀地发现,自始至终,他都是桑结嘉措的一杆枪,被他耍得团团转。他胜,桑结嘉措跟着威风;他败,桑结嘉措毫发无损。来来去去,他噶尔丹不过是个唱戏的小丑,被虚构的王权蒙昧了心智,把这出独角戏唱到了山穷水尽的地步。

屡屡惨败后的颓丧、困窘生活的摧残,早已将昔日盛气凌人的噶尔丹折磨得形销骨立、心灰意冷,现在,连他最信任的盟友桑结嘉措都对他落井下石,支撑他最后的一根精神支柱轰然倒塌,他愣愣地看着冷冰冰的桑结嘉措,悲从中来,再也说不出一句话。

桑结嘉措眯缝着眼睛,毫不掩饰对噶尔丹的轻蔑。他傲慢地抬了抬下巴,却也把话说得无懈可击:"噶尔丹,不是我不帮你,我因以前帮助你触怒了康熙皇帝,能不能保住这条命还不一定,如果再收留你,只怕康熙皇帝一怒之下,会对我兴师问罪,到时候,生灵涂炭,藏民必将面临灭顶之灾。你说,我怎么可以因你一人而牺牲我数以万计的民众?"

噶尔丹知道再说什么都没有用了,胜者为王败者寇,人情凉薄,桑结嘉措根本就无心帮他。不仅如此,他话里的威胁意味已经丝毫不加掩饰,如果他再不知趣地自己离开,桑结嘉措很可能会把他抓起来送给康熙邀功,到时候,他必然会受尽凌辱,为天下人耻笑。

噶尔丹求助无门,沮丧万分,领着还不到一百的残兵败将离开了布达拉宫,流亡到阿察阿木塔台地方,以捕兽为食,如野人一般窘迫。没过几天,噶尔丹病倒了。

病倒的噶尔丹如熬尽的油灯,只一天时间,便油尽灯枯、奄奄一息。临终前的噶尔丹回忆自己前半生的辉煌与后半生的惨淡,百感交集之余,对曾经拒绝康熙的劝降招安而感到万分悔恨,可惜,他明白得太晚了。

与狼共舞,终不得善终。

他噶尔丹,数十年戎马生涯,东征西伐,也曾战绩显赫;他纵横捭阖,文才武略,也曾雄霸一方。不想,如今却身陷绝境,即将客死他乡!

悔不该听信桑结嘉措的怂恿,近攻远征,最终闹到众叛亲离的下场!

这天下,果然冥冥中自有因果,他噶尔丹错信奸佞,杀戮太重,终招灭顶之灾。走到今天这步,也是他咎由自取,作孽太深!

闻知噶尔丹的死讯后,桑结嘉措心里一松,死人自然是不会说话的,没有噶尔丹指证,天下就没有人知道他与噶尔丹之前的种种勾结。

只是,那种兔死狐悲的惶恐,还是让桑结嘉措数日心绪不宁。

噶尔丹死后,噶尔丹的亲属及部下三百余人,不得不投降大清。至此,噶尔丹一族威风扫地,再也不能兴风作浪了。

得知这些消息,桑结嘉措彻夜难眠,思来想去,他只能认命。接下来,他不仅要好好准备隆重盛大的六世达赖喇嘛坐床大典,还要尽可能地亲近、拉拢仓央嘉措,只有让仓央嘉措彻底地信任他、依赖他,他才不会落得竹篮打水一场空的结局。

布达拉宫其他的人都异常繁忙,仓央嘉措却完全置身事外,对此无动于衷。他每天都被人看得寸步难行,除了看看那些经书佛卷,就是靠在窗前思念家乡,思念心上的姑娘。

我往有道的喇嘛面前,

求他指我一条明路。

只因不能回心转意，又失足到爱人那里去了。

我默想喇嘛的脸儿，

心中却不能显现，

我不想爱人的脸儿，

心中却清楚地看见。

若以这样的"精诚"，

用在无上的佛法，

即在今生今世，

便可肉身成佛。

爱情到底是什么？可以比佛法更摄人心魄。相思无限绵长，不必刻意想起，她的模样便在脑海中萦绕不散。

仓央嘉措无法解释这样的困惑。或许，爱情本来是人类共有的一种崇高的信仰，它与生俱来，根深蒂固，任何人都无法摆脱对真爱的渴望和依恋。

若要随彼女的心意，

今生与佛法的缘分断绝了。

若要往空寂的山岭去云游，

就把彼女的心愿违背了。

昼夜更替，仓央嘉措在诗行里解疑释惑，寻找慰藉。

爱情与佛法都是深存于人心的信仰，为什么竟然会水火难融？

这困惑得不到解释，心灵亦得不到慰藉，反而越来越迷乱。

仓央嘉措愁肠百结。

这时候，族人们却远道而来探望他。

他被第巴大人请去作客太久了，族人们望眼欲穿，还等着仓央嘉措回来给他们说拉萨和布达拉宫呢。可一直等不到他回来，族人们开始忧心，便一起来看看他是否平安。

其中，也有他心爱的姑娘。

族人们对守门的僧人道明来意，僧人立刻态度恭敬地请他们入殿，安置他们稍为静候。

这样的礼遇，说明仓央嘉措很得第巴大人的欢心，族人们放心了。

得知族人们来了，仓央嘉措喜出望外，更让他意外的是，桑结嘉措竟然网开一面，允许他盛情款待他的族人们，并亲自陪同。

伟大的第巴桑结嘉措，这是族人们之前顶礼膜拜却遥不可及的人物，现在，竟然和他们共处一室、同席共饮，族人们得此殊荣，无不激动得热泪盈眶。

沉默的，只有她。

她坐在人群中，痴痴地望着他，他清瘦的面容和深邃的眸光，无不写满了相思的痛楚。她也一样，这些天绝望的等待让她日渐消瘦，她好不容易想到这样一个法子，鼓动族人们一起来看望他，以解相思之苦，可是，看过之后呢？还要长久地分离，饱受比之前更深更重的折磨。

仓央嘉措读得懂他心爱的姑娘，却只能报以沉默。第巴桑结嘉措就坐在身旁，破天荒地和善可亲，似乎这些族人不是他仓央嘉措的，而是他第巴大人的，他频频邀请拘束的族人们吃喝，笑容真诚又温暖。

可是，仓央嘉措知道，桑结嘉措这样做，只为了让他臣服、顺从，他抬举他，他应该识趣，他对他族人的这份礼遇，他仓央嘉措应该对他感恩戴德；同时，他也知道，桑结嘉措的热情里，有旁人不知的警告，那就是，如果他仓央嘉措胆敢违逆，这些族人便危在旦夕，其中，也包括她。

所以，自始至终，仓央嘉措都表现得彬彬有礼。

他把她与族人们一视同仁，尽量避免与她四目相接。

他不想让桑结嘉措看出端倪，认出她就是他心心念念的女子。

他甚至有意地冷落她，暗示她尽早离去。

姑娘被相思和分离折磨得痛苦不堪,她这般辛苦地赶来与他相会,他却这般冷淡。她好伤心,以为他选择了荣华富贵,背弃了对他的爱。

晶莹的泪水在姑娘美丽的双眼里打转,仓央嘉措却只能视而不见。他的笑容渐渐变得淡薄,一心想尽快结束膳宴,让族人们和她早些安全归去。

族人们却意犹未尽,这样激动人心的时刻,他们希望能长久一点儿。他们乐不思蜀,沉醉在第巴大人看似和善的笑容里。

泪水终于从姑娘的眸子里悄然滑落,尽管姑娘匆忙低头掩饰地擦去泪滴,可到底被细心的桑结嘉措注意到了,他意味深长地看着那姑娘,唇边浮起不易察觉的笑意。

仓央嘉措的心骤然紧缩,不祥的预感如狂风骤雨侵袭而来,他再也不敢拖延,起身与族人们匆促告别,打发他们带着她快快离去。

族人们走了,她也走了。

看着她背影,仓央嘉措痛不欲生,可他无力挽留她。他没有办法给她一个圆满的家,没有家,爱情便如浮萍,无依无靠,她会被绝望的等待摧残,一生都孤独悲伤。所以,他不能因为爱她而耽误她,只能眼睁睁看着她孤零零地远走,直至消失不见。

哀莫大于心死。

仿佛,之前的相聚,只是一场虚幻的梦。

的确,就连人生,亦如大梦一场。

可刚才相聚的片段绝对不是良辰美景,而是一场噩梦的开始……

7.宽人恕己,恕人宽己,

天气一直阴霾寒冷,这个冬季格外漫长。

也许,这寒意源自心底,所以,眼所见处,尽是萧瑟。

　　自那次重逢之后，仓央嘉措再也没有见到他心爱的姑娘，但奇怪的是，第巴桑结嘉措对他的看管松懈了很多，虽然仍旧有人寸步不离地跟着他，但至少他可以在布达拉宫里四处走动。

　　纵然心中郁闷难解，但布达拉宫巧夺天宫的华美仍然让仓央嘉措叹为观止。

　　之前，一直是在布拉达宫外大略地观看整体的风貌，然后就一直被禁足在空间有限的寝室之内，仓央嘉措对布达拉宫并无多少了解，但细细一路走过看过，这座收藏了若干珍贵文物和艺术品的宫殿，以它独具匠心的设计与装饰风格，让仓央嘉措目不暇接，同时也生起一股对桑结嘉措的奇思妙想和超凡能力的敬畏之情。

　　这座高达13层、离地117.19米的伟大建筑，在桑结嘉措的主持下修整重建，其中，白宫部分是由第一任第巴索南热登主持完工的，还保持着旧时的建筑风格，也正因为如此，才更彰显出由桑结嘉措主持修建的红宫气势非凡。

　　在红宫前，五世达赖的灵塔殿居中，殿前有一块无字碑，大音希声，大象无形，碑上虽无只言片语，却饱含千言，一如武则天女皇的无字碑。那一片空白的碑石，威严自显，将五世达赖生前的丰功伟绩化成言语无法形容的存在，让人们在广漠的想象空间里，感受那份威慑与崇伟。

　　在主持重建布达拉宫的过程中，第巴桑结嘉措也满怀着对五世达赖的感恩之情与崇敬之意，处处显示着五世达赖高山仰止的威仪。在通往各个宫殿的松格廊道上，南墙上镶嵌着一双五世达赖的手印，手印纹理清晰，纵横交措的细细掌纹一如身处凡尘中凌乱繁杂的俗事，而那五指三长两短的大手掌，似可以包罗万象，掌控一切！

　　是的，仅是五世达赖的一双手掌印，就让人莫名地生出惶恐与敬畏，只因那掌印，是五世达赖的。其实，谁都知道，那也不过是一双肉掌，与凡夫俗子们的双掌没什么根本的区别，可就是因为它象征着权力与威严，是至高无上的佛教的代言，它便拥有了世人无法企及、须诚惶诚恐顶礼膜拜的佛神之掌。

　　人与人之间的高低贵贱之分，源于权力的大小和财富的多少。同样一个人，就如仓央嘉措，当他在草原上牧牛放羊的时候，他是尘世间最平凡渺小的一粒尘埃；而当他成为这布达拉宫新的佛主时，他就变成了这尘世间最明亮耀眼的尊者，地位的改变将赋予他重权在握，可以以悲悯之心居高临下地俯视众生，俯视和曾经的自己一样微不足道的众生。

这些思考让仓央嘉措感到震撼，他有生以来第一次深刻地感知"权力"的涵义。古往今来，无数帝王将相为这二字费尽心机，甚至不惜骨肉相残、杀兄弑父，通往权力巅峰的路从来都是用鲜血铺就的，而像他仓央嘉措这般不费吹灰之力就成功的，可谓寡闻鲜见。

权力，是让人欲望膨胀、人性泯灭、噬血疯狂的魔障。世世代代，人类为了争权夺利而无休止地发动战争，在各种各样的明争暗斗中，无所不用其极地谋取一己私利。人类的历史，就在不断的朝代更替中艰难前行，人类的文明，就在不断的武器更新中推陈出新。

很难说，权力之争、利益之战对于人类来说到底是福是祸，但有一点不容置疑，这种争战难以遏止，且永远无法灭绝，除非人类从这地球上彻底消亡。

权力的争战，竟然与人类同存共亡、密不可分！

因为，凡是有人的地方，就有私欲的冲突，就要论输赢、定高下，必要的时候，就得你死我活！

就如此时，仓央嘉措伫立在这五世达赖巨大的双掌印前，在感知权力的威慑时，亦深知桑结嘉措的别有用心。

这墙上的佛掌就是桑结嘉措的尚方宝剑，他倚仗着它，集西藏政教大权于一身，所有的僧侣官员都必须无条件服从他的命令。

此时，他仓央嘉措虽然被告知是五世达赖的转世灵童，并即将成为六世达赖，可权力仍然被桑结嘉措牢牢掌控。如果他胆敢违逆他，他必然要动用这尚方宝剑的威力，将他从这世间彻底抹杀。

也许，这才是桑结嘉措让他随意游览布达拉宫的本意。

仓央嘉措良久地站在五世达赖的佛手印前，下意识地伸出自己的双手。

他的双手，还是一双稚嫩的少年的手。

这双手，很快会被赋予神圣的力量，可以做许多他之前想都不敢想的事，但前提是，必须在桑结嘉措允许的情况下。所以，他的这双手不过是桑结嘉措的傀儡，做的都将是他不想做的事，而无法随心所欲。

仓央嘉措沉默地走下去，对眼前工艺精巧、美妙绝伦的建筑再也提不起兴趣。在他看来，这里不过是一个庞大而美丽的笼子，禁锢了他的脚步，剥夺了他的自由，他厌烦、痛恨而又无力反抗。

那样的悲哀，不是无病呻吟，更不是桑结嘉措认为的不知好歹。并不是所有人都向往、热爱权力，在仓央嘉措看来，如果让他在自由与权力之间选择，他宁可选择前者。

那边便是五世达赖灵塔殿的享堂，被称为措钦鲁。这里是红宫最大、最美的宫殿，建筑面积达680多平方米，墙壁上全是设色典雅、造型精妙的壁画，其中就有五世达赖前往北京觐见顺治皇帝的场景再现。那幅壁画工艺精绝，端坐于右侧的五世达赖神色平静，气度非凡，手里握着一根佛杖，周身笼罩着神圣不可侵犯的佛光，顺治皇帝双手抚膝，就坐在五达赖对面的龙椅上，却像个配角一样，认真地倾听着五世达赖的宣讲。

这壁画，似桑结嘉措心声的流露，五世达赖拥有至高无上的权威，就算是贵为天子的皇帝也要和他平起平坐，而他桑结嘉措是五世达赖生前最信任重用的第巴，五世达赖圆寂后，他桑结嘉措代掌藏区政教事务，也拥有与五世达赖同样的权威。

仓央嘉措微微皱起眉头，深深地叹息。其实，桑结嘉措完全不必如此暗示、警告他，他虽然涉世不深，可他读过那么多的经书史籍，了解历史上那么多的荣辱兴衰，早已经对当权者的心思洞若观火。他们为了达成自己的意愿，常常不惜向无辜者举起屠刀，而他仓央嘉措不忍心自己的族人被残忍地杀戮，就算他有一万个不愿意，也还是会为了天下太平而顺从第巴桑结嘉措。

走到五世达赖的像前，仰视五世达赖的金身佛像，仓央嘉措默哀良久。贵为五世达赖又怎样？不也与平常人一样孤独终老，无力自救？转世灵童不过是人们美好愿望的寄托，其实每个人都是独立的个体与存在，身死灵灭，谁又能真正让自己的灵魂永世轮回？

原本，他仓央嘉措只是僻远村庄里一对凡夫俗子的孩子，没有任何异于常人的佛法与能力，否则，他断然不会像现在这般任人摆布。如果真是活佛转世，他又怎么会痴爱美丽的姑娘，活得这般痛苦与无奈？

仓央嘉措苦笑连连，再也不愿意继续观看下去。这里的繁华徒有其表，他虽然对这卓绝不凡的匠心与工艺感叹，但丝毫没有想拥有的欲望。他也没有必要继续琢磨桑结嘉措的暗示，桑结嘉措的顾虑与矛盾，他早已心知肚明。

命运是一道看不见的锁，牵绊、束缚着每一个人。

噶尔丹逃不开命运的劫难，桑结嘉措躲不掉命运的戏弄，他仓央嘉措也斗不过命运的安排……

那他心爱的姑娘呢？

为什么要让纯洁、无辜的她，陪着他一起承受这别离之痛？

仓央嘉措暗自感伤，蓦然抬头，却见一个人影在不远处一闪，便藏在了一根粗壮的廊杆后面。

他是谁？为什么见到他是这种反应？

仓央嘉措犹豫片刻，走了过去。

一个喇嘛垂着头，战战兢兢地转出来，立刻五体投地地跪拜在他面前！

仓央嘉措十分纳闷，细细看他，眉眼似曾相识，可一时半会儿，他怎么也想不起来在哪里见过他。

那位喇嘛把头磕得山响，浑身颤抖得像秋风里的衰草。

"佛、佛爷，请您恕罪，我、我就是曾经到过佛爷宝地门达旺乌坚林村的那位香客，您、您那天正在雨中给小草疏渠聚水……"

那位喇嘛的声音抖得越发厉害，哼哧了半天，总算把话说了出来。

电光石火在脑海中一闪，仓央嘉措猛地认出了他，他是那个有神奇铃铛的香客,当时,他手里还拿着一根雕刻精美的佛杖,而此时,那佛杖就静静地躺在他的脚边。

这佛杖不是壁画上五世达赖拿着的象征权利的佛杖吗?怎么会在这个喇嘛身边?

那位喇嘛见仓央嘉措一直不声不响,斗胆抬头看了他一眼,看到他满眼的疑惑,他赶紧结结巴巴地说:"佛爷,您、您贵人多忘事,我叫江阳扎巴,十多年前那个雨天,是我在茫茫尘世中找到了您。伟大的五世达赖转世灵童,您有慈悲的心肠,那么小就懂得悲悯幼小的生命,您又天生慧根,一眼就认出您前世用过的铃铛,您还摸过这根佛杖。是的,我寻找了好多年,只有您能把铃铛摇得那么响,只有您能认出这根佛杖……"

江阳扎巴急切地表达着,生怕仓央嘉措想不起他是谁。

有那么一瞬间,仓央嘉措真想扑上去,把这个江阳扎巴狠揍一顿。如果不是这个神经质的家伙,他怎么会被选为转世灵童,又怎么会与心爱的姑娘有缘无份,被关在这华丽的宫殿里没有自由?

可是还没等他作出反应,江阳扎巴便开始痛哭流涕。他爬过来亲吻仓央嘉措的脚面,那悲痛的神情让仓央嘉措感到莫名其妙,却也心生怜悯,静静地看着他,等他把话说完。

"佛爷,我今天是来向你忏悔和道别的。请您以无上的慈悲谅解我的罪过,赐我以余生的安宁。"江阳扎巴可怜巴巴地抽泣着,悲悲切切地说。

忏悔?道别?仓央嘉措不明所以,不由一愣。

江阳扎巴擦了擦眼泪,说:"我的任务完成了,第巴大人让我避世修行……伟大的佛爷,您原谅我吧,不是我自己愿意冒充您的尊身,实在是第巴大人的命令不可违抗,我曾经想要偷偷地从这里离开,可是却被抓了回来,险些丢了性命。我也是迫不得已,真的,佛爷,您一定要宽恕我……"

一头雾水的仓央嘉措越听越糊涂,"任务?什么任务?冒充我的尊身?为什么要我宽恕你?"

江阳扎巴惶恐地看着仓央嘉措,以为他故意刁难他,可当他看到仓央嘉措眼睛里真诚的困惑,他知道,一定是第巴桑结嘉措隐瞒了真相,仓央嘉措对那个谎言还一无所知。江阳扎巴满脸羞赧,把自己如何冒充五世达赖的事从头到尾细说了一遍。

仓央嘉措的震惊难以形容。这些日子,他隐约地知道五世达赖已经圆寂了,可他一直以为,五世达赖只是刚刚圆寂,他才会被请来布达拉宫,准备接任六世达赖,没想到,五世达赖竟然在十三年前就已经不在人世了。更荒唐的是,第巴桑结嘉措竟让这个江阳扎巴冒充五世达赖愚弄世人,时间长达十余年!

布达拉宫不是佛门圣地么?佛门圣地,最忌讳的就是虚假与罪恶,可是为什么这样的弥天大谎竟然在这里大行其道?仓央嘉措觉得匪夷所思。

紧接着,仓央嘉措就感到了心惊,既然桑结嘉措这十余年来一直隐瞒真相以独揽大权,为什么现在不继续瞒下去呢?是谎言被拆穿了,还是另有隐情?

江阳扎巴小心翼翼地看着仓央嘉措,察颜观色之下,他知道这少年真的什么也不知道,不由得叹了口气。他一直为自己找到转世灵童为终生的骄傲,可眼下看来,他把这少年的命运改写成了看似喜剧的悲剧,是他另一桩不可饶恕的过错。

两个人一时相对无语,江阳扎巴泪水纵横,不由万念俱灰。看来,仓央嘉措是不会宽恕他了,如果不是他当初认定他就是转世灵童,仓央嘉措现在依旧可以谈婚论嫁,过上幸福自由的生活。

冒充五世达赖这几年,江阳扎巴设身处地地感受到,贵为五世达赖,虽然受人敬仰,但每天有那么多的繁文缛节要注意,有那么多的事情要管,还要时时摆出庄严神圣的样子,让人身心俱疲。即使这样,还是会时时受到第巴桑结嘉措的呵责,让人烦不胜烦,却不敢表露丝毫。

好在他江阳扎巴总算可以解脱了,虽然得去深山老林里隐世修行,但这比欺世盗名、提心吊胆地过日子强百倍。

以后,眼前的少年就是六世达赖,那尊荣的背后,种种辛酸苦楚,他都要一一尝遍。

想到这些，江阳扎巴倍感惭愧和绝望，他再次卑微地亲吻仓央嘉措的脚面，哀声说："佛爷，我也不敢奢求您的宽恕，我罪孽深重，灵与肉应该万劫不复，去地狱里饱受油熬火烤的酷刑，我只愿佛爷您坐床之后，能心宽体安，以仁慈之心善待自己和众生，愿神佛赐福与您……"

"起来吧，我不怪你。"

仓央嘉措平和的声音如同天籁，奏响在江阳扎巴的头顶，他浑身一凛，生生打了个激灵，而后喜极而泣，磕头如捣蒜。

仓央嘉措走过去，伸手轻轻摸了摸江阳扎巴的头顶，那是表示宽恕的佛礼。

江阳扎巴泣不成声，再次膜拜数次，才跌跌撞撞地离去。

仓央嘉措站在原地，看着江阳扎巴远去的背影，俊逸的脸上浮上了一层宿命般的淡然，一直烦乱的心绪平和了许多。

江阳扎巴应该是在第巴的授意下前来的，如若不然，不会有这样的"巧遇"。

第巴桑结嘉措是想告诉他，他能有今天的尊荣，完全是托他第巴大人的恩赐，而他第巴大人，一手遮天，法力无边，完全可以主宰一个人的命运，比如江阳扎巴，比如他仓央嘉措。

可荣可辱，可上可下，全在他第巴大人一念之间。

江阳扎巴不过是听命行事，无论是寻找转世灵童，还是后来冒充五世达赖，他都是不得已而为之。只是，阴差阳错间，江阳扎巴选定的人是他仓央嘉措。

冥冥中一切自有安排，既然如此，他怎么能责怪江阳扎巴呢？

学会宽恕吧，宽人恕己，恕人宽己，心胸宽阔没有怨怼，亦是对自己的仁慈。

至于第巴桑结嘉措为什么对他讳莫如深，他不想刨根问底，太清醒，只怕更多心累。

仓央嘉措淡淡地信步前行，在五世达赖的佛塔前，留下一声悠长的叹息……

8.守望比日子长

自仓央嘉措看过了五世达赖的灵塔，并与江阳扎巴见过面后，桑结嘉措如愿地看到他变得乖巧了很多。

虽然他仍是整天不言不语，冷着一张脸，但到底不再焦灼烦躁，更多的时候，他都是静坐灯下，捧着那些经文史籍翻来覆去地看，看倦了，便伏案写写画画。

布达拉宫的藏书堪称一绝，那里藏有丰富的文化遗产，其藏书量之多及各种典藏的博大精深，比起前时的贡巴寺，不可同日而语，仓央嘉措看得入迷是意料中的事。

这让桑结嘉措深感欣慰。

一般来说，书看得越多，人心被种种哲理天伦束缚得就越大。之所以"秀才造反，十年不成"，就是因为书中的伦理道德、繁文缛节把人的英雄气概都磨光消尽了，只剩迂腐穷酸，大道理一套一套的，全都是纸上谈兵。虚张声势的人最好对付，何况仓央嘉措连声势也没得张扬。

至于仓央嘉措写些什么，桑结嘉措懒得关心，既然他喜欢写，就让他写好了，只要不闹事就行。

总之，不管怎样，只要仓央嘉措乖乖待在屋子里，他第巴桑结嘉措就可以放心地给康熙写信了。

这信要怎么写才能让康熙皇帝消了火气，成全他的美意呢？桑结嘉措为此绞尽脑汁。

草稿打了数遍，斟词酌句，总算写出来了：

……

吾皇明鉴，下官并非有意欺瞒圣尊，五世达赖圆寂之时，一则，藏区各部落之间激战日盛，公开五世达赖圆寂的消息，怕会引起更大的纷争；二则，五世达赖圆寂之前，反复叮嘱为臣一定要以大局为重，秘不发丧以稳定时局，并暗中寻找转世灵童，辅佐成事之后，再择时公告；三则，为臣不敢欺君，曾于五世达赖圆寂当日，派亲使给圣尊呈献过两样东西：五世达赖的一串念珠和一个碎碗，寓意达赖已经圆寂，怕内部分裂争战而采取此种下策，以求天下太平、国泰民安。圣尊着人收下这两样东西，未曾让亲使返传圣意，愚臣以为圣尊明察秋毫，授意愚臣妥为安置，所以再未敢上扰圣驾。

至于愚臣与噶尔丹之间多有交接，还曾派人前往噶尔丹营帐助战之事，皆因受噶尔丹蒙蔽与蛊惑才酿成大祸，臣心惶恐，实非本意。圣尊威武，大败噶尔丹，皇威浩荡，天下大庆，臣亦为然。为表忠诚，今愚臣着人前往康巴地区把潜逃在外的济隆图克图(桑结嘉措曾派给噶尔丹出谋划策的使臣)逮捕，并同青海博硕克图济农所娶的噶尔丹的女儿一起押送清廷，皆交由圣尊处置，还望圣尊体恤宽恕愚臣。

另外，十余年来，为臣不辞劳苦暗中监护五世达赖转世灵童仓央嘉措，仓央嘉措已精通佛理，可行坐床之礼，望圣尊恩准……

洋洋洒洒千言，桑结嘉措把自己的罪行推得一干二净不说，还把自己说得劳苦功高、忠心可嘉。反复修改了几遍后，桑结嘉措才着人把这封密奏快马加鞭送往京城。

送出密奏后，桑结嘉措心中百味杂陈，他没有一点儿轻松愉快的感受，反而沮丧万分，更加提心吊胆。

这封密奏虽然为他开脱了罪责，但也是他下台让权的标志，他处心积虑忙到现在，就只是为了写这么一封密奏吗？想想都觉得窝囊。

他本是个才华横溢的文僧，写过好些有份量的著作，《五世达赖灵塔记》、《五世达赖诗笺》、《白琉璃》、《蓝琉璃》、《黄琉璃》等。他文思泉涌，本来还打算写更多的文史法典，可这些年忙于谋权，文思都荒废了，如今，眼看着权位不保，真是顾此失彼，两头皆空。

也许，他压根儿就不该争权夺利，否则，著作等身，不一样名留青史？

可是，世上没有后悔药，再怎么沮丧，事成定局，也只能将错就错，走一步看一步了。

接下来的日子，桑结嘉措惴惴不安地等着康熙的回信。

　　等待是世上最折磨人的事。

　　每天,桑结嘉措都会心神不宁地想,康熙皇帝看了他的密奏会是什么反应?他会不会觉得他第巴态度不老实,处处为自己辩护,十分善于狡辩?他会不会嫌他随密奏一起奉上的东西太寒碜,一个不耐烦就点兵数将,直接打上门来……

　　除了康熙皇帝那边让他心浮气躁,西藏边境及藏区内各部落也不安生,一些势力壮大的部落首领跃跃欲试,摩拳擦掌,随时都有可能挑起争端,要不是他把五世达赖圆寂的消息瞒得死死的,估计这些好斗的家伙已经虎视眈眈地冲着他杀过来了。

　　内忧外患,如洪水猛兽蹲在家门口,日夜盯着他,想将其吸血吃肉、挫骨扬灰。这种担惊受怕的日子快把桑结嘉措逼疯了,可康熙却还是没回信。

　　这样望眼欲穿,分分秒秒都变得无比漫长,桑结嘉措什么事都没心思管。

　　如果康熙怒了,那他桑结嘉措的生命便即将终结,这些琐碎的事哪还值得理会?

　　桑结嘉措日日祈祷,这时候,他反而羡慕起了仓央嘉措。

　　那个好运的野小子,丝毫不用担惊受怕,整天就这么轻松自在读书、写字——康熙若不恩准,仓央嘉措没什么罪过,罪过全是他桑结嘉措的;若是恩准了,仓央嘉措就可以荣继尊位,失落和操心的还是他桑结嘉措。

　　想到这里,桑结嘉措的内心更加郁闷了。

　　桑结嘉措在苦等的日子里饱受煎熬,却不知道他羡慕的仓央嘉措过得并不快乐。

　　相思之苦可以激荡诗情,仓央嘉措读书之余,不是在乱写乱画,而是在写情诗。

　　诗是一剂止痛的良药。当诗意再现浪漫的意境时,他可以变成自己爱情的旁观者。那年,那月,他曾于惊鸿一掠间,一睹她的芳颜,自此难忘。

邂逅谁家一女郎,玉肌兰气郁芳香。
可怜璀璨松精石,不遇知音在路旁。

名门娇女态翩翩,阅尽倾城觉汝贤。
比似园林多少树,枝头一果娉鲑妍。

当诗情幻化成缱绻的柔情,他可以在回忆中与她相牵。那天,那日,圣湖湖畔,雪山之间,他曾与她形影相伴,谈笑宴宴。

心头影事幻重重,化作佳人绝代容。
恰似东山山上月,轻轻走出最高峰。

意外娉婷忽见知,结成鸳侣慰相思。
此身似历茫茫海,一颗骊珠乍作时。

当诗韵寥落过往的缠绵,他可以借景抒怀以排愁绪。此时,此刻,孤灯独影,心灰意冷,他在想她,丝丝缕缕都是心伤。

转眼苑枯便不同,昔日芳草化飞蓬。
饶群老去形骸在,变似南方竹节弓。

一自消魂那壁厢,至今窈寐不断忘。
当时交臂还相失,此后思君空断肠。

每每停笔凝眸,常有泪滴溅落,墨字氤氲润染,笔画间时有墨梅绽开。仓央嘉措黯然神伤,以诗寄情,沉浸其中不愿自拔,一如迷途的旅者,明知前面山高水险、凶多吉少,还是愿意相信那海市蜃楼的幻景,在想象中聊以慰藉。

　　有侍奉仓央嘉措的僧人看了他的诗，诵读之间只觉唇齿回香，便忍不住抄录下来，私下传赏。因诗里多涉情爱，犯了佛律清规，看过的人一面念叨六字真言，一面又爱不释手。不多久，仓央嘉措的情诗便从布达拉宫传遍了拉萨。

　　人生在世，所为何来？圆满的爱情、美好的情感，是每个人心底最深处的渴望，虽然这些在俗世中可遇难求，但没有人会放弃这样的梦想。

　　当这样的爱情与情感赋予诗歌以灵动的韵味，被谱以和谐婉转的音律，被人们回肠荡气地唱起，人们就会沉醉在这美妙的歌声与诗韵中，从苦难的现实生活中暂时得到心灵的小憩，感受生命之美。

　　但，彼时，外面还很少有人知道，这些歌是一个即将成为六世达赖的少年所写。

　　独居一室的仓央嘉措也不知道，他的诗歌正风行当下，倍受推崇，在拉萨街头巷尾广为传唱。他更不知道，他心爱的姑娘很快听到了这些诗歌，那诗歌里的情境历历在目，每每让她悲喜交加，不能自已地泪流满面。

　　原来，仓央嘉措并没有因贪慕虚荣而背弃他们的爱情，他是在保护她。姑娘明白了这些，一直压抑着的思念倾泄而出，她要见到他，一定要再见到他！

　　姑娘绞尽脑汁，最终想了一个十分冒险的方法：扮成僧侣，混进布达拉宫，去见她心心念念的仓央嘉措。

　　原本看起来危险万分的法子，实施起来却如有神助，她很顺利地来到了他的寝室外。

　　可当她刚要推门而入时，却听到屋子里传来一声震响，紧接着，第巴桑结嘉措气呼呼地开门走了出来。

　　只见桑结嘉措阴沉着一张脸，扁扁的头颅狠狠地仰着，不可一世地迈着八字步，紧攥的双手似乎正蕴藏着雷霆万钧，想把一切令他不快的事物毁灭。

　　姑娘吓坏了，匆忙低下头来，大气也不敢喘，慌慌地退到一边，暗暗祈盼桑结嘉措赶紧走开。

　　第巴桑结嘉措是怎样一个心细如发的人,他在布达拉宫里这么多年,每个僧人和喇嘛的模样他都一清二楚,可这个站在仓央嘉措门外的僧人个子瘦削,面目陌生,他不由得多看了她两眼。

　　桑结嘉措的脚步变得迟疑,却没有停下,眼睛的余光里,那个僧人全身都在打颤,摇摇欲坠,他心里一紧,了然地眯了眯眼睛,却并没有转身,而是径直拐过前面的廊坊,往另一边走去。

　　姑娘长吁一口气,拍拍胸口平复紧张的心跳,她向敞开的门里张望,仓央嘉措正坐在桌子边,支着额头,看着一地狼藉,一脸沮丧。

　　地上是散乱的纸张,墨砚和毛笔横七竖八,到处都是溅落的残墨。

　　姑娘刚要往里走时,突然有人从背后袭击了她,她还没来得及喊出声,便被人带走了,随后,她的眼睛被蒙上了⋯⋯

　　桑结嘉措怒不可遏,这个仓央嘉措,竟然在写这些伤风败俗的东西! 这是佛门净地,岂容他用这些情诗艳赋玷污? 不仅如此,他竟然背着他偷偷跟那女子苟且,甚至让那女子伪装成僧人的模样!

　　这些事如果传扬出去,他桑结嘉措怎么收拾? 如果让人们知道六世达赖喇嘛是这样一个淫乱的家伙,又怎么肯承认他是德高望众的五世达赖的转世灵童? 他又该如何向藏区各部落首领及康熙皇帝交待?

　　康熙皇帝还没有回信,也不知道这道坎过不过得去,在这种紧要关头,仓央嘉措却一再给他生事,简直岂有此理!

　　桑结嘉措冷冷地看着被捆绑的少女,双眼中慢慢升腾起凛冽的杀气⋯⋯

　　仓央嘉措对此一无所知,他起身收拾满地狼藉,并告诉自己,他会继续写下去,因为这是他唯一可做的事了。

　　相思重重,度日如年,守望比日子更长。

9.爱情也会成为灾难

康熙皇帝清除了噶尔丹余孽,胜利班师回朝后,处理了各种繁琐的国事,总算腾出空来细看桑结嘉措的密奏。

这个桑结嘉措,简直就是在颠倒黑白,强辞夺理!

可是,从信中言语可见,桑结嘉措诚惶诚恐,急于想洗清自己的罪名,态度还算毕恭毕敬。

康熙雄才大略,深思熟虑之后,他决定放桑结嘉措一马。毕竟,桑结嘉措和五世达赖情同父子,他是五世达赖一手提拔重用的第巴,在西藏各部落与民众间较有声望。况且,准噶尔刚刚平定,噶尔丹虽然已经战败身死,但局势还没有完全稳定下来,国内连年作战,以致兵疲粮亏,如果对桑结嘉措起兵征讨,势必劳民伤财,有伤国体,还会引起周边的觊觎。所以,康熙决定,顺水推舟,不追究桑结嘉措的欺君之罪,并批准仓央嘉措为六世达赖。

桑结嘉措的信使拿到康熙的回信后,欢天喜地连夜往回赶,他马不停蹄地跑回布达拉宫,直冲桑结嘉措的书房去报喜。

桑结嘉措看到康熙御笔批允,还有附带的绶带、印章,一时喜出望外,老泪纵横,这许多天的提心吊胆,总算熬得了一个好消息,压在心上的那块巨大的石头总算落了地,他这条命,总算是保住了。

接下来,就剩下六世达赖的坐床礼了。

大难不死,必有后福。控制了六世达赖,西藏大权还是他第巴桑结嘉措的!

桑结嘉措忍不住仰天大笑。

仓央嘉措对这些变故一无所知。

可他越来越深刻地认识到,桑结嘉措并非真心喜欢他。

伴君如伴虎,何况,他仓央嘉措之所以能待在桑结嘉措的身边,完全是因为他将是那个谎言的终结者与遮羞布。

前时，他从江阳扎巴那儿知道，桑结嘉措隐瞒五世达赖圆寂的事实长达十余年，而这样一个弥天大谎，真的会像桑结嘉措打算的那样，只要他仓央嘉措接任六世达赖，就可以糊弄得过去吗？

就算康熙皇帝那边恩准了，被欺骗了那么久的各部落首领也能不计较吗？

仓央嘉措意识到，就算他接任了六世达赖，天下也不会因此而太平；相反，可能会激起更多的纷争，到时，只怕他也会无辜受累，成为漩涡的中心。

想到这些，仓央嘉措暗暗心惊。以此看来，他想要过平静祥和的生活，简直就是痴人说梦。

也许，现在请辞还来得及，六世达赖这样的尊荣应该是许多人求之不得的，第巴桑结嘉措完全可以另选一个听话的人来代替他。他想要恢复自由，想回到家乡去找心爱的姑娘，想有一个圆满的家庭，生儿育女，过人间最平凡而温馨的生活，做世上最浪漫而幸福的诗人。

打定主意后，仓央嘉措头一次主动请见第巴桑结嘉措。

桑结嘉措欣然前来，以为仓央嘉措看过了五世达赖的灵塔后开窍了，知道怕他了，要服软了。

没想到，仓央嘉措见了他，头句话就是："第巴大人，能不能让别人当转世灵童，我自认为没有能力接任六世达赖喇嘛，我只想回到家乡过普通人的生活。"

岂有此理！他当这是儿戏吗？随便找个人出来就能当五世达赖的转世灵童？

第巴桑结嘉措险些气昏过去，他看着一脸执拗的仓央嘉措，熊熊的怒火烧红了他的双眼，可理智告诉他，他现在不能对这少年发火，把这年轻气盛的少年惹毛了，万一捅出什么娄子，他怎么收拾呢？要知道，他已经在密奏中告诉康熙，五世达赖转世灵童叫仓央嘉措，随密奏一起上报的还有仓央嘉措的画像。如果换人顶替，让康熙知道自己再次被愚弄了，他桑结嘉措岂不是自寻死路？

看着仓央嘉措俊秀而明澈的眼睛，桑结嘉措把拳头攥得紧紧的，恨不得一拳挥过去，让这糊涂的少年知道他的厉害。

可桑结嘉措掌握政教大权多年，早已不是那种喜形于色的人。他强迫自己静下心神，压制住满腔怒火，不怒反笑，和颜悦色地对仓央嘉措说："我能体量你的惶惑，如此大任从天而降，着实让人胆怯，不过，既然这是佛的旨意，你我都必须遵从，绝对没有说换人就可以换人的道理。如果你我不遵从佛的旨意，佛必然降罪，到时候生灵涂炭，你我都难辞其咎。"

一到关键的时候，就把"佛的旨意"推出来。江阳扎巴冒充五世达赖是佛的旨意，他桑结嘉措秘不发丧十余年是佛的旨意，让他仓央嘉措当替罪羊又是佛的旨意，怎么佛的旨意完全是他桑结嘉措说了算呢？

仓央嘉措刚要反驳，却见桑结嘉措脸色一沉，先前勉强的笑意立刻消失殆尽，露出一副咄咄逼人的嘴脸，冷声说道："而且，也许你不知道，神佛已经降罪了。"

什么？仓央嘉措一愣。

"上次，和你的族人们一起来看望你的那位姑娘……"

桑结嘉措说到这里，故意欲言又止，意味深长地看了仓央嘉措一眼，脸上露出惶恐与悲切的表情。

只这么一会儿，先是愤怒，然后慈祥，接着便是示威，现在又变成惶恐与悲切，仓央嘉措不得不承认，第巴大人的脸变得比翻书还快。可是，当他听到桑结嘉措说出来的话时，一颗心猛地激荡了一下，仿佛跳到了嗓子眼，堵得他一阵晕眩。

"怎样？"仓央嘉措紧张地问。

"因为她亵渎了神灵，神佛降罪，她已暴病身亡。"桑结嘉措慢悠悠地把每个字都咬得阴毒又狠辣。

纵然仓央嘉措来见这人之前，已经做了种种的设想，甚至，他想过自己会因为忤逆而获罪，他也决定要为自由战斗一次，却着实没想到，桑结嘉措一语惊人，一招致命，直往他的软肋戳去，他眼前一阵漆黑，如被掏空了灵魂般痛彻肺腑。

不祥的预感变成了残酷的现实，那么美丽、善良、温柔的姑娘，竟然就这样死去了。

仓央嘉措心如刀割,他的脑海里不断地重现她的音容笑貌,还有那些缠绵美好的往事,泪水不由得模糊了双眼。

什么暴病身亡,她一定是第巴派人害死的!

伤心激起了无边的仇恨,仓央嘉措紧紧皱起眉头,愤恨地看向第巴桑结嘉措。

桑结嘉措却面不改色,漫不经心地说:"别这样看我,我对她的离去深感痛心,可谁让她没有自知之明,胆敢冒犯神灵呢?她的死也是佛的旨意。如果你再一意孤行,佛会降罪让你更多的族人死去,这是我之前就曾经告诉过你的,你要三思而后行。"

说完,桑结嘉措仔细看了仓央嘉措一眼,想了想,又说:"还有一件事,我想我也应该跟你说明白,你的坐床大典已经差不多准备就绪,就等着康熙皇帝的恩准与授印了,如果换了人,康熙皇帝龙颜大怒,势必发兵征讨我族,到时候,就不只是你的那几百族人要遭难了。"

仓央嘉措愣怔地看着第巴走出屋去,两腿一软,跌坐在地上。

他早就该知道,他被接进了拉萨,被告知是转世灵童,就不能再奢望能够自由。可他总是控制不住,承受不住相思的折磨,深夜跑回家乡去找她,还糊涂地让她来到拉萨,掩耳盗铃地和她相会。他这是在害她啊!

是的,桑结嘉措早就知道她的存在,他早就想除掉她了。

仓央嘉措痛心疾首,为自己的轻率万分自责。回想第巴的话,想到族人们会因他而血流成河,他别无选择,只能彻底打消辞行的念头。

夜色降临,整个世界在眼前一片漆黑……

离开?换人?荒唐!

桑结嘉措走出仓央嘉措的寝室后,把压抑许久的怒火尽数发泄了出来,他立刻命人暗中去把那个姑娘带上来。

本来还有点犹豫,可现在,他不能再让仓央嘉措不识时务、心存幻想了。

那个姑娘,必须死!

如果仓央嘉措还不知道死活，那他桑结嘉措倒真可以换人，反正他已经让江阳扎巴冒充五世达赖长达数年之久，他也完全可以找一个和仓央嘉措相像的人来做六世达赖。他相信，那么高贵的尊位，这世上不知道有多少人梦寐以求，哪有像仓央嘉措这般愚不可及的。

当然，那得冒很大的风险，一个谎言要用更多的谎言来掩饰。一次欺君或者可以侥幸逃过，一而再，再而三，明知故犯，激怒了康熙皇帝，后果将不堪设想！

所以，想离开，休想！

如果仓央嘉措再敢跟他犯拗，他绝不会再姑息他，他会像杀死那个姑娘一样，让仓央嘉措连布达拉宫的门都出不去，就神不知鬼不觉地从这世上消失！

桑结嘉措气极败坏，在把屋子里能砸的东西都砸了之后，心里的怒火才稍稍消散了些。

仓央嘉措太不识抬举，亏他费心栽培他这么多年，他不但不知道感恩戴德，反而处处跟他作对，真是不见棺材不落泪！

姑娘被带了上来，站在那里，亭亭玉立，一双哭红的眼睛还泛着泪光。

对上姑娘泪眼的一瞬间，桑结嘉措的心倏然一颤。

也许是刚才砸东西已经把怒火发泄了许多，理智又占了上风；也许是这许多年读经念佛，心里还留有一丝慈悲之心；也许是这双泪光盈盈的眼睛让他蓦然想起了从前他爱过的那个嫁给了敌人的姑娘，推己及人之念油然而生……无论是出于什么原因，此时的桑结嘉措竟鬼使神差地改变了主意。

桑结嘉措拿出了康熙皇帝赠予仓央嘉措的授带和印章，缓步走到姑娘面前，神色凝重地告诉她，她爱上的男人，是五世达赖转世灵童，即将登位的六世达赖喇嘛。

姑娘惊怔地退了一步，柔弱的身体晃了晃，似乎突然间找不到支撑，大颗大颗的泪水像断了线的珍珠一般，从她绝望的眼睛里滚落下来。

"姑娘，我知道互相深爱的人为了爱人可以不顾一切，勇敢得就像草原上苍劲的雄鹰，想突破一切障碍达成自己的心愿，和心爱的人相守。可是，现在你也看到了，他是伟大的转世灵童，遵照佛的旨意将登位接任六世达赖，赐福于众生，这是你我都不可违抗的天命。你若真的爱他，就应该让他安心，而不是用自私的情爱去损毁他至高无上的名誉。要知道，一个普通人都想要名声清白，何况是不可以与妇女接近、婚恋的达赖，那最尊贵的佛主呢？"

桑结嘉措的语气十分和缓，丝毫没有前时居高临下的凶狠。他神色略显疲惫，神情庄重而肃穆，他的每一句话都敲打在她的心上，她咬紧了嘴唇，努力抑制着放声大哭的冲动。

她要失去他了。

不是彼此不再相爱，而是因为这份爱难以承受那样一份尊荣。他将是尊贵而孤独的王，站在她难以企及的高度，她用爱射出的箭矢，无法再沟通他的心，却会伤害他的命。

姑娘绝望地闭上了双眼，最后见他，他亦是这般，紧闭着双眼，任世界瞬间归于黑暗，那是心痛到绝望的自救，闭了眼，似乎一切残忍的现实都能隐于无形。

可到底还是要睁开眼面对现实，面对与深爱的人生生分离的残酷现实。

"姑娘，你要知道，佛主的尊严和声誉不可玷污，否则，触犯了神灵，是要降罪我西藏疆土的。本来我可以杀了你，只是，我佛慈悲，念你是无心之过，我也不想为难你，我已着人给你安排好亲事，你回家后远嫁他乡，再不允许你出现在佛主的面前，否则，不只你和你的族人们有生死之忧，佛主和他的族人也将有殒命之患。"

桑结嘉措的语气变得威严起来，他看到姑娘的脸色瞬间煞白，瞪着一双泪光迷蒙的大眼睛，凄凄惨惨地望着他。

"去吧，姑娘，记住我对你说的话。人间的一切情爱，在崇伟的佛祖面前，都渺如烟尘，以后，你不可以再心生妄念。"

桑结嘉措背过身去，重重地叹息了一声，又说："只是，我需要你留下身上的两样东西……"

姑娘看着第巴大人傲然的背影，终是卑微地低下了头，把他要的两样东西留下,然后被人带了下去,送回家,以最快的速度远嫁他乡,嫁给一个她不曾见过亦不曾爱的男人。

没有人知道,这姑娘以后的生活将会怎样,会不会在此后绵长的岁月里,在那一段段美好的回忆里,用心守望那个让她刻骨铭心的情郎,一世情长,一世心伤……

几天后,仓央嘉措见到了心爱的姑娘戴在项上的银饰和脚裸上的铃铛。甚至,那银饰和铃铛上还沾着些许暗红的血迹。

仓央嘉措的心尖锐地痛缩,似乎于顷刻之间,被一把呼啸而下的利剑洞穿。

他颤抖地捧着那项圈和铃铛,把脸深深地埋于双掌,任倾落的泪水与那血渍相融……

哀莫大于心死。

可怜的姑娘,因爱获罪,芳年早逝,只因她爱上了不该爱的男人,他仓央嘉措,这一生都将愧对她的亡灵。

痛失所爱,自此,仓央嘉措彻底变得身孤心寂,灵魂找不到归依。

因为心中热烈的爱慕,

问伊是否愿作亲密的伴侣?

答道:除非死别,

活着永不分离!

热恋时为她唱过的情歌,彼此海誓山盟的承诺,总在静夜里回荡,萦绕。

往事犹新,却再也经不起追忆,那是一把把利刃,割伤他的灵魂,每次都让他痛不欲生。

原来,爱情也会成为一场灾难。

短暂的相守,一世难忘。

于她,"身死魂灭";于他,心冷神伤。

10.生命如此珍贵

一切都已准备就绪,桑结嘉措可以放心地让仓央嘉措接任六世达赖喇嘛了。

之前,就算把仓央嘉措迎进了布达拉宫,桑结嘉措也没有对外公开他就是转世灵童,现在,时机成熟,可以广而告之了。

一个被他牢牢掌控的转世灵童,才是他桑结嘉措放心任用的六世达赖喇嘛。

不过,在仓央嘉措坐床之前,桑结嘉措还得给他上一课。

"伟大的五世圆寂之前,曾当着众人的面反复严令:'第巴桑结嘉措是我最信任的人,我圆寂之后,为了稳定各方局势,有必要秘不发丧,在转世灵童十五岁坐床之前,由第巴摄政王位、掌管佛法,任何人不得违背他的意愿,要始终坚定不移地遵从他的指令。另外,转世灵童坐床之后,仍由第巴辅佐,在他十八岁成年之后,方可考虑委任大权……'"

桑结嘉措威严地看着仓央嘉措的眼睛,尽可能让自己的话显得底气十足。

仓央嘉措默默地听着,绝世俊朗的脸上不见悲喜。

桑结嘉措突然不敢再直视仓央嘉措的眼睛,那种说不清道不明的压抑与恐惧再次袭上心来,他不得不错开与仓央嘉措的对视,心里莫名地一阵惶恐。

有那么一瞬,桑结嘉措怀疑,莫非这个仓央嘉措真的是五世达赖转世灵童?他身上有一种与生俱来的高贵冷傲,让人不敢小觑,而他那双眼睛,明明不着一物,却又那般深不可测,似乎洞晓一切天机。

当仓央嘉措这样气定神闲、宠辱不惊地看着他时,一如五世达赖生前那般神圣不可侵犯,他竟然感到诚惶诚恐,准备了很久、练得很熟练的台词,说到一半竟然说不下去了。

桑央嘉措微微皱了皱眉头,对自己这样的惶恐很是不悦,不由回眼细细看了看仓央嘉措，眉目清俊如月，身姿挺拔如松，完全一个翩翩美少年，可他却没有那种肤浅的稚气。

没错，此时的仓央嘉措就是这样一个矛盾的存在，他给桑结嘉措的感觉，就仿佛在这青春的身体中，盛装着一个久经沧桑、深谙世事的灵魂，这个灵魂充满了智慧，对他的一切把戏不屑一顾。

桑结嘉措到底把后面那些威慑的话压了回去，仓央嘉措这模样，他再多恩威也没有用武之地，反正日后有的是时间，眼下还是先安排要紧的事吧。

想到这里，桑结嘉措不再训诫，而是很慈善地看着仓央嘉措，说："之前，因为五世的遗言，又因事关我族政教大业，所以你的身世一直被严加保密。现在，康熙皇帝已经同意你接任六世达赖喇嘛，我受命主持你的坐床大典，所以，此典礼相关事宜，你都要听从我的安排。"

仓央嘉措点了点头。

见此，桑结嘉措舒了口气，接着说："我与高僧禅师们一起在大灵塔宗喀巴像前，为你卜神祷告，按照佛的旨意，确定迎请你坐床时间为藏历火牛年十月下旬。那么，接下来，我要派人连夜把你送回你的家乡去，过些天，自然会有人去迎请你。在这段时间里，你有什么事就加快处理了，如果有什么需要帮助，就吩咐你身边的人，但有一件事你一定要记住，在队伍迎接你之前，不能对任何人透露你的身份，这样才能保全你的安危。"

仓央嘉措仍然没有言语，只是静静地看着他。

两人就这样四目相接，对峙良久。

仓央嘉措那如佛陀般清澈纯净又深邃睿智的目光，终是让桑结嘉措感到无以遁形，他感到自己的心灵似乎被这样的目光荡涤、净化，继而激起了良知与仁慈，让他升起忏悔之意。

桑结嘉措低头沉吟片刻，说出了连他自己都意外的话："生命如此珍贵，我亦信奉佛道，并不敢妄开杀戮。我至此所做的一切，虽然也因受了权力的诱惑，但更多是为了保全自己和族人们的生命。现在，我即将把这样的重任委托给你，与你一起承担对藏地生灵的呵护之责，你必须珍重。"

　　说完，桑结嘉措愣住了，他发现，从来不屑也不敢忏悔的自己，在说出这几句话之后，一直压抑而晦暗的心情，竟然骤然舒朗轻松了许多。

　　仓央嘉措看着第巴桑结嘉措，这一刻，他相信他是真诚的。

　　无论再怎样罪恶的灵魂，也有片刻的慈善；无论再怎样慈善的心肠，也有片刻的狰狞。眼前这个一直盛气凌人的第巴大人，也有他迫不得已的苦衷，众生皆苦，第巴亦不过是一介凡人。

　　其实，对于桑结嘉措，他始终不知是该感恩，还是该怨恨。

　　即使桑结嘉措是为了一己私利而万不得已寻找转世灵童，之后又阴差阳错地选中了他仓央嘉措，猝不及防地改变了他的命运轨迹，让他与心爱的姑娘永远别离，可是，他不得不承认，桑结嘉措到底是有恩于他的。

　　因为被选定为五世达赖的转世灵童，他从很小的时候就开始接受严格的训练。家乡僻远，族人教化未开，很少有读书识字有文化的人，而他却得以蒙受高僧们的教诲，用经学佛理开启智慧，对这样的再造之恩，他应该心存感激。

　　不仅如此，他即将成为六世达赖，失去了自由，却拥有了无上的尊严与荣光。虽然那不是他一心向往的，可对于他这双亲故去的少年来说，不必为生存付出艰辛，不仅可以衣食无忧，还可以荣华富贵，这对于天下的每个人来说，应该都是莫大的幸运，那么，他仓央嘉措是否应该感谢这样的机遇？

　　仓央嘉措一直无法回答自己，就跟他无法明白爱情与佛法为什么互相矛盾一样，他也无法清楚自己对桑结嘉措到底该抱着怎样的态度。

　　可是，这种矛盾持续到桑结嘉措杀死他心爱的姑娘便戛然而止，留下来的，只有怨恨。

　　那样纯洁美丽的姑娘，什么都不知道，她爱得那么无辜和执著，竟然因此而失去了生命。

这是仓央嘉措心里解不开的死结,每次面对桑结嘉措,他都有想扑过去跟他同归于尽的冲动。然而,就在刚才,桑结嘉措竟然对他说:"生命如此可贵,我亦信奉佛道,并不敢妄开杀戮。"

福至灵犀,他隐隐觉得,桑结嘉措意有所指,那会是什么呢?

从桑结嘉措那儿离开的时候,桂月当空,万籁俱静。

仓央嘉措被簇拥着,走出了布达拉宫。

夜风沁凉入腑,自由清新的空气让仓央嘉措浑身一轻——他被禁锢得太久了。

他望着家乡的方向,唇角泛起微笑,泪水静静落下来……

日夜兼程赶回家乡,仓央嘉措站在村口,望着梦萦魂绕的草原与村庄,一时间百感交集。

事过境迁,物是人非。

仓央嘉措默默地拿出那个项套和铃铛,睹物思人,忆起那些甜蜜的往事,早已痛到麻木的心再次战栗。

穿过草原,他的家就在村庄的东边。

因为久已失修,灰墙黑瓦,屋子显得那么颓败。不过,族人们帮他清理了门旁的野草,还洒上了花种,开出了两畦鲜艳的花。

族人们看到仓央嘉措回来了,奔走相告,不多会儿,就聚了好些人。

不过一年时间,仓央嘉措惊讶地发现,昔日的小伙伴的个头像地里疯长的庄稼,都蹿高了一大截,眉目都脱了稚气,臂膀也变得浑实有力。

大家聚在一起,都莫名地变得拘束起来,再不似儿时一般无所用心地打打闹闹。

有个别男孩已经订了婚,他们亲密地牵着女孩的手,满脸都是幸福。

仓央嘉措别开眼去,心底那抹疼痛如水波荡漾开去,落漠了脸上的笑意。

"她嫁人了。"突然有伙伴这样说。

"……"仓央嘉措无比震惊，怀疑自己是不是听错了。

"听说她嫁得很远，远到苍鹰飞不到的地方，我们都不知道她嫁给了谁……"

伙伴们面面相觑，他痛楚的眼神让他们不安。

"知道了。"良久，仓央嘉措淡淡地说。

有泪水倒流进心里，落在鲜血淋漓的伤口上，痛彻肺腑，却说不出口。但还是感觉安慰，毕竟，她还活着。

原来，这便是桑结嘉措的言外之意。

她活着就好。

仓央嘉措如释重负。

以后，他会一直把她珍藏在心底，就算这一生再也无缘牵手，只要知道她在这世界的某上地方，同样沐浴着明媚的阳光，就已值得庆幸。

与冰冷可怕的死亡相比，拥有鲜活的生命应该心存感激，以来不及珍惜的心情来宽容，哪怕爱情无以为继……

之后的日子里，就是寻找她的气息，重温此前所有的记忆。

儿时，阿妈、阿爸、花开的原野、纷飞的蝴蝶、朝圣的香客、破碗盛装的清溪、飘雪的山谷、融冰的圣湖……还有她，他心爱的姑娘。

曾经，他很贫穷，和阿妈、阿爸过着食不足、衣不暖的生活，可那时他很富有，有阿妈温暖的怀抱和阿爸坚实的臂膀，阿妈会给他讲有趣的故事，阿爸会陪他一起去湖边钓鱼，他还可以和小伙伴们无忧无虑地嬉戏。

那时，他拥有亲情和友情，随后，还拥有了爱情。

他与她度过了一段天堂般美好的日子，她的温柔、她的娇媚、她的灵巧……他拥抱她的时候，以为自己是世上最富有、最快乐的人。

那些快乐是他生命中的珍宝，那是从什么时候开始一点一点地遗失的呢？

随着年龄的增长,心智日趋成熟?随着读了越来越多的经书佛卷、史籍典献,了解了许多的世事无常?随着在巴桑寺和贡巴寺听到香客们诸多的苦楚,感受到众生之苦?还是因为他成了尊贵的转世灵童,却失去了拥有自由和爱情的资格?

不管怎样,快乐就这般不着痕迹地溜走了。

同样的一颗心,不再轻松愉悦,而总是忧郁苦闷。

可是,当得知心爱的她并没有被桑结嘉措杀害,而是远嫁他乡时,他突然间豁然开朗,那一直因负罪而异常沉重的心难得地舒朗开来。对桑结嘉措,他不再有那样刻骨的怨恨,甚至,他设身处地,亦能理解桑结嘉措的苦衷,进而对他的手下留情心怀感念。

每个人都有自己的迫不得已,能在艰难抉择的时刻心存怜悯,为她留一条活路,是桑结嘉措的善举。因此,他不再对他心存怨恨。

而她,用离别成全对他最深沉的爱恋,他懂,亦珍惜。

站在山顶,眺望群山那边,仓央嘉措展开双臂,迎着瑟瑟的山风闭上双眼,无比虔诚地为她祈祷。

我佛慈悲,生而有幸,活而有福。

生命如此珍贵,亲爱的人,请为我珍重……

仓央嘉措竟然是五世达赖喇嘛的转世灵童,并即将成为新的藏教之王!

数月之后,当比上次规模更浩荡的队伍走进这村庄,再次将仓央嘉措接走,这个惊天霹雳般的消息被公开了。

族人们乍然听到这个消息,在片刻的惊愕之后,便如炸开了锅似的欢腾起来。随后,这个消息迅速传遍大街小巷,平静了百余年的偏僻小山村陷入了狂欢。世代淳朴的门巴族人们做梦都没有想到,在他们这名不见经传的村落里,竟然会诞生这样一位伟大的人物。

他们奔走相告,激动不已,他们把仓央嘉措挂在嘴边,以谈论他儿时的趣事为荣。所有的人众口一词,仓央嘉措从小就是个与众不同的孩子,天生具备慈悲的心肠;他长得那么漂亮,头脑又那么聪颖,特别值得称道的是,他对族人们自始至终和蔼可亲;他给他们讲过的那些佛教故事和经文,都是至高无上的佛旨,他们必须牢记在心……

似乎,全天下都在为他荣登至尊之位而欢欣鼓舞,唯独他自己一个人云淡风轻。

登上布拉达宫辉煌的佛床又怎样?能接受万民的膜拜又怎样?当曲终人散、夜深人静的时刻,他还不是对月独饮,自伤自怜;当别人合家团圆、子孙满堂的时候,他还不是孤身一人,无以为伴?还有这尘世间很多的欢乐,他都不能领略,而他能做的事,是那般枯燥乏味。

可是,他或者可以牺牲一个人的圆满,换取更多人的圆满;牺牲一个人的欢乐,让更多人得到欢乐。如果可以那样,即便孤独,却不会寂寞,将博爱放在心间,足以照亮每一个凄冷的夜晚。

或者,此生,有生之年,可能再与她相见。

那时,他会握紧她的手,告诉她,他不枉她的成全……

雪域最高的教王

1.他是漩涡的中心

残忍的现实已无法更改的时候,获得心灵安慰最好的方法就是展望未来。

少年仓央嘉措再次离开村庄前往拉萨,把对爱情的向往和绝望,化作福泽世人的宏愿。

离开的时候,草原上又是繁花似锦,还有数不清的蝴蝶飞来飞去,可他已不再为之迷醉流连,他神情淡漠地走过,在朝圣者们麻木的目光中缓缓走远,自始至终,都没有回头。

回头改变不了什么,伫足亦无法挽留,他只能这般,被神奇的命运之手牵引着,默默地走向那看似辉煌的新生活。

按照桑结嘉措的安排,仓央嘉措前往聂塘诺布尔康扎西岗,与桑结嘉措会面。可后来,桑结嘉措改变了主意,把仓央嘉措的受戒地点改到了冈巴拉大山那边的浪卡子。

浪卡子相比聂塘诺布尔康更安全,地处僻静,景色优美,东面与南面是碧波荡漾的羊卓雍湖,西边有翁古山,北边是冈巴拉山,地势都十分险要,可攻可守,能防患于未然。

前往浪卡子的途中,仓央嘉措以转世灵童的身份会见了各大寺庙的活佛。各大寺庙的活佛对他都十分恭敬,唯恐说错话或者招待不周。

面对毕恭毕敬的活佛们,仓央嘉措时常会有一种置身梦境的感觉,这些活佛,若在往常,哪一个不是眼高于顶的人物?现在,他们竟然对他这十五岁的少年诚惶诚恐、无微不至、热情周到,以至于让他误以为自己真的高高在上了。

可是,仓央嘉措清楚地知道,他们怕的、敬的,不是他仓央嘉措,是第巴桑结嘉措。

没有人敢违背第巴大人的命令。

无论在哪个寺庙里,仓央嘉措的身边始终有人形影不离地跟着他,即使他要求走出寺院去看看风景,也需要得到身边人的允许;就算偶尔被允许了,侍卫和随从也是寸步不离左右,防范森严,如临大敌。

那样的情势下,即使有再好的风景,看起来也是索然无味。

仓央嘉措感觉自己就是他们捕获的俘虏,俘虏是没有自由和尊严的。

世上的事有时就是这么好笑,别人看他前呼后拥,羡慕得不得了,岂知这种身陷囹圄般的感受,是一种怎样烦心的折磨。可是,仓央嘉措连抗议的心情都没有,爱跟着便跟着吧,习惯就好。

何况,平民的自由是安全的,灵童的自由是危险的。桑结嘉措这般兴师动众,也是用心良苦。

仓央嘉措知道,桑结嘉措冒着极大的风险将五世达赖圆寂的消息隐瞒了十多年,一朝公告天下,必然会引起轩然大波,那些一直与桑结嘉措不睦的部落很可能会借机生事。所以,桑结嘉措格外谨慎,而为了避免节外生枝,他也应该配合桑结嘉措的安排。

毕竟,桑结嘉措并非心如毒蝎,很多时候,他也身不由己。

这世上,能永远自己说了算的人怕是没有吧?

一路上,仓央嘉措都是沉默寡言,即使与各处的高僧会面,也多是静静倾听,实在需要开口,他也尽量言简意赅。

虽然只是只言片语,却每每让高僧们暗暗敬佩,五世达赖转世灵童并非虚有其表,他那超越了年龄的沉稳和睿智,让他们无不心悦诚服,而他的做派,有五世达赖一般的大气与雍容。渐渐地,高僧们对仓央嘉措的敬畏,便不只是因为第巴桑结嘉措的权威了。

仓央嘉措身边的人很快派人把这一路的情形告知了桑结嘉措,桑结嘉措喜忧参半,喜的是仓央嘉措不负所望,赢得了各处高僧的赞同,后面的事就简单多了;忧的是仓央嘉措如此得人心,他怕会养虎为患。

进也忧,退也忧,矛盾重重,桑结嘉措惆怅地长叹了一声。

落日熔金,倦鸟归林。

已是离开家乡的第十天,一行人终于抵达了浪卡子。

天开图画即江山。

纵然仓央嘉措心情沉郁寥落,看到浪卡子妙境天成的美景,也不由心荡神摇。

浪卡子是座两面绕水、两面环山的山间小城,如安然躺在母亲温暖襁褓中慵懒的婴儿,看起来那般自然舒爽。那是一种不加雕琢的自然美态,蓝宝石般沉静的湖水、奇峰参差的石崖、山涧清脆的鸟鸣、草丛间欢跃的小兽,更有密林修竹覆披其上,奇花异草点缀其间……物华天宝,灵气盎然。

仓央嘉措悠然神往,不由看得痴愣。

这情境,置身其间,如临神台仙府,恍然竟有几分熟悉,似在某个梦中出现过,尤其那片平展如镜的湖水,倒映着天光树影,在阳光下流光溢彩,放眼看去,动静怡然,如一片不易察觉的彩云,轻盈灵动地激滟着……

湖边,那个少女扬起飞花碎玉,瀑布一样垂落的发辫在微风里律动,皎月般清纯秀美的脸庞上漾着梦幻般的笑容,她玉臂曼展,她歌声曼妙,她就在那清水湖畔,与翕忽的游鱼隔水顾盼……

仓央嘉措不由自主地走到湖边,如曾经一样,抑制着狂乱的心跳,屏着呼吸,目不转睛地看着她,等她明眸转珠、回首一笑。

岸边浣衣的女子转过头来,惊异地看了他两眼,他长身玉立、仙风道骨,不知道是什么时候站到她身边来的,他的目光熠熠生辉,清俊的眉眼间写满久别重逢般的惊喜。

他认识她么？姑娘疑惑地歪歪头，眯着眼睛费力地回想，白皙的脸不知是被阳光晒过，还是因为羞涩，红得那般娇艳。她还没想出头绪，却见少年脸上的惊喜迅速掩去，明亮的眸子也瞬间黯淡，如一片乌云突然遮天蔽日。

她不是她。

怎么可能是她呢？

就算是她，他能怎样？走过去，如往昔一般，温柔如水，相执对望？当着身后的一众僧侣、侍卫的面？

呵，纵然是她，他亦不能上前。

此生不见，旧情难忘；若再相见，前缘尽伤。

今时今日，他再不是随意洒脱的少年郎，他是五世达赖转世灵童，即将坐床、载负普度众生之德的六世达赖，必须严守佛规戒律，不近女色，不动凡心。

若他违逆，她必死无疑。

仓央嘉措仰头望天，天高云淡，风和日丽，他的眼前却一片迷蒙……

痴心相恋，没有谁背弃谁，只是，不能、亦不敢再爱。

这世间，到底，爱为轻，命为重。

浪卡子是佛教圣地，五世达赖生前多次来此讲经。

它位于喜马拉雅山中段北麓，群峰山顶四季积雪，山下湖盆谷地草盛鱼肥，寺庙林立，屋舍俨然，恍若世外桃源。

仓央嘉措住的寺庙，依山傍水，打开窗，就可以看到微波荡漾的湖水和湖泊后面苍翠的群山，空气里带着绿草和山花的清香，只那般静坐着，观景闻香，便可轻易物我两忘。

有健美的男子和温柔的女子，一起相携到湖畔浣衣，带着一大一小两个天真无邪的儿女。他们在青山绿水间嬉笑，欢乐如水花一样晶莹剔透。

曾经，他也想寻找这样一片静美的村落，和心爱的她一起相濡以沫，生儿育女，乐享人生。可这一生，眼前的一幕于他，永远是个奢望。仓央嘉措默默凝望着，静静怀想着，此时此刻，她在做些什么呢？他自此孤身独影,她还有圆满的可能,如果可以,他愿她能活出双倍的幸福。

他也不会一直这般沉溺于失意之中,既然命运做了这样的安排,赋予了他新的使命,他便会顺时应命,做他应该做的事。他会尽力以博爱之心指引众生走出心灵的桎梏,寻找生世的欢乐;他会把对她的祝福,化为涓涓细雨,撒布给每一个红尘过客,愿天下有情,人人得福。

仓央嘉措年轻英俊的脸上,浮现出了久违的微笑。

那一刻,仓央嘉措激情澎湃,关上一扇向往婚恋的心窗,可以打开另一扇通往光明的心门,他立志以一己之力,弘扬佛法,仁爱天下。他诗意地想,上天赐予他佛的尊荣,他必可以以佛的荣光感化、普度众生,使圆满重生,让藏区各部落间停止纷争,让每一处变成如浪卡子一样的人间仙境。

如每一个充满信心、胸怀大志的少年一样,仓央嘉措从忧郁中解脱了出来,为自己的人生设定了新的方向。

可惜,生活善于变脸,从来不理会谁的一厢情愿。

群山肃静,万古长青,朝代更替,人事变幻。

"天地不仁,以万物为刍狗;圣人不仁,以百姓为刍狗。"

天地顺于自然,无所谓仁慈,不屑于世间万事万物的荣辱兴衰,任其如刍狗般自生自灭;圣人也难以做到仁爱天下,又常常因为各种名利纷争,像刍狗一般驱使、对待百姓,任其辛苦劳碌、自生自灭。

人世间,自然的生存法则千古不变,弱肉强食,胜者为王。

桑结嘉措运筹帷幄数载有余,峰回路转,总算等到了这相对圆满收场的时刻。

他的心弦一直绷得紧紧的,只有仓央嘉措顺利坐床受戒,各部落首领接受六世达赖登位的事实,他才能安心。等清除了一切隐患,他就可以牢牢地控制仓央嘉措,继续掌握政教大权,可眼下,他还是要小心谨慎才好。

在仓央嘉措到达浪卡子的几天里,桑结嘉措在布达拉宫里安排好相关的事情后,便日夜兼程地赶往浪卡子。

和桑结嘉措同行的,是藏区其他各部落首领和得道高僧。他告诉他们说,他找到了五世达赖转世灵童,遵照佛的旨意,他们必须赶往浪卡子庆贺转世灵童的登位典礼。

众人惊疑,事发突然,却不敢怠慢,一个个都整顿容装,前往参拜。

另一边,一直住在札什伦寺修行的班禅罗桑益西亦率领一行人,风尘仆仆地赶往浪卡子,为仓央嘉措剃度,授沙弥戒。

康熙皇帝亦派出使团,带着贺礼前往庆贺。

几队人马浩浩荡荡地赶往浪卡子,如人潮卷起漩涡,从不同的方向,以仓央嘉措所在的位置为忠心,急速齐聚,只为那个延续了十余年的谎言做终结的庆典。

看起来像一场荒诞的闹剧。

可当时,所有的人都郑重其事,激动不已,诚惶诚恐。

辉煌的时刻很快就要来了,那时,仓央嘉措是绝对的主角。

他即将端坐上位,接受万人顶礼膜拜,那将是怎样一幅惊心动魄、荣耀显赫的场面?只可惜,即便是万人敬仰的主角,亦不过是桑结嘉措主宰下的棋子。

天下事,往往这般,表里不一。

纵是仓央嘉措清逸出尘,也难逃尘俗的名缰利锁,成为漩涡的中心。

那就顺着剧情演下去吧,你方唱罢我登场,我不唱罢不散场。

2.雪域最高的教王

一凤栖梧,百鸟朝歌。

那些天的浪卡子是广漠藏区最热闹的地方。

在浪卡子建筑最宏伟的寺院大经堂里,不可一世的第巴桑结嘉措向端坐于雄狮宝座的仓央嘉措躬身恭送五彩哈达,而后五体投地地行礼参拜。

各地首领、高僧、官员，随之者众，齐刷刷跪倒一地，合掌抚地，以头击手，齐诵六字真言以示虔诚。

放眼望去，大堂内外，以示卑微恭敬的身体匍匐了一地，那是人们对王者表示服从的姿态，这种独特的肢体语言轻易便界定了强弱，让高居其位的人自此名正言顺地称王称霸。

权力，无形，无色，无声，却通过这些仪式赐予王者生杀予夺、予取予求的力量，自此，示弱者任由其驱使、调遣、剥削、宰割。

虽然，那座上的人曾经不过是乡间的稚子、痴狂的少年，昨天和今天没什么不同，可当他坐在那里，被冠以神秘、尊贵的称谓，接受众人这般参拜的大礼，他就摇身一变，由名不见经传的平凡少年，变成了雪域最大的教王。

这突兀的巨变，让仓央嘉措一时难以适应，他觉得这场面过于诡异和虚幻，不太真实，所以，本该意气风发、志得意满的他，却无动于衷地坐在那里，脸上静若平湖。

没有人知道这个看似鸿运当头的少年在想些什么，他不露悲喜，看起来是那般从容淡定，仿佛这荣耀至极的盛事早在他意料之中，他受之无愧，安之若素，众人的恭敬与惶恐是他应得的待遇。

只有真佛才有这般气度！

所有的人，包括桑结嘉措在内，都在那一刻对他心生敬畏。

桑结嘉措和尊贵的班禅并排跪在地上，与众人一起仰视高堂之上身着华服的少年，不知是太过惶恐，还是眼睛产生了错觉，他竟然看到仓央嘉措周身笼罩着氤氲的佛光，那般神圣不可侵犯！

他是王，他是臣，名号不可更改，权威却可以逾越。

可这一刻，桑结嘉措心里不舒服得厉害，就像当初噶尔丹兵败，康熙龙颜大怒，派人前来兴师问罪一样，那种极度的担忧像磐石般压下来，让他跪拜的双膝隐隐作痛。

那种对未来充满恐惧、惶惑不知所措的感觉再度袭来，桑结嘉措怀疑自己是不是一直在自作自受，最终为他人做了嫁衣裳。他隐忍多年，仓央嘉措一朝得势，会不会成为他新的敌人，第一个就对付他？

如果真是那样，他该怎么办？他胆子再大，也不敢明目张胆地刺杀六世达赖喇嘛。为人臣子,以下犯上,弑主篡位,必为天下所不耻。康熙皇帝不会容他,今天在场的众人不会容他,全藏区的百姓也不会容他,那样,即使他大权在握,又有什么用呢?

一己之力,无以敌众!

冷汗湿透了里面的衣衫,粘腻寒湿地贴在身上,难受至极。桑结嘉措想抬手擦去额上的汗滴,可仓央嘉措久久都没有允起,他竟然也不敢妄动手脚。在这庄严的一刻,他不能带头违规乱纪。

仓央嘉措在干吗?要享受这种厚待的感觉多久?桑结嘉措皱起眉头,十分不悦。

可现在,没有人在意第巴大人的喜怒,仓央嘉措才是主角。

五世达赖转世灵童,绝代风华、惊世姿容,这本来多用于形容美女的词亦无法表达众人仰视仓央嘉措时的惊艳。那端坐圣位的少年,的确俊朗雅逸得世间难寻,他那清澈得近乎无邪的目光,那般平静祥和地看着他们,却似有一种奇异而强大的穿透力,直接精准地洞穿了他们的灵魂,让他们不敢有一丝懈怠之心。

他在万人中央,感受这万丈荣光,看不见她的眼睛,是否会藏着泪光……

仓央嘉措的目光掠过众人恭顺的背影,穿过厚重的寺门,再远处,苍山脚下,湖水在阳光下浮光跃金,仿佛依稀看到她回眸一笑,便转过身去,轻盈地走远。

一声叹息,一生惊变,而他没有那种力量,带那心爱的姑娘一起去远方。

他怅然若失,良久凝望,而后收回目光,俯视堂前众生,心中波澜渐静。他的目光也因此充满了宁静的力量,让这万人齐聚的大堂,如空无一人般沉寂。

只是,此时此刻,他突然奢望自己真的拥有至高无上的权力,这样,是不是就可以再次看到她的笑靥?

一念起,一笑间,仓央嘉措拈指允起。

众生起身端立,不约而同地为佛主皎洁的微笑而心颤。

那样的微笑,如月华星辉,明澈祥和地洒落;又如晨曦初透,清新灿烂地普照。

"我佛慈悲,阿弥陀佛——"众生虔诚诵念。

冗长的参拜大礼之后,众人将目光聚向桑结嘉措,等他给个解释。

转世灵童坐床,六世达赖登位,都应该在五世达赖圆寂之后。可是,五世达赖什么时候圆寂了?不久前,伟大的五世不是还端坐在布达拉宫圣殿上接受香客们的朝拜么?

那个五世,自然是江阳扎巴装扮的。

其实,早已有人对此产生了疑惑。虽然长久以来,五世达赖一直在那里,可从前的五世达赖和颜悦色,常会从座位上走下来,亲切地宣经讲道,但不知从什么时候开始,五世达赖接受朝拜的时候,很少开口讲话,也从来不会从座位上走下来与香客、僧侣们靠近,而他的体态、面貌,看起来都比从前年轻了很多……

疑点重重,可是没有人敢大胆询问,第巴桑结嘉措的话不是让人来怀疑的,而是让人来无条件执行的。再说,谁有胆子怀疑和询问五世达赖是不是早已经圆寂了呢?

这会儿,这个一直盘桓在众人心头的疑团就要解开了,许多人忍不住开始窃窃私语。

第巴桑结嘉措沉稳镇静地转过身,面对众人,不紧不慢地说:"是的,正如各位所想,伟大英明的五世圆寂了,而且,早在十三年前,就已经圆寂了。"

一语惊人,堂下杂声顿起。

"不要以为是我第巴桑结嘉措有意隐瞒五世圆寂的消息!事实是,我之所以独当重任,正是五世圆寂前给我的命令!"

桑结嘉措对堂下人的反应早有预料,他陡然提高了声音,把堂前所有的喧哗声压了下去。

"大慈大悲的观世音菩萨,化身为伟大英明的五世,为我们雪域带来了和平和富庶,他以海洋一般宽博的仁慈,普教佛法,屡建功业,福泽万民。他重用我,教化、引导我,让我承担神圣的第巴之职,以协助五世更好地化育民生,他的话,桑结嘉措我不能、不愿,亦不敢违抗!"

桑结嘉措威严的话语令堂下的人屏气凝神,再不敢交头接耳。

"水狗年二月,伟大的五世潜心闭关修行,二十五日那天,他感知自己即将进入轮回,就将政教大任委托给我,再三叮嘱我要秘不发丧,直到找到转世灵童,并对灵童尽力保护、悉心照料,等到时机成熟,灵童荣登佛位才可公告天下。这件事,不仅写在布达拉宫三梯门的墙壁之上,而且按上了祥瑞的佛印,大家如若不信,随时可以去布达拉宫五世达赖灵塔,揭开三楼门墙壁上的经幡参读圣言。"桑结嘉措说着,声音微微有些哽咽。五世达赖对他有知遇再造之恩,他对五世达赖的感激之情和恭敬之心是绝不掺假的,他十分怀念五世达赖生前的那段日子。那时,他同样是一人之下万人之上,手握政教实权,可那时,有五世达赖的威名拂罩,他过得如鱼得水,丝毫不必担惊受怕。

回过头来看看,这十三年来,他承受的压力简直难以想象,连他自己都不知道是怎样熬过来的。桑结嘉措感慨万千,声音微微有些哽咽,堂下众人无不动容。

桑结嘉措顿了顿,平复了一下激动的情绪,接着说:"我桑结嘉措自知能力有限,难当重任,也曾向五世婉拒,可佛命难违,我只能接下此重担。这十余年来,我夙兴夜寐,丝毫不敢大意。我曾几次想公开这个秘密,但大局不稳,我不敢冒险,只好在严守秘密的同时,竭尽全力找到灵童,并辅助他成事。现在,皇帝已经恩准了六世达赖喇嘛坐床,今天,就是他登临圣位的日子,我也将就此卸下重任,不必再唯恐办事不力而招致神佛降罪。"

人们面面相觑,却没有人敢妄加评论。

"既然我已经遵照佛的旨意做好了我应该做的事,而大家也遵照佛的旨意来此参加六世达赖登位庆典,那么,接下来就由五世班禅为转世灵童授沙弥戒——"

桑结嘉措以不容置疑的语气宣布,他暗暗松了口气,那个谎言总算交待过去了。

最神圣的时刻到来了——五世班禅为仓央嘉措授沙弥戒。

这是每个接任佛教首领的达赖喇嘛都必须举行的仪式。

五世班禅和仓央嘉措在大殿里行了师生礼，班禅为仓央嘉措剃度。

仓央嘉措跪在桑结嘉措从昭寺带来的《显宗龙喜立邦经》前，微微颔首，感觉头顶微有凉意时，青丝缕缕无声地散落，三千烦恼丝，万缕相思苦，尽数化为轻尘。仓央嘉措闭上了双眸，瞬间黑暗的世界里，她翩然离去，再不曾回首，天地之间，一片虚空，万籁俱寂……

"剃度断发，皈依佛门，引领苦难的众生找到永恒的幸福……"耳边，有人在絮絮地诵读《悦耳妙音》，为仓央嘉措黑暗的瞑想开启了一道光明之门，那是他以后人生唯一的方向——远离红尘，严守清规戒律，宣经讲佛，普度众生。

一个连自己的困惑都无法开解的少年，一个连自己的命运都无法主宰的凡人，如何能引领众生脱离苦海，找到永恒的幸福？

这是不是太过痴人说梦了？

仓央嘉措是清醒的，这样的清醒让他不敢思索这样的疑问，因为思索只会给他带来更大的困惑和痛苦。而这样的时候，本不需要他的清醒、思索和痛苦，只需要他的顺从和承受。

雪域上不能没有教王圣佛，五世达赖早已圆寂，是因为有他五世达赖的转世灵童庇佑众生，所以，雪域才欣欣向荣，和平昌盛，他是众人美好愿望的寄托，是那个谎言的完美终结。

一个人的一厢情愿是个笑话，数以万计人的一厢情愿就是真理。

所以，这一刻，他是佛，不是人。

或者，虽然他有人的躯体形态，但他的身体里住着佛的灵魂。

佛主在上，俯视凡尘，超越生死之界，超脱俗世悲欢，无欲无求，无爱无恨，四大皆空，六根清净，拥有不可亵渎的神圣威严和深不可测的佛法，轻易便可主宰众生的福祸与生死。

这世上，是否真有佛的存在？

其实，佛在人心。

爱恨情仇、悲欢离合皆是因果，人们敬畏的，是善有善果，恶有恶报；人们向往的，是心想事成，善始善终。

只是，少有人相信自己的力量。人们大多会在繁乱的俗事中迷茫沉沦,变得匆碌、辛苦而无奈,时常生出虚弱无助之感,于是将希望寄托于佛,寄托于传说中身体里住着佛的不死灵魂的转世灵童。

这个十五岁的少年,这个长自乡野的凡夫俗子,承载着数以万计民生的美好期望。

化身为佛,于他而言,到底是沉重的链锁,还是圆满的成全?仓央嘉措自己都无法明辨,亦不需要去明辨——剃度之后,他就是六世达赖。

无需置疑,不容置疑!

仓央嘉措就在这反复地自我确定中,落尽青丝。

有头发时是人,名不见经传;光头时就是佛,雪域最大的王。

班禅赐他法名"普慧·罗布藏·仁青·仓央嘉措",而后,他打开经卷,严肃地诵读佛法教规:

"不杀戒、不盗戒、不淫戒、不妄语戒、不饮酒戒、离高广大床戒、离花戒、离歌舞等戒、不蓄金银财宝戒、离非时食戒……"

诵读完毕,班禅耐心地逐条讲解,而后,仓央嘉措宣誓。

宣誓完,仓央嘉措与五世班禅互赠礼物,继而又进行了一系列的佛事活动。

一切按部就班,循序渐进,仓央嘉措按照桑结嘉措妥善的安排,忙碌了一整天。

忙完了这些繁文缛礼,众人散场。

仓央嘉措疲惫地坐在高高的佛床上,看着空旷的大殿,一时回不过神来。刚才那喧嚣热闹的场面,似乎只是一场梦境,可是,身上的华服、手中的佛杖,还有摆在桌子上班禅赠送的礼物:金塔、法衣、念珠、经书……还有他不着一缕青丝的光头,这些都明确地告诉他,他现在是六世达赖喇嘛,是雪域最高的教王!

雪域最高的教王?雪域最高的教王。

雪域最高的教王……

3.相由心生,心由相动

这世上,绝对的公平是没有的,能相对公平已值得庆幸。

说是天道酬勤,可有的人穷其一生地努力进取,还是会功败垂成;有的人不费吹灰之力,却可以登顶高峰。这样的不公平,已经无法去追根溯源,似乎唯一的解释就是:这一切都是命。

可命运到底是什么?

它会在你痛苦绝望的时候,让你柳暗花明;会让你春风得意的时候,遭遇厄运的袭击;它可以不断地威逼你,让你为利欲而心浮气躁、歇斯底里;也可以日复一日地平庸琐碎下去,直到磨光你所有的斗志和信心……

命运之神就是一支笔,能把每个人的人生演绎出不同的风景。但很奇怪,它很少让人称心如意,它似乎钻进了人的心里,明知道这个人想要的是什么,却偏偏背道而驰,然后洋洋得意地欣赏人们事不如意的痛苦。

仓央嘉措被僧众和官员们簇拥着,一步步走在前往拉萨的路上。在授完沙弥戒、正式坐床后,他要和桑结嘉措一起回到布达拉宫。鼓号争鸣,器声震天;旗幡招展,林立如云;群情激奋,夹道欢送……看上去,气势恢宏,无比威仪,热闹非凡。

这样的情势,很容易让人热血澎湃、激情满怀。

万众瞩目、人心所向是件让人沉醉飘然的事。仓央嘉措也被感染了,毕竟,这所有的威仪和热闹,都因他而存在。

他漫步向前,不时展露笑容,向两边热情的民众挥手致意。他看到数不清的陌生的脸庞,在阳光下红彤彤地笑着,每一双眼睛里都有他的身影,那是一张张羡慕、敬畏、亢奋的脸。他们为他诵念祈福,高声称颂他的功德——他是转世灵童,承载五世达赖或者前任达赖们的无量功德。虽然,仓央嘉措刚刚坐床,什么功德都不曾做过。

这样备受追捧,仓央嘉措受宠若惊的同时,也莫名其妙,也受之有愧,也壮志凌云。

既然他已经成为了六世达赖,且被人们如此寄以厚望,那么,他或者真的可以将佛法发扬光大,降福万民。他可以做的事将很重要,很有意义,舍弃小的自我,成就大的功德,他将造福包括她在内的所有人,多好!

他要努力弘扬佛法,让人们学会仁慈与博爱,互帮互助,远离孤苦;他要努力让绝望中的人们停止哭泣,用希望的光明武装自己;他要让相爱的人勇敢地追求幸福,无论遭遇怎样的磨难都要坚定地在一起……

他要把自己向往的圆满赐予众生,他要尽心尽力,让这些为他欢呼雀跃的人们得到他们想要的幸福。

心中有了这样美好的信念,仓央嘉措的笑容越发灿烂。

在这笑容的渲染下,他那俊朗的容颜顿时艳如春阳,惊慕了人们的眼睛,征服了人们的心。

是的,他是史上最帅气、最英俊的佛主。他的眸子里,有那样睿智的灵光,被他看上一眼,便觉心神安定。

人们沸腾了起来,在少年灿烂的笑容里……

桑结嘉措始终阴着脸,他连做做样子都不愿意。

走在仓央嘉措的身后,听着人们海潮般此起彼伏的欢呼,桑结嘉措只觉得脑袋嗡嗡作响,心里烦闷得不行。

仓央嘉措,他这般年轻,青春张扬着无限的希望和力量;而他桑结嘉措,最好的年华已经逝去,他不得不眼睁睁看着这年轻人占去本属于他的权位。

想他第巴桑结嘉措是何等的兢兢业业,为了藏族人民的幸福安定付出多少心血,可是,他所到之处,从来没受到过这般狂热的拥护。人们嘴上称颂着他的功德,表现出来的却是拘谨和恐惧,他们总是佝偻着身子低垂着头,战战兢兢地站在那里,从没有像叫仓央嘉措这样亢奋不已。

桑结嘉措看得出,这些人是真心喜欢、崇拜仓央嘉措,他们的眼神虔诚而炽热,他们的欢呼发自真情,他们挥舞的手臂结实有力,那种全身心地喜欢,真让人生气!

似乎,只要仓央嘉措振臂一呼,这些人立刻就会蜂拥而来,上刀山、下火海,粉身碎骨也在所不惜。

事实上,仓央嘉措也的确具备这样的权势,"六世达赖喇嘛"的尊荣可以让他为所欲为。

这个事实可怕极了,如果他桑结嘉措不采取措施,等到仓央嘉措深得人心、羽翼丰满,他就不是他的对手了。

这世上最恐怖悲哀的事莫过于,杀死自己的敌人是由自己一手栽培、拥立起来的。

这样的事,绝不能发生在他桑结嘉措的身上!

嫉妒如疯狂的毒蛇,残忍暴戾地啃噬着他的心,他看着仓央嘉措挺拔的背影,生出一种想立刻把他撕碎的冲动。

可理智告诉他,他不能,不仅不能,他还要继续维护仓央嘉措,并把他看成自己最可靠的依赖。毕竟,他刚刚才解脱性命之忧,借六世达赖之名免去了欺君之罪,但这并不代表天下太平,那些暗中蠢蠢欲动的人发现被愚弄了这么多年,一定会滋事,他并不安全,必须时刻小心谨慎。

再说,按照活佛转世章程规定,转世灵童要年满十八岁才能亲自主持政事,仓央嘉措现在才十五岁,他还要等到三年之后才可以真正亲政。三年时间,足够他桑结嘉措收揽人心、执掌重权了。

等到大局稳定,他再和仓央嘉措计较,如果他听话温顺,一切便不足为虑;如果他谋逆反叛,他自然有办法解决他。

桑结嘉措心思数转,一直阴郁的脸上这才浮现出了一丝冷笑。他看了看四周,夹道欢送的人们那般依依不舍,他们看向仓央嘉措的目光热度有增无减,而仓央嘉措一反常态,不再冷若冷霜,笑容看起来是那般温暖明媚。

仓央嘉措不是不想当转世灵童吗?为什么坐床后会这般开心?难道之前的他一直在伪装?

桑结嘉措孤疑地看向仓央嘉措,仓央嘉措的眼神依旧清澈纯净,毫无城府。

桑结嘉措惆怅地叹了口气，眉头不由再次锁起。

也许，是他多虑了……

终于再次走上了拉萨繁华的街道。

因为要迎接新的六世达赖，这里变成了一片欢乐的海洋，到处是激动兴奋的人群，他们穿着鲜艳华丽的服饰，捧着雪白的哈达，载歌载舞，绵延数里。

此番情景令仓央嘉措不由得热泪盈眶。

在这拉萨的街头，他曾被秘密地接送到布达拉宫，接受桑结嘉措的训导，与心爱的她生离死别；她曾踏着月光站在租屋的门口，迎着冬天凛冽的寒风，等他深夜来相会；他曾在这条路上来回奔走，带着对爱情的期盼和痴狂，在满地积雪上留下执拗的脚印……

如今，他再次归来，以王者的姿态。

她妙曼的身影可是隐藏在这万人之中？她可会悄悄地站在不为人知的角落，含着泪水看着他？

虽然，他看不到她。可是，他确信，她就在人群中。

这熙熙攘攘的人群，每个美丽多情的姑娘都是她，每个朴实善良的人都是他的亲人。他们的目光里燃烧着热情的火焰，用最真挚的心欢迎他的归来。拉萨，布达拉宫，这里以后就是他的家，这些人就是他的子民！

他有责任保护他的子民，有义务让他的亲人们得到团圆。他会像爱她一样，奉献出无私、诚挚、宽博的爱心，他要做最仁爱的佛主，绝不辜负他们的厚望。

走在人群中，那一直驱之不散的孤独感暂时遁形，仓央嘉措深情地看着欢迎他的人们，泪水静静地滑落脸庞。

人群喧腾，很多人认出了他。这个俊逸的少年，在几个月前，曾经被一众僧侣和侍卫护卫着，匆匆走过拉萨的街头，那时，他愁眉不展，神色肃静，可那风华绝世的容颜，还是深深烙印在了许多人的心里。没想到,他竟然就是五世达赖转世灵童,是六世达赖喇嘛。他们惊讶地张大了嘴巴,一颗颗狂热的心几乎要跳荡出来,天啊,他们新的佛主多么英俊神明,他的眼神、他的笑容、他的一举一动,都如此牵动人心、摄魂夺魄,他与生俱来的那种尊贵的气度,真如想象中的活佛一般无二!

仓央嘉措含泪微笑,把手高高举过头顶,不停地向人们挥手。他心情激荡,其中的感激之情无法言喻。这一张张陌生的脸,看起来是那样和善可亲,他们对他顶礼膜拜,献给他美丽的鲜花和洁白的哈达;他们追随着他的身影,一路热情地把他和队伍送到布达拉宫。

他们似乎一下子就接纳了他,爱上了他,还有那么多能歌善舞的人们,高声唱着他写的诗歌,跳着优美的舞蹈,表达对他无限的崇敬。

他们是真心欢迎他、爱他,才会有这样美好真诚的笑脸,才会这样激情洋溢地载歌载舞。

仓央嘉措将他们的笑脸铭记在心,脑际突然灵光一闪,人生在世,有时无法主宰自己的命运,却可以主宰自己的心和表情。无论面对怎样的困境,都要试着让自己的心充满光明,让自己笑着面对所有,那样,即使身处困境,也可以感受幸福。

就像现在,他虽然已经是六世达赖,享有无上的尊荣,可他知道,这个神圣的位置并不代表一世安康无忧,也不代表可以随心所欲、万事大吉;相反,它危机四伏,激流暗涌,或许会成为他新的困境。

可他不怕,从他看到这么多人真诚的笑脸开始,他心中盈满了勇敢的力量。他相信,只要他一直这样微笑着,用仁慈博爱之心包容、宽恕、体恤每一个人,就一定能战胜孤独、挫折和苦难!

仓央嘉措的笑容是那般灿烂耀眼,他的心情也变得像风一样自由欢畅。

是的,很久了,久远到从离开家乡、离开草原,与她聚少离多、饱受相思之苦,他几乎忘了怎样微笑,每天都在失意与痛苦中度过,患得患失,郁郁寡欢。

现在,他已脱胎换骨,他要为这些爱他的人重新微笑,为这些爱他的人振作努力。

他要造福天下,普度众生。

那一刻,仓央嘉措满怀豪情壮志,他灿烂的笑容温暖了每一双眼睛,让每一颗心感动,许多人激动地哭泣。那一刻,连桑结嘉措都莫名地湿润了眼眶……

人海尽头,是焕然一新的布达拉宫。

显然,为了这一天,桑结嘉措费了很多心思,命人里里外外把布达拉宫收拾得干干净净,又重新布置了一番,眼所见处,喜庆而不失庄严。

彼时,翘首以待的各地高僧和政要济济一堂,他们的脸上,疑惑多于期盼。

数日前,桑结嘉措突然向藏区及蒙古各部发布了一道公告,这道公告如狂风骤雨,在人们的心中掀起了轩然大波。令他们怎么也想不到的是,桑结嘉措在公告中竟然言明,伟大的五世达赖喇嘛早已在水狗年圆寂。

这消息,立刻让许多人愤恨不平起来,尤其是固始汗的子孙们。

扳指数数,五世达赖喇嘛圆寂已经十余年,这期间,他们心心念念的还是五世达赖的庇护,逢年过节,也仍然诚惶诚恐地进献,偶尔去布达拉宫参加佛事,还对端坐上位的假五世顶礼膜拜……这不是在戏弄他们吗?

不止如此,桑结嘉措还在公告里声明,他早就找到了五世达赖的转世灵童,并对其进行了秘密的保护和培养,圣体即将授沙弥戒,回到拉萨,就将于今日在布达拉宫举行坐床典礼,赐福众生。

转世灵童早就找着了?为什么桑结嘉措要瞒天过海?这孩子真的是五世达赖的转世灵童吗?桑结嘉措秘不发丧,撒了这样的弥天大谎,谁知道他从哪里弄来一个野孩子当挡箭牌?秘密加以保护和培养?这是不是说明,这孩子早就被桑结嘉措训练得十分听话,成了狼子野心的桑结嘉措想要长期霸权的傀儡?

可是,再多惊讶、怀疑和愤恨也没用,公告下面,赫然挂着班禅、第巴、政府大臣和各大寺院主持的签印,这些代表了政教的最高权威。特别是当他们来到布达拉宫,看到康熙皇帝派遣的使臣威武地站在大殿之上,旁边的侍卫手托皇帝赏赐的封诰和各种贺礼、敕书、封文之类的东西,此时纵有天大的胆子,他们也不敢立刻兴风作浪。

忍气吞声的滋味本就十分难受,加上看见那么多激动热情的民众、僧侣为转世灵童新任六世达赖而欢腾,固始汗的子孙们和那些心存怨愤的人心中更加窝火了。

无端端被桑结嘉措愚弄了这么多年,还要继续眼睁睁看着他耀武扬威!什么转世灵童?谁承认那孩子是转世灵童?得到他们的认可了吗?桑结嘉措不可一世,眼里、心里根本就没有旁人!

越想越气,脸上便怎么也笑不出来,心怀不满的人们站在清廷使臣的身后,眼神阴戾地看着殿外。

等了很久,久到很多人站得腰酸腿痛,忍不住开始大发牢骚。

突然,喧嚣声停。

当殿堂上的众人看到从侧室中走出来的人时,全都不由得呼吸一室。

那一直压抑在许多人心头的疑惑或愤恨,都在那一刻戛然而止、烟消云散。

那个少年,穿着用香薰过、用名贵的金丝和缎丝织就的黄色法衣,明眸如星,皓齿如贝,静静地站在那里,微微颔首,盈盈浅笑,通体上下,灵光隐现,说不出的丰神俊逸,说不出的崇圣威严。

光线略显幽暗的西平措大殿,瞬间因这少年的出现而大放异彩,矗立于殿堂周边的众神佛像也似乎突然间变得活灵活现起来,日星隐耀,山岳潜形,天地之间,此时此刻,这眉目俊朗、笑如春风的少年是绝对的主宰!

没有人敢再发出置疑的声音。

仓央嘉措,这个陌生的名字,这个陌生的少年,似乎与生俱来就属于这金碧辉煌的布达拉宫,这世上,似乎除了这里可以与他匹配,再没有任何地方能安容他傲世的风采。

他只静静地站在那里,微动唇角,敛去笑意,用沉静深邃的目光一一扫过众人,人们便不由肃然端立,生怕有一丝一毫的不敬亵渎了神灵,得遭天谴。

桑结嘉措秘不发丧,借五世达赖之名作威作福十余年,罪不可恕;但,这转世灵童是真的,是神圣不可侵犯的!

就算是那些心存怨愤的人,也不得不臣服于仓央嘉措的威仪,他们不敢再用疑惑和阴郁的目光与他对视,都毕恭毕敬地低下头去。

仓央嘉措缓步走到大清使臣面前,施礼,接封。

皇帝封诰宣读完毕,桑结嘉措代为接收清廷贺礼、敕书和封文,然后,仓央嘉措进行了消灾、驱邪、沐浴等仪式,在万众瞩目之中,坐上了大殿上首无畏狮子大宝座。

相由心生,此时的仓央嘉措佛相摄人,因他心境清明,立志造福万民;心由相动,看到堂下数万民众,跪地膜拜,呼声如潮,仓央嘉措愈加坚定了心中的志向。

这一天,仓央嘉措正式坐床,接任成为第六世达赖喇嘛。

这一天,是康熙三十六年(藏历火牛年)九月初七。

4.静守孤独,亦是慈悲

十五岁的年龄,正是青春年少、风华正茂的时节,如树上刚刚新绿的叶子,带着无尽的生机蓬勃成长。

这样的年龄,本来可以尽情地想自己所想,做自己所做,追求一切向往的人、事、物。

可仓央嘉措不行,他是转世灵童,是六世达赖喇嘛。

他是众生的佛主,住在华丽的布达拉宫里,清规戒律隔绝了红尘,安富尊荣禁锢了自由。

规矩太多,没有自由,快乐便汲汲可危。

本来,仓央嘉措也豪情凌云,他以为当上佛主,拥有无上的权威,就可以为众生做很多善事。可是,坐床之后,庆贺的人群各自归去,桑结嘉措便泼下一盆冷水,直接把他的热情泼凉了。

"伟大的五世曾反复叮嘱我,我是他最信任的人,找到转世灵童辅助他坐床之后,一定要继续严格督促他勤加修行,不满十八岁,就不能把佛法和人间庶务交给他。我只能牢记五世达赖喇嘛的叮嘱,继续辅助你,以为你日后摄政掌权做好准备。这期间,如何妥善处理朝廷、蒙、藏之间的关系,还有各种佛法和政务,只好由我代你费心了。你没有经验,如果处理不好,会有损你的盛名尊位。所以,你只管放心地把一切交给我,你专心地钻研经典、努力修行就好。"

桑结嘉措亲善的语气不容置疑,言语间的体恤感人肺腑,可在仓央嘉措听来,却不由万念俱灰。

其实,他早有预料,桑结嘉措根本不舍得把实权交出来,之所以郑重其事地把他推上尊位,不过是逼不得已的权宜之计。

现在,隐瞒五世达赖圆寂的谎言已经圆了回去,康熙皇帝那边也不再追究桑结嘉措的罪过,一场弥天大祸就这样被化为无形,而他仓央嘉措,不过是桑结嘉措反败为胜的棋子。

一枚棋子,完成了他的使命,接下来的命运就是被搁置一旁。

桑结嘉措让仓央嘉措住进日光宝殿,给他安排了两名德高望重的高僧,监督他学经。他还经常亲临指教,对仓央嘉措严格要求。

仓央嘉措天资聪慧,学业精进神速,但无论他怎么努力,桑结嘉措总是不满意。他总能挑出他这样那样的不足,然后变本加厉地让他看更多的经书,稍有不满,他便拿苦尽甘来的道理来训导他。

他会苦尽甘来么?等他把这些经书都看完,等他年满十八岁,桑结嘉措真会让他主事么?仓央嘉措对此严重怀疑。

"你一定会成为一个和五世达赖一样英明伟大的佛主。"每当仓央嘉措不耐烦的时候,桑结嘉措就会这样安抚他。

这句话,桑结嘉措说得是那么真诚恳切,好像他费尽心思让他终日参经悟佛,真的是为了让他成为伟大的政教领袖,真的是想让他年满十八岁后成为当之无愧的佛主,他所做的一切,真的是大公无私,为天下苍生。

仓央嘉措无言以对。

时间仿佛开了几个华丽的玩笑,仓央嘉措的生活又退回到了那段被禁锢的日子。

那次,因为他在雪夜里踏着厚厚的积雪,跑去与心爱的姑娘相会,被桑结嘉措发现了脚印。

这次,他没有违反清规戒律,顺从桑结嘉措的一切安排坐床登位,结果是更长久地失去自由。

这一次,似乎会被禁锢一辈子。

一眼望去,辽远空茫的时间在辉煌的布达拉宫里奔腾,然后把绵长的岁月浓缩成尘,填充在一天又一天的孤寂里。

日出,洗漱、进膳、读经;日中,洗漱、进膳、读经;日落,洗漱、就寝。

日复一日,单调乏味得令人发慌。

这令人倍感压抑的单调,用佛理的光明也难以开解;这钻心噬骨的孤寂,用经文的豁达也难以驱散。偏偏它旷日持久,寒来暑往,似无始无终。

仓央嘉措如艰难生长在荒凉沙漠中的树,拥有广阔的天空却无力肆意伸展枝叶,只能伴着自己孤独的影子日益衰颓。

这些枯燥的经文、繁琐的佛法越来越让人厌倦。守在身边的高僧是第巴桑结嘉措的眼线,对他恭敬而疏远。他们不允许他独自出门,也绝口不提外面发生的事情。

这样的日子,多希望有个至亲的人在身边,可是,他竟然再也找不到一个可以倾情相诉的人,阿爸阿妈早已离世,心爱的姑娘也不知身在所处……

孤独无助的仓央嘉措又像曾经那样,常常久久地站在窗前,凝望布达拉宫的重檐叠嶂和远处空蒙的山色。童年时无忧无虑的时光、阿爸阿妈慈爱的笑脸、族人们朴实健硕的身影总是一遍遍在脑海中浮现,还有她,他怎么也无法忘情的姑娘,每每回眸,或痴望,或娇憨,或委屈……那眉目如画的脸庞,总这般让他梦绕魂牵。

翠绿的布谷鸟儿,
何时要去门隅?
我要给美丽的少女,
寄过去三次讯息!

在极短的今生之中,
邀得了这些宠幸,
在来生童年的时候,
看是否能再相逢。
……

含泪远望,无语凝噎,满怀的伤感化为相思的诗行。

仓央嘉措以诗寄情,聊以自慰。他发现,每每想到她,烦乱的心绪就会平和很多,在美好的回忆中,乏味的时间变得芳醇,她娇美的笑靥总如阳光一样驱散他心头的阴云,那样,他就会暂时远离孤寂,得到力量和光明。

偶尔,他还会望见外面远道而来的香客中,有那样披着长发的女子,像极了她的模样,她们湮没在人群中来,又湮没在人群中去,徒留无限感伤……

他很遗憾,在第巴桑结嘉措设宴的那天,他与她最后的一面,没有勇敢地看着她,寻找机会告诉她他有多么想念她。那时,他顾虑重重,以为用冷漠可以保护她,现在想想,她该是多么伤心。

他曾对她说过那么多海誓山盟,到头来却全是一场空。不仅如此,他还给她带来了灾难,让她背负着爱的伤,远嫁他乡。

她远嫁的那天,一定是哭着走的……

早知今日相思难断,当日纵是赴汤蹈火,也决不让她黯然神伤。她的成全，是他这一生的亏欠，而这成全，于他也并不是圆满。

想到这些，仓央嘉措不禁潸然泪下。

夕阳挂在布达拉宫最高的檐角，把整个天空映红，又把金黄的屋檐染成鲜橙色。

很快，这迷人的美景就会被夜色吞没。然后，群山黯淡了，变成黑乎乎的一片，如潜伏的巨兽，悄无声息地围攻；辉煌的布达拉宫也灰暗下来，在暗夜里亮起荧荧的灯光，变得阴森冷寂。

每天都这般，看着夕阳蹭过那个檐角，然后一点点落下去，绚丽的天光山色，在暮色里沉沉谢落……

这个过程，真像是浓缩的人生。

早起，晨曦初透，艳阳如画，一切都充满了希望，就像少年初始蓬勃的生命里，张扬着所向无敌的志气；随后，希望如夕阳西落，丝丝缕缕的光华尽数被幽寂吞没，志气日益消磨。

仓央嘉措孤独倚窗的身影，是布达拉宫瑰丽黄昏里的一道伤痕。

江阳扎巴掩面哭泣，仓央嘉措的愁苦孤寂，他的感受比任何人都深刻，这些年来，他何尝不是这样倍受煎熬？而最让他痛心的是，这俊美的少年曾经是草原上灵气四溢、活泼可爱的精灵，就因为他，被改写了命运。现在，仓央嘉措虽然贵为六世达赖，却被禁锢在这深宫密室之中，如雄鹰被捆绑了翅膀，无法展翅自由翱翔。

江阳扎巴自责而愧疚，却没有一点儿办法帮助仓央嘉措，他再次卑微地躬身来到仓央嘉措面前，跪拜在地上。

"佛爷，请以您无上的慈悲宽恕我的罪过……我是来向您告别的。这一生，怕是再也没有福气见到您了，我就要遵从第巴大人的命令去深山密洞中修行，我要走了……"

江阳扎巴痛哭流涕，心中的悲伤像海洋般涌荡，他匍匐在仓央嘉措的脚边，亲吻他的脚面。

"去吧，无论到哪里，都要多保重。"

仓央嘉措伸手触摸江阳扎巴的头顶，那是佛主赐福民生的安抚。

"佛爷……"

江阳扎巴哭倒在仓央嘉措的脚边,却不得不颤颤地起身,抹着纵横的泪水默默离去,昔日挺拔的身影已变得佝偻不堪。

仓央嘉措久久地望着江阳扎巴离去的背影,他的悲惨,亦是他仓央嘉措的劫难。

只是,事过境迁,与其怨憎,不若宽容。

何况,江阳扎巴也是个正直而可怜的人。这么多年里,他被迫冒充五世达赖,终日担惊受怕,那种煎熬非常人所能承受。现在,他总算解脱了,但在深山密洞修行的日子依旧会无比孤独寂寥。

这世上,有多少人被难以左右的命运挟持着?

每个人有每个人的身不由己。推己及人,多加体恤,于人于己,都是宽容。

这一天,和硕特部的蒙古王子拉藏求见。

仓央嘉措很意外,自他坐床登位起,一直静处深宫密室,除了读经参佛,和几位伴读的高僧有来往,就只有桑结嘉措会找来。至于江阳扎巴,在临行前得到桑结嘉措的允许才能来向他告别。可是,这位拉藏王子怎么会找到他这边来呢?

要知道,和硕特部的蒙古王子拉藏,素日里一直和桑结嘉措面和心不合,仓央嘉措虽然不问政事,可对这早有耳闻。既然桑结嘉措不喜欢拉藏,为什么没有阻止拉藏前来拜见他呢?

只怕是桑结嘉措有心试探他。想到这些,仓央嘉措苦笑连连。

拉藏王子进了门,立刻参行大礼,向仓央嘉措敬献了哈达,然后恭敬地说:"佛爷,万分荣幸得见佛面,谢您恩赐。"

仓央嘉措微笑点头,接过哈达转交给身边的高僧,请拉藏王子入座。

拉藏王子身材魁梧,气势强悍,此时,却恭谨有礼,每每开口,必先尊称。

仓央嘉措不由诧异,这许多天来,外面的人都知道他这六世达赖喇嘛有名无实，真正掌握政教大权的仍然是第巴桑结嘉措，所以，一些权贵并不把他放在眼里。这位拉藏王子即将接任本部汗王之位，却没有一点儿傲慢狂妄之气，是因为他诚心信佛不敢逾越，还是另有他图？

两人寒暄了片刻，气氛还算融洽。这时，拉藏王子话锋一转，意有所指地说："六世英明，能这般屈尊降福，实在是我族荣耀，不比五世那时，我们难得一见，更别提能如此相谈甚欢了。"

仓央嘉措聪敏过人，自然听出拉藏王子对桑结嘉措指使江阳扎巴冒充五世十分不满，却只是避重就轻地说："想来，五世忙于政教庶务，又勤于著述，自然比较忙碌。"

"可是，六世或者有所不知，您听说过第巴密不发丧，勾结噶尔丹近攻远征的事吧？"拉藏王子压低声音，凑近仓央嘉措问。

"不知道，我来这里之前，远处穷乡僻壤，对政事不闻不问，来这儿时日尚浅，政教之事都由第巴操劳，我终日参佛悟道，对俗世纷争少有涉及。"

仓央嘉措小心应对，他的身边就站着桑结嘉措的亲信，他说的话不得不字斟句酌。

"那么，恕我直言，政教合一在西藏已经是第三次了。第一次是萨迦王朝，然后是帕竹王朝，接着是五世达赖的噶丹颇章王朝，而这是在我祖父固始汗的帮助下才得以实现的。也就是说，五世达赖能够大权在握，得益于我祖父固始汗的鼎力相助。可是，英明的五世却糊涂地亲信小人，让他野心勃勃地趁虚而入，假借五世之名发号施令多年，已激起周边愤懑。现在，有您做主，我等愿肝脑涂，助您执政，再不必受小人驱遣！"

拉藏王子对自己的来意直言不讳。

闻言，仓央嘉措心里一紧。如果真如拉藏王子所说，众部首领助他打倒第巴执政，他固然能摆脱这暗无天日的生活，可是，那样势必会引起战乱，给藏蒙的百姓带来灾难，这是他不愿意看到的。何况，第巴桑结嘉措虽然贪恋权势，但还算勤于政教庶务，把一切治理得井然有序，他仓央嘉措不能为了一己私利而置百姓安危于不顾。再者，谁知道这拉藏王子打的什么算盘,总不会无缘无故想帮助他夺权。如果真听了他的怂恿,引起战乱,只怕最后蚌鹤相争,渔翁得利,到时候,他仓央嘉措身陷囹圄不说,还会因此而成为千古罪人。

想到这些,仓央嘉措看了看拉藏王子,不置可否,只是沉默。

拉藏王子以为仓央嘉措心有所动,进表忠心:"我与父王忠心护法,只要达赖佛主有召,我部定当竭诚效力,万死不辞!"

仓央嘉措点点头,示意身边僧人送客。

拉藏王子离开后,仓央嘉措的心久久不能平静。

拉藏王子的来访,提醒了仓央嘉措,他现在虽然没有掌握政教大权,却有令人觊觎的地位,若被人利用他与第巴之间的隔阂大做文章,势必会激化蒙古与西藏长久以来积聚的矛盾。若为争权夺利引发战乱,蒙古与西藏的百姓都会陷入战乱的水深火热之中。

仓央嘉措读经参佛多年,又天性善良仁厚,深谙众生平等,佛戒杀生,他身为六世达赖喇嘛,暂时不能有所作为,为天下谋福,又怎么可以以身犯戒,为百姓招灾引难呢?

可是,他也不能一下子就拒绝拉藏王子。一来,这样不会让拉藏王子颜面无存而心生不满;二来,也能让桑结嘉措有所忌惮。

不表态,有时候就是最好的权宜之计,就像桑结嘉措只让他静心读经,始终不肯明朗地承诺或拒绝他,三年之后是否归还政教大权一样,只怕连桑结嘉措自己都拿不准,毕竟,很多事要走一步看一步。世事纷繁多变,常常出人意料,非人力所能主宰,而他,也只能顺从桑结嘉措的安排。

桑结嘉措亦有他的苦衷,他防范他仓央嘉措在情理之中,只要桑结嘉措勤政为民、主持佛道,他就不会因为一己私欲而心生异动。

慈悲为怀,应以民生为念。愿一切众生具足乐及乐因,愿一切众生永离苦及苦因。

为此,他愿孤守青灯古佛,静读经文佛法。

静守孤独,亦是慈悲。

5.自由是最起码的尊严

三年,在广漠的时空中,只是弹指一挥间。可在枯坐诵经的日子里,分分秒秒都是煎熬。

大雪封山的严冬,苍鹰仍然在布达拉宫上空盘旋,俯视着白雪覆盖的宫殿。

年轻的仓央嘉措伫立窗前,与苍鹰对望,心中充满了无尽的向往。

他也想和苍鹰一样,拥有属于自己的天空,有一番作为,用这三年的孤独与勤奋刻苦,来换取为天下谋福的权力。可惜,三年即满,桑结嘉措却一如既往地闪烁其词,丝毫没有让他参政掌权的意思。

三年如一日的生活让仓央嘉措厌倦至极,他不再相信贪恋权位的桑结嘉措会兑现诺言,虽然心有不甘,但桑结嘉措的权势根深蒂固、牢不可破,他无可奈何。只是,这样自欺欺人的生活,他再也不想继续下去了。

蓦然想起江阳扎巴,那个可怜人,可现在他是自由的,不必在这深宫秘室中,为冒充五世达赖而胆战心惊。只是,他现在远在深山密林之中,可能承受得住这凛冽的风雪?

仓央嘉措思忖片刻,便命身边的僧人为江阳扎巴送去些御寒的衣物和食物。没想到,僧人却面露难色,说要请示第巴大人。

就这样一点小事他都做不了主么?仓央嘉措不由怒从心起,可他知道侍者的难处,所以并没有对他发火,只是让他去请第巴桑结嘉措。

在等桑结嘉措的时候,仓央嘉措心潮起伏,他想,他不能再这样忍耐下去了,他应该争取自己应有的权力。

这些天,第巴桑结嘉措让他读五世达赖的《西藏王臣记》等著作,了解五世达赖生前的丰功伟绩。

仓央嘉措很仔细地读过,不由得对五世达赖心生敬仰之情。

五世达赖名叫阿旺洛桑嘉措,出生于一个贵族家庭,开始叫贡嘎拉孜。五世达赖九岁的时候拜四世班禅为师,受沙弥戒,十四岁受比丘戒,成为西藏宗教和政治的领袖,而后建立了噶丹颇章政权。五世达赖才华横溢,在政治、宗教、学术上都成绩斐然。在他主政期间,西藏各地区和睦友好,五世达赖被清朝皇帝封为"西天大善自在佛所领天下释教普通瓦赫喇怛喇达赖喇嘛",并赐金印金册,一时盛名远播。

敬仰之余, 仓央嘉措百感交集。五世达赖在十四岁就受了比丘戒,正式主持政教庶务,整修布达拉宫,统一宗教信仰,如天空自由翱翔的苍鹰一样,尽情地施展自己的才华抱负。可他仓央嘉措呢?虽然已经坐床登位,接受了沙弥戒,可是,他还没有受过比丘戒,就不能正式掌握政教大权。他虽然贵为六世达赖,却没有达赖应有的权势和威望,无论做什么事情,都要受到第巴桑结嘉措的限制。他就像一只被束缚了双翅的苍鹰,即使有搏击长空的志向,也无力施展。

为了避免挑起战乱,他可以拒绝拉藏王子的怂恿,但他不能继续这般被桑结嘉措完全禁锢,除了读经参禅、写诗作词,他还想做更多的事情。可是,如果就这样日复一日、年复一年地待在这深宫秘密里,那他还怎么去做那些想做的事呢?难道在桑结嘉措眼里,他就是个囚徒么?

仓央嘉措不想再逆来顺受了,士可杀不可辱,他要告诉桑结嘉措,既然他是六世达赖,就应该得到相应的尊重和自由。

他绝不再以牺牲自由为代价换取这锦衣玉食,绝不继续在这暗无天日的生活中苟且偷生!

如果桑结嘉措一意孤行,他就要像苍鹰一样,从这金笼中破空而出!

自由是最起码的尊严,不容侵犯和亵渎!

桑结嘉措进门的时候,看到了一个与往日不同的仓央嘉措。

虽然,他仍然面无表情,不动声色,可他挺直了脊背,目光沉静幽冷,直视着他,那通身的冷傲高贵之气,俨然一个不可一世的帝王。

桑结嘉措的心骤然一沉,紧接着,便心生不悦。可是,他竟不敢指责他,一种无形的压力逼迫过来,他不得不微微施礼。

虽然心有不甘,可不管怎样,身份地位上,仓央嘉措是王,他是臣。

"第巴拉,我还是六世达赖吗?你让我枯坐在这斗室之中,终日阅读经书,几乎与世隔绝,我已经烦透了这样无聊的日子。你真的认为这样对我有好处吗？我并不想跟你夺权争势,如果我真的想,前时拉藏王子来拜见我,我就不会那样打发他了,我也希望像五世达赖一样为众生谋福,所以不愿意挑起战端残害生灵。可是,第巴拉,身为六世达赖,难道我连让人送几件衣服给故人都不行吗？我连出去散散心的权利都没有吗？"

长久的压抑和不满,让仓央嘉措怨气冲天,他盯着桑结嘉措,做好了玉石俱焚的准备。

如果桑结嘉措决意要把他一直囚禁在这里,那么,他就要以自己的方式进行反抗。他固然不会因为争权夺利置民生疾苦于不顾,但也绝不能像这样忍辱偷生。

看着仓央嘉措电闪雷鸣的眼睛,桑结嘉措不由心惊,他不敢像往常那样以师长的口气来训戒他,当一头狮子发怒的时候,再去火上浇油,显然不是明智之举。

"佛爷请息怒,您心地仁善,您要做的事我自然是支持的,除了政教庶务,我担心你突然接手会多生事端之外,其他的事,您可以按照您的意愿去做。只是,您知道的,佛爷本该端坐圣殿,很少出去走动。如果您要出去散心,一定不能兴师动众,那会惹来诸多非议,有损于您的威严和声名。"

桑结嘉措恭顺的态度,令仓央嘉措有些意外。不过,这才是桑结嘉措的过人之处,擅于察颜观色、见风使舵,才能立于不败之地,桑结嘉措深谙这个道理。何况,桑结嘉措还是需要和他仓央嘉措和平共处下去的,毕竟,在短时间内,桑结嘉措还需要他平衡、压制藏蒙各方势力,以他之名来加强与清廷之间的沟通往来,在这期间,桑结嘉措不敢过河拆桥。

"好,我可以换个俗装出去。"桑结嘉措的退让使仓央嘉措的脸色缓和了很多,"我会注意掩饰好自己的身份。"

"这样甚好,这样甚好……"

桑结嘉措长吁一口气,这个仓央嘉措果然不是等闲之辈,不是他可以随意搓圆捏扁的角色。以后,他要小心谨慎一些,既不能看得太严,也不能管得太松,这个尺度,需要好生拿捏。

终于,再次站在拉萨繁华的街头,仓央嘉措沐浴在冬日少有的艳阳之下,呼吸着清冽的空气,因重获自由而心花怒放。

因为平时极少参加政治活动,也很少在大庭广众之下露面,所以,没有人认出身着俗装的仓央嘉措就是身份显赫的六世达赖喇嘛。

跟随在仓央嘉措身旁的侍从叫盖丹,虽然他也是桑结嘉措的亲信,但为人正直朴实。

走在人群之中,看到人们忙碌的身影,听到他们嬉笑怒骂的声音,那种重返人间的快乐让仓央嘉措心情激荡,但这快乐之中,也掺杂着许多感伤。

曾经,就在这拉萨街头,也是在这样有雪的冬天,他和心爱的姑娘牵着手,一起漫步在深夜的街头。

那些万籁俱静的夜晚,虽然寒冷,却没有呼啸的寒风,有时,会静静飘着细碎的雪,而深邃的苍穹上,繁星点点,晶亮璀璨,像她多情的眼睛,只要望着他,就那般熠熠生辉。

那时,整个世界都属于他们两个人,他们在雪地上奔跑、欢笑、团起雪球,让它像飞鸟一样蹿向夜空,她的俏脸冻得绯红,却捧着他冰冷的双手为他呵气取暖……

想到这些,仓央嘉措站在热闹的人群中,在温暖的阳光里,不由热泪盈眶。他循着他们曾一起走过的街巷慢慢前行,心底藏着不为人知的奢望,希望能在惊鸿一掠之间,与她久别重逢。

她的名字叫仁增旺姆,那是刻进他灵魂、与血液一起流淌的名字。

人群中,时而会有似曾相识的身影,灵动窈窕,顾盼生姿,可都不是她。一次次望眼欲穿,一次次徒劳无功,仓央嘉措颓然止步,在人来攘往的街道上惆怅轻叹。

他想要寻找的是什么？是曾经无忧无虑的风月,还是两情相悦的痴恋？

明明知道,就算真正在这万人丛中与她再次相逢,她已嫁为人妇,他已贵为佛主,于情于理,都不可能再续前缘,那么,找到了又能怎样呢?除了泪眼相望,无语凝噎,他们还能做些什么?什么都不能做,只不过是徒增感伤……

既然这样,还这般痴痴念念地寻找做什么?

仓央嘉措问自己,他无法解答,却亦无法释怀。无论怎样,只要见她一面就好,哪怕她已不再爱她,哪怕从此形同陌路。

盖丹诚惶诚恐地跟随在仓央嘉措身边,他不知道仓央嘉措为什么忽而欣喜,忽而落漠,他不敢问,也不知道怎样安抚他善良仁慈的主人,他小心翼翼地看着他的脸色,手足无措地看着他无助悲伤的泪眼。

> 芨芨草上的白霜,
> 还有寒风的使者,
> 就是它们两个,
> 拆散了蜂儿和花朵。
> 天鹅流连池沼,
> 想多停留一会,
> 可那湖面结了冰,
> 叫我意冷心灰。
> ……

仓央嘉措喃喃地念出这些诗行,泪水滑过俊朗的面庞,他却牵起嘴角,微微浅笑。不要悲伤,不是早就说好,将全部的身心投入到为众生谋福的事业之中,不能辜负她的成全吗?他应该将缅怀她的心情,化作对民众疾苦的体恤,他不能这般伤春悲秋,亵渎她对他的期望和祝福。

盖丹听到仓央嘉措的诗,为诗中美好又忧伤的情境沉醉,他崇拜而敬畏地看着他的佛爷,看他含泪微笑的英俊脸庞,那深入骨髓的感伤随风飘散,盖丹忍不住心酸。众生皆苦,佛爷超度众生,又有谁知道佛爷心头的苦?

彼时，桑结嘉措坐在大殿里，心神不宁地来回踱步。

仓央嘉措的聪慧超出了他的预计，这些日子以来，仓央嘉措的学问突飞猛进，不费吹灰之力就完成了他布置的种种任务，每每抽查考问，他都对答如流，桑结嘉措不知道自己是应该欣慰还是担忧。

这样一个聪敏过人的六世达赖，大权在握之后，必然能像五世达赖一样英明强干。可是，他桑结嘉措真要在他十八岁的时候，将政教大权拱手相让吗？不，他不想，他还年富力强，还有很多政治抱负没有实现，他现在所拥有的一切，都是他这么多年千辛万苦创建的，他怎么可以轻易把自己苦心经营的一切让给仓央嘉措呢？

可是，他不想让就可以不让吗？仓央嘉措毕竟是六世达赖喇嘛。现在，仓央嘉措刚刚坐床登位，且年龄不够十八岁，他代为执掌大权还说得过去，等仓央嘉措达到年龄要求，受了比丘戒之后，如果他还这样霸着权势不放手，和硕特拉藏王子等对他长期怀恨在心的人一定会借机生事，一起联手来挑衅他。

到那时，只怕就由不得他了。

桑结嘉措烦恼不已，腹背受敌的压力让他心生惶恐。现在，仓央嘉措还没有露出对权势的欲望，可随着年龄的增长，他不可能对权势无动于衷，到时候，如果他桑结嘉措处理不当，仓央嘉措就会像仇人一样反抗他。若是仓央嘉措联合拉藏王子，又取得了康熙皇帝的支持，讨伐他篡位窃权的罪过，他该怎么办呢？

如果仓央嘉措一直能听他的话就好了。

想来想去，桑结嘉措打定主意，对仓央嘉措一定要张驰有度，只要仓央嘉措没有跟自己争权的欲望，他会尽可能满足他的要求。

仓央嘉措喜欢外出游逛，只要他装扮得体，不会泄露身份，不做出格的事，他也乐得成全，反正有亲信盖丹跟着，料想也不会出什么差错。

其他的事也一样，仓央嘉措想要什么，想做什么，只要不会有损他第巴大人的利益，他都可以容忍。他要让仓央嘉措知道，他对他是尽心的、友好的、宽容的，这样，仓央嘉措就不会受到外人的怂恿而敌视他。

不用很辛苦地操劳政教庶务，又能养尊处优，这样美好的生活很容易就会瓦解一个人的斗志,仓央嘉措应该也不会例外。

所以,只要他悉心照顾好仓央嘉措的生活起居,给他优越的物质享受,他就会慢慢习惯于依赖他,总有一天,他会对他言听计从。

打算好一切之后,桑结嘉措总算轻松了些。

这时, 桑结嘉措暗中派去跟踪仓央嘉措和盖丹的亲信回来了,把仓央嘉措出游的种种如实上报。桑结嘉措听了,一言不发地走到窗前,望着外面的天空,若有所思。

桑结嘉措知道仓央嘉措在寻找什么,也知道仓央嘉措为什么时而欣喜,又时而忧郁,他一定是在寻找那个姑娘。

仓央嘉措不知道,那个叫仁增旺姆的姑娘永远不会出现在拉萨的街头,她依照他的指令嫁去了很远的地方,没有他的允许,她不可以回到家乡,更不能来到拉萨,她这一生,都不会再有机会与他重逢了。

桑结嘉措沉沉地叹了口气,他自忖,如果不是因为仓央嘉措是六世达赖喇嘛,他不会那样狠心地拆散一对痴心相爱的情侣,如果不是他横加干涉,也许此时的仓央嘉措正和那个姑娘幸福地生活在一起。

可是,这天下总有那么多的阴差阳错,总有那么多的迫不得已,谁又能真正按照自己的心意过一辈子呢?

"去吧,继续暗中保护他。"桑结嘉措冲那位亲信摆了摆手,吩咐下去。

他必须对仓央嘉措的行踪做到了如指掌,容他,顺他,宠他,防他,仓央嘉措才不会成为他的敌人,给他带来夺权之恨、灭顶之灾。

既然仓央嘉措争取尊严和自由的目的, 是为了寻找旧日情怀,而不是暗中和拉藏王子勾结,那就随他去吧。

仓央嘉措的举动让桑结嘉措如释重负,这几天一直纠结聚集在心头的抑郁总算烟消云散了……

6.知其不可而为之

我是佛前一朵莲花，

我到人世来，

被世人所误，

我不是普度众生的佛，

我来寻我今生的情，

和她谈一场风花雪月的爱。

三百年前，衣着华美的少年仓央嘉措，背负着雪域最大的教王——六世达赖喇嘛的尊荣，以及这份尊荣幻化的链锁，扮成世家子弟的模样，行走在日光倾城的拉萨街头，怀着诚挚的期盼，在人群中寻找人间真情。

他想要做的事，和他尊贵的身份极不相称；他想要的情感，是他浮华世间可遇难求的。可明明知道是这样，他还是执拗地寻求，在万丈红尘中，有那样一个女子，与他倾情相爱，静默欢喜。

他并不止于向往，他敢于冒死地寻求，哪怕为此而万劫不复。

他以初恋般诚挚美好的情怀，善待尘世的每一段缘，友情也好，亲情也罢，爱情亦如是。

知其不可而为之，所以，他活得真实而美好。

这世间，人海潮涌，古往今来，如野草般生生不息。

在这莽莽人海之中，最终能如凤毛麟角般，于盖棺定论后青史留名的，或大忠大勇，或大奸大恶，或千古英雄，或盖世奇才，总有充分的缘由。可少年达赖仓央嘉措，一不见雄才大略，二不见丰功伟绩，三无涉忠奸，为什么倍受后人缅怀？

究其原因，在于他敢于离经叛道，知其不可而为之。

一个本该清心寡欲的佛主，却把爱情奉为终生追寻的信仰，用纯粹而炽烈的姿态在人世间修行,把寻爱的执著化成情诗传扬,宁可做天生的情痴倍受非议,亦不愿端居高堂安享虚荣。

仓央嘉措,他这般冒天下之大不韪,本可能会给他留下千古骂名,可偏偏,他奇异地留芳千古,少有人介意他不守佛法教规的叛逆行径,反而多有推崇,到底是为什么呢?

是因为那个无助、无奈、孤独的少年,执意将心中的光明化成永生的火种,播撒在人们胆怯的黑夜,指引怯懦的心灵挣脱世俗的枷锁?还是因为他勇敢地忠于内心的向往,不顾一切地渴望爱的真诚,以死而后已的决绝,教导世人寻求真情的释放与人性的救赎?

没有人知道。

但他真的令人唏嘘、感叹、悲悯,继而感动、震撼。他的风华绝代、沉郁孤独、爱有所寄、情无归依、浪漫悲苦、情诗缱绻等,所有的一切都那般莫名其妙地让人心痛,复心颤。

他是矛盾的极致,他有极致的真性情,他是混沌世间最洁净的莲花,忠于内心的渴望,绽放出了惊世骇俗的华彩。

明朝文学大家张岱曾在注《论语》"石门章"时,把人分为三种:愚人、贤人、圣人。

世间,那些懵懵懂懂、得过且过、不肯努力,亦不懂思考,如蝼蚁般庸碌无为的人,是为愚人;精明洞察,善思敏行,敢于挑战自己与磨难,勇于建功立业,却也懂得适可而止的人,是为贤人;大智若愚,知难而上,不论胜败,但求安己、泽人、福世的人,是为圣人。

愚人苟且,贤人闻达,圣人隐世;愚人多为驱使,贤人多为君臣,圣人多为痴顽。

这样的分类里,愚人自然是最低级蠢笨的一种,在人群里占的数量也最多,因为所求无多,心无旁骛,一心只为温饱而奔忙劳碌,没有大志向,即使过得贫穷困窘,也不怨天尤人,安守本分地过日子,默默无闻,顺其自然,一生波澜不惊。

贤人自然是热血沸腾的族群,是人群中的精英,以过人的勇毅、超群的智慧,为实现奋斗目标持之以恒地努力,最终成为各个领域的佼佼者。然而,不可否认,贤人是痛苦的,或者,是以苦为乐的。他们的成功是在不断地与自己较劲、与他人较劲的过程中实现的;他们是英勇的斗士,有不达目的誓不罢休的顽强意志;他们明确地知道自己想要的是什么,想要过怎样的生活;他们忍受不了事与愿违,他们要的必须是心想事成。所以,他们中多有独占鳌头的王者,虽然,一将功成万骨枯。

圣人是为某种追求、某种理想或道义,义无返顾、殚精竭力的人。与贤人不同,圣人淡泊荣辱,不计成败,他们忠于自己心中完美的构想,享受追求的过程,以求达到天人合一的境界。

自然,这三种区分太过狭隘,人以群分,标准不同,难以一概而论,不过,通常,愚人求安,贤人求显,圣人求隐,却是常情。

仓央嘉措算是哪种呢?贤人不及,圣人不达,却又有贤人的勇毅、圣人的超脱,也许,这便是他卓然不群之所在。

毕竟,这世上的人,能做到勇毅,已经算是难能可贵了,能够超脱,活出自我,实在太难。

做得到的人,如仓央嘉措,就有了值得世人膜拜的资本。

那个冬季之后的很多个日子,仓央嘉措都在拉萨的街头流连。

也许是曾经孤单得太久,走在人群中,看琐碎的人间烟火,仓央嘉措也觉得趣味盎然,那种俗世的温暖,让空茫的心灵安稳祥和。

他记得他坐床登位的时候,这些素不相识的人们热情洋溢地夹道欢迎他,那是只有亲人才会有的真诚。他们是他的子民,他本应该行走在他们中间,让他们感受到他的存在。

仓央嘉措和颜悦色,乐善好施,从不因为自己显赫的身份而盛气凌人,他给盲人带过路,给商贩看过摊,他做他力所能及的事,以博爱之心善待众生,从未觉得自己高人一等。

侍从盖丹惶恐亦感动,仓央嘉措却不以为然,与枯闷地坐在深宫密室里空念佛经相比,能设身处地地感受众生疾苦,并尽力帮助他们,更有益于修行参禅。

仓央嘉措始终没有忘记，他童年的生活是困窘的，可那时有温柔的阿妈和慈祥的阿爸，他们都是勤劳善良的人，一家人生活得很快乐，有他们在，他从来没有感到孤独和痛苦。

阿妈和阿爸早已不在人世，这些可亲的民众就是他的亲人，他们像阿妈和阿爸一样，为了解决温饱日出而作、日落而息，照顾老人抚养孩子，彼此帮助，互相温暖，给他们的孩子讲故事，教育他们为人处世。他们都是很普通的人，过着最平凡的生活，可他们那样朴实厚道，无需彼此防范和算计。

仓央嘉措喜欢在这样的尘世间逗留，他以佛的慈悲，用实实在在的善举在俗世中修行和弘法，让拉萨的众生沐浴在他的光辉下；而他那些意境清新、感情真挚的情诗也深受人们的喜爱，很快风靡一时，老幼妇孺都乐于传唱。

那时，仓央嘉措就坐在他们中间，他们却不知道这位俊雅的少年就是尊贵的六世达赖，也是那些诗歌的作者。他就那般笑吟吟地沉默着，和他们一起谈笑风生，与他们一起喜怒哀乐。

这时，仓央嘉措不再是高墙深院里的"至尊傀儡"，不再是被森严戒律束缚自由的苦行僧，他不必再忍受那索然无味的礼教条框，不用在严格监督下诵读空洞的经文，他再次拥有了广阔的天空，可以自由自在地呼吸，无拘无束地欢笑，做他喜欢做的事，说他想要说的话，那感觉，犹如重获新生。

是的，没有体会过囚禁之苦的人不会知道，光是这份自由，就多么值得庆幸，应该心存感激。

仓央嘉措并不看重功名利禄，他选择了为民生而妥协，宁可就这样默默无闻地与民同欢，也不愿联合拉藏王子，为争名夺利而让众生饱受战乱之苦。

仓央嘉措珍爱他的子民，一如众生视他为亲。

仓央嘉措的一举一动，桑结嘉措都了如指掌。

虽然桑结嘉措并不赞同仓央嘉措整天"游手好闲",但他也没再多加约束。毕竟,仓央嘉措是他手里最得力的政治筹码,为这些鸡毛蒜皮的小事跟他闹别扭只会得不偿失。

可没想到,仓央嘉措越来越得寸进尺,竟然蓄起了头发!

这还了得?受了沙弥戒的达赖喇嘛,从来都是剃度为僧的,怎么可以蓄发呢?不仅如此,桑结嘉措听说,仓央嘉措还喜欢上了喝酒,甚至还敢吃肉!

这要是让对手拉藏王子知道了,非要借此大做文章不可!

桑结嘉措知道,他长期独断专权早就引起了拉藏王子等权贵的不满,他们在暗中虎视眈眈,但一直苦于抓不住他的把柄,所以,他们对仓央嘉措非常上心。起初,拉藏王子想拉拢鼓动仓央嘉措,可仓央嘉措不为所动,拉藏王子恼羞成怒,就把仓央嘉措和桑结嘉措看成了眼中钉、肉中刺,时时伺机滋事。

这种情势下,仓央嘉措怎么能这般肆意妄为?

桑结嘉措头疼欲裂,万不得已,他只好将仓央嘉措找来进行了一番说教。可仓央嘉措固执己见,非要蓄发修行,酒也照喝不误,完全我行我素。

桑结嘉措屡劝无效,仓央嘉措的头发越长越长,他又不能强行给他剪去,只能忍气吞声。好在,仓央嘉措一直很好地掩饰了自己的真实身份,穿着俗装,又给自己起了个新名字,混在人群中,除了桑结嘉措和他的几个亲信,暂时没有人知道他就是六世达赖。

既然这样,那就随他去罢,只好让盖丹多加小心,有什么意外情况及时上报。

就这样,仓央嘉措成功蓄发,穿上华服,戴上美饰,俨然一位官家翩翩美少年。

世间万象,一象在内,所心所向,但向己求。

入世修行,让仓央嘉措心境开阔,灵慧增益,他越来越深刻地意识到:贫穷与富有、快乐与忧伤,其实并不在于物质的丰厚与否,更多的取决于自己的心境。

能让自己保持平常心,乐观平和地看待所有,便可以感受到快乐;不然,欲求不满,患得患失,就难有幸福可言。

有的人,生意红火,日进斗金,可他却整天愁眉苦脸,不是烦心自己钱赚得不够多,就是担心别人赚得比自己多,怎么也开心不起来;相反,有的人粗茶淡饭,却心满意足,每天笑呵呵的,很少为什么事大动干戈。

欲壑难填,便不懂得知足常乐;怨天尤人,多是庸人自扰;没有来世的信仰,今生便急功近利;看不到眼前的幸福,就会对未来充满恐惧……总之,想要烦恼,总有理由;而想要快乐,则根本不需要理由。

重要的是,每个人都应该明确,自己想要过的是怎样的生活。

知道自己想要怎样的生活,然后按自己的意愿去做,才算不枉此生,才能得到真正的快乐。

孩童最具佛性,因为他们贪欲少,纯净天真,活在当下,小小的满足就能让他们心花怒放。只是,人的欲望总是随着年龄的增长而膨胀,少有人能保留一颗童心,在琐碎的生活中笑口常开。

仓央嘉措用心感悟,豁然开朗。

他想要的生活,不是高高在上发号施令,所以,便不必与桑结嘉措针锋相对;他不贪恋荣华富贵、讲究排场,所以,便不必前呼后拥、耀武扬威。他想要一份真心的爱,他相信,只要自己多行善事,广结善缘,终有一天,他可以得偿所愿。

失去亦是另一种得到,得到亦是另一种失去,得失随缘,爱情如是。

仓央嘉措伫立在拉萨街头,双眸含笑生辉……

7.大隐隐朝市

时光宁静地雕琢着世间万物,少年英俊的面颊稚气渐脱,心思日渐深邃幽远。

白天,他端坐于金碧辉煌的佛座之上,一脸肃静地聆听众僧诵经,接受香客朝拜,严守清规戒律,做雪域最神圣的佛主;夜里,他换上俗装,满心欢喜地悄然出行,在拉萨热闹的街头,自由自在地做俗世里悠然的过客。

仓央嘉措,这个名字属于佛殿,用来接受膜拜;宕桑旺波,这个名字属于凡尘,用来享受平等。

他立志不做那穿着袈裟不拘言笑的泥塑肉身,而要在人间烟火中洞明世事、参禅弘法,做至情至性之人、明理通道之佛。

于是,他小心地行走在黑夜与白昼之间,寻找着梦想与现实的平衡,用佛主的尊荣满足僧俗的期冀,用隐士的智慧获得生命的愉悦。

仓央嘉措执著于自由的梦想,无异于在悬崖边独舞。

西藏的局势暗流涌动,拉藏王子越来越无法忍受桑结嘉措高高在上、唯我独尊。早年的情敌,今日的政敌,被辱没、压迫的羞耻如磐石般压在心头,折磨得拉藏王子嫉恨交加,恨不得立刻把桑结嘉措挫骨扬灰,一雪前耻。

对于拉藏王子的敌意,桑结嘉措自然心知肚明。为了防患于未然,他丝毫不敢松懈,招兵买马,暗中操练,做好了随时应战的准备。

双方剑拔弩张,一触即发,但到底缺少一个导火索。

拉藏王子绞尽脑汁,多次明里暗里地怂恿仓央嘉措,借护法之名,想要仓央嘉措与桑结嘉措作对,可每次,仓央嘉措都不为所动。

可这时,拉藏王子的父王却莫名其妙暴毙身亡!他的父王是与桑结嘉措同席宴饮后回到宫中突然丧命的,死因十分蹊跷。拉藏王子怀疑桑结嘉措在酒宴中做了手脚,却苦于证据不足,不能直接去向桑结嘉措兴师问罪。

旧恨未了，又增新仇，拉藏汗气急败坏，却不敢贸然挑起纷争。他忌惮康熙皇帝，也敬畏六世达赖喇嘛的尊严。思来想去，他只能蓄势待发，伺机而动。

对这些政事，桑结嘉措对仓央嘉措避而不谈，仓央嘉措也就不闻不问。他没有实权，也没必要参与政客们的明争暗斗，他要做的，就是在闹市中隐居，在红尘中修行。

就这般，仓央嘉措分身有术——做着尊严的佛主、求真的隐士、浪漫的诗人。

在肃静的佛殿与喧嚣的市井之间，他且显且隐，且行且吟。

他用诗行沟通圣尊与凡生的嬗变，他满怀着躬耕尘缘的心愿，于纸上寄情、字里拾荒。

他的诗行洋溢着青春的气息，对爱的向往如藤萝蜿蜒，他渴望爱的佳木早日成荫，他在细碎的时光中雕琢笔墨，在苍凉的岁月里留驻心灵的芬芳。

> 仅穿上红黄袈裟，
> 假若就成了喇嘛，
> 那湖上的黄毛野鸭，
> 岂不也能懂得佛法？

> 向别人背几句经文，
> 就能得到"三学"佛子称号，
> 那能说会道的鹦鹉，
> 也该能去讲经传教。

他看破了政客们勾心斗角的伎俩，厌倦做欺世盗名的权贵，他不屑于那份高高在上的虚荣，更向往入世修行。

　　他从凡尘俗世中参悟摒恶扬善的佛理,从人间真情中寻求清净幽远的佛心,他隐居于喧闹的市井中,以仁善慈悲之心解读众生疾苦。

　　他在拉萨的街头邂逅了儿时的伙伴刚祖,毫不鄙视他的卑微贫穷,慷慨解囊,资助他开店谋生;他熟识了拉萨八廓街转经道上的酒馆老板娘,她八面玲珑的谋财之道,让他体会到了妇人谋生的艰难;他和街头年轻的歌者一起欢唱,在嬉笑玩闹中感受自由的喜悦和青春的活力;他喝过街角老铁匠酿制的青稞酒,把他当父亲一样尊敬,他怕他单薄的草鞋防御不了严寒,鞠身将自己的锦靴与他交换……

　　他不再是庙堂里冷漠的尊主,而是人群中大慈大悲的王。

　　他用真诚的慈悲温暖着拉萨冰冷的寒冬,用淡泊的微笑凌驾于名利的纷争,他隐去了佛主的尊荣,自由地穿行于凡尘俗世,憩息在人间烟火。

　　他不肯臣服于清规戒律,不肯违背内心的执著,他清俊的身影,成为了拉萨街头最美的童话。

　　拉萨的民众爱上了这个年轻人。

　　他们对这位俊美的少年一无所知,但这不影响大家喜欢他、信赖他,他早已成了拉萨街头巷尾的熟客,有他在的地方,就有欢声笑语。

　　他们不知道他就是那贵不可言的六世达赖喇嘛,只知道他慷慨热情、真诚善良;他们不知道他就是那锦心绣口的浪漫诗人,只知道和他一起歌唱的时候,能被他明亮的眸光感染,被他灿烂的笑容照亮。那时,他们与他如久别重逢的亲友,谈天说地,尽情欢畅。

　　人们不知道他从哪里来,只知道他叫宕桑旺波,白天里少见踪迹,常在夜晚与皎洁的月亮一起光临。他会在酒馆里与大家称兄道弟,豪爽地把酒喝干;会在街道上对穷人嘘寒问暖,把自己身上的银两尽数送光。他的身边,有时会跟着一个沉默寡言的侍从,和他一样是个好心肠。

　　没有人知道,在曲散人终、万籁俱静的时候,他会在黎明到来之前,乘着星光、沐浴着月华匆匆离去,准时抵达红山脚下的侧门边,用自配的钥匙打开那扇门扉,闪身而入,消失在雄伟的宫殿深处……

俊逸、率真、慈悲的少年,注定会让姑娘们爱慕牵念。

于是,无论他走在哪里,都有多情的目光萦绕在他身边。她们盛装出行,争奇斗艳,她们明眸善睐,眉目传情,可他巍然不动,既不轻浮亲近,又不薄冷疏远,总是那般从容恬静、云淡风轻,任姑娘们如暗夜的昙花,孤芳自赏,黯然消魂。

姑娘们猜不透,这俊美的少年为什么如此不解风情。她们打听他的身世,探询他的喜好,却都无从查明。他真如从月宫落入凡间的翩翩少年,神秘,美好,可望不可及。

没有人知道,在仓央嘉措心里,始终装着仁增旺姆的倩影。在爱情的圣殿里,他是孤傲的情圣,目无下尘,不愿为庸脂俗粉亵渎对仁增旺姆挚爱的真心。

他把她放在心中最圣洁的地方,任由思念与呼吸同生并存。他无法忘记她的美丽和温柔,如同无法停止心跳和呼吸一样,他痴情地供奉着那段过往, 总是身不由己地在人群中寻觅——如果不是时间紧迫,即使海角天涯,他也要找到她。

明知再见已是奢望,却还是梦想出现奇迹。

他常常站在原地——他们曾执手相牵、共赏星月的地方,没有她在,他便仰望斗转星移。

那轮圆了又缺、缺了又圆的白玉盘,是否因思念而肝肠寸断?每当相思难耐,便剜心成环?

那些碎落的星光,是否同样凝聚着她感伤的目光?隔山隔水,云海之巅,她亦在远方呼唤?

有细心的人发现,每个月圆的夜晚,仓央嘉措都别样感伤。他在人群中,不再爽朗大笑,不再交杯换盏,就那样静静地坐在窗前,在轻酌浅饮中慢慢濡湿双眼……

隐于朝市,痴痴盼盼,只愿,天怜此情,得续前缘。

仓央嘉措的痴盼，桑结嘉措懂；仓央嘉措的隐忍，他亦懂。

不知从何时起，桑结嘉措陷入了矛盾之中。

他私下里读过仓央嘉措的诗，平心而论，抛开佛教清规，只从学者的角度看，他不得不叹服仓央嘉措绝世的诗才。

那些情诗中缠绵的爱与痛，让桑结嘉措不由得想到自己，亦曾因爱而辗转反侧。将心比心，他为自己不得不亲手斩断仓央嘉措与那姑娘的爱恋，让仓央嘉措饱受思念的荼毒而不安。

可他，亦是迫不得已，别无选择！

仓央嘉措是转世灵童，做了黄教的达赖，就不能再有儿女私情。

桑结嘉措也深知，仓央嘉措的命运完全是他一手改写的，他于他，多少有些愧疚之心，现在，他对他又有了惜才之意，他一时真不知道该怎样面对仓央嘉措的忤逆。

好在自从仓央嘉措乔装入世之后，很长一段时间里，都没有给他惹来什么麻烦，也不再像从前那样敌对他，偶尔，他还会恭敬地尊他为"上师"。

这让桑结嘉措喜出望外，如果能一直这样，真是再好不过了。

仓央嘉措在夜里隐世埋名出去散散心，既不沾染风月，又不败露行迹，却可以不再对他心存怨怼，也无意跟他争权夺利，叮算是一举两得。

这样，他桑结嘉措既可以握紧六世达赖喇嘛这张王牌，又没了丢权失位的后顾之忧，多好！

于是，自谓足智多谋的第巴桑结嘉措放松了警惕。

他万万没有想到，这矛盾后的慈悲，日后竟成为了拉藏王子毁灭他和仓央嘉措的利刃。

这世上，本就没有人可以做到步步为营、万无一失。

得到第巴桑结嘉措的默许后，仓央嘉措过得如鱼得水。

许多个孤独的夜晚，他都悄然出行，隐于闹市，与民同乐。

他用心解读着人生百态，亦不断地寻求疑团的答案——到底以怎样的姿态生活,才会得到安乐?

有的人安于现状、随遇而安,虽然可以保持平静的心境,减少烦恼,可这样的人大多消极保守、无所作为,没有积极向上的人生态度,似乎并不可取。

有的人有理想、有追求,却不肯付出切实的努力,只一味地怨天尤人,觉得自己怀才不遇,终日愤世嫉俗、牢骚满腹,因此总是愁眉苦脸。

有的人沉溺于过去的日子,为自己曾经小小的成功而洋洋自得,不肯接受丁点儿的失败,总是奢望好运能改变窘迫的现状,好逸恶劳、异想天开,却终是庸碌劳苦……

贫民温饱无着,富人欲壑难填,政客明争暗斗,商贾尔虞我诈,凡此种种,众生皆苦。

于是,他们中很多人,把改变命运的希望寄托于求佛问道,为此,不惜倾尽所有、长途跋涉,长跪在圣殿之前磕头祈福,前赴后继,年深日久,以至于把坚硬的石阶都磕磨出了触目惊心的凹槽。

他们不知道,他们寄予厚望的佛主,就坐在他们中间,眉头微锁,和他们同样困惑。

身为佛主,仓央嘉措深感无力。

他连自己的命运都难以主宰,又该怎样避免今生的劫难,将一切厄运化成福祉,在救赎自己的同时,赐福于众生,让众生获得生世的圆满呢?

仓央嘉措找不到答案。

歌歇酒罢之后、徘徊午夜街头之际,他亦时常悲人悯己,感时伤怀。

天地之间,人如蝼蚁般卑微渺小,即使他贵为达赖,也无力改变命运、挽救苍生。他力不从心,壮志难酬,在朝也好,为民也罢,他到底是一个平凡的人。

然,尊位不足以成佛,心中有佛方为佛。

在庙堂上宣经讲佛,在尘世间扶难济贫,他必以赤子之心,不负佛主之名,视功名为薄雾,看尊宠如浮云,躬身凡尘,以慈悲之心善待生命里的所有——忠于自心，活出真我；体恤民生，广结善缘。

除此之外，枉谈大道，无异自欺欺人。

佛祖释迦牟尼拒绝了奢华的王宫生活，为寻求解脱生死之道、普度众生毅然出家修行，于菩提树下降伏心魔、静思佛法，终豁然开朗，彻见宇宙人生的真相，悟道成佛。

那么，三百年前，少年达赖仓央嘉措，是否在拉萨古老的月夜里，在踟蹰街头的思索里，得以开启灵慧，悟透佛法？

佛主慈悲，胸怀大爱。

勘破、放下、自在。

冷眼观世，不因尊宠而忘形，不因虚荣而得意，不因卑微而痛楚，亦不因困境而愁苦。让心胸宽阔如蓝天大海，放下生世的一切宠辱负累，以乐观进取之心做利人利己之事，安然自在，无拘无束，活在当下。

原本，爱情人与爱世人并不相背离；今生快乐与来生福报并不相矛盾；喝酒吃肉与行善积德也没有冲突。

做好了人才能做好佛，否则，处处禁欲，连人都做不好，连自己都不快乐，又怎么能做普度众生的佛？

没有人知道，仓央嘉措的灵魂到底经过了怎样艰难的涅磐之旅，才解开了心中的迷惑，让他义无返顾地隐居闹市，温和为人，淳善处世，默默欢喜，静静守候。

时间沿溯，布达拉宫经风历雨，依然雄伟地矗立，拉萨旧城区街头的那个酒馆，几经易主，几经改建，也还留了那时的记忆。仓央嘉措在夜色里反复走过的路径——沿着八廊街的南街向东径直走，从东南角的小巷通过，在小巷的尽头向北拐，脚步轻轻，心事迷离，从威严的神殿，一路走到俗世的酒馆。

坐在酒事正酣的人群里，在木桌上增一壶酒，添一只敞口的酒碗，倒满，任月光在酒水中荡漾，把寂寥的夜色荡漾得无限幽远，任清冽的酒香化为岁月的陈酿……

此时，谁正坐在仓央嘉措曾经坐过的位置上，也如他一样在酒香里沉醉？那邻坐的姑娘钟情的凝望里，揣着的是怎样胆怯又羞涩的情意，在那些月光如水的夜晚里，缱绻在少年俊逸的脸庞，又把少年吟诵的诗行代代传唱，绣在了如今的锦帕上，呈现在你我的眼前？

仓央嘉措，他在朝市间归隐，带着入世的渴望，带着对爱的向往。他的离经叛道里，有世人缺失的勇敢；他灵动的诗行里，有藐视禁忌的痴狂。

如果他不是六世达赖，他的情诗便会归于平淡；如果他不写情诗，六世达赖便会失去光芒。阴差阳错的命运禁锢了仓央嘉措，也成就了仓央嘉措，让他成为一个会写情诗的雪域佛主，让他成为一个惊世骇俗的神王情僧。

他在矛盾的极致，用勇敢无畏的"放纵"怒放生命之花，高贵，纯粹，纤尘不染，盛开在雪域高原之上，与他后来的倾城之恋，一起成为永不褪色的神话……

8.那不是爱，只是她在说谎

热恋着自己的情人，
被别人娶去作妻子了，
相思折磨得我，
已经身瘦肉消。

野马跑到山上，
可用套索捉住，
情人一旦变心，
神力也难捉住。

相思成狂,有时便忍不住心生怨怼。

无论仓央嘉措怀揣着怎样痛楚、缠绵的痴情,在拉萨街头踏碎多少月影,他心爱的仁增旺姆还是音讯全无。

命运常常就是这般不可理喻,想要的,即使曾经近在眼前,也会远在天边;不想要的,曾经远在天边,如今也可以近在眼前。

初恋的甜蜜从未从心间抹去,残碎的相思却无从弥补,而这尘世的诱惑太多,偶尔会以爱情之名上演,于是,那天,仓央嘉措在刚祖新开的小店里,邂逅了入世后第一次情缘。

那天,坐进刚祖宾朋满座的小店里,仓央嘉措显得有些格格不入,他并不算华丽的服饰烘托出的却是一个风雅出尘、高贵如玉的形象。热闹的人群一下子停止了喧嚣,众人疑惑、好奇、惊诧的目光像细密的网,结结实实罩过来,让仓央嘉措十分紧张。

这一刻的冷寂,似乎就为了铺垫那个女子的闪亮登场。

她花枝招展地出现在店门口,身后是拉萨炽白热烈的阳光,她显然没在意店里异样的气氛,慵懒的声音如初春融雪的风,"喂,买肉！"

如一粒石子骤然落入平静的湖水,立刻荡起涟漪,静寂的人群转移了注意力,从仓央嘉措身上移到姑娘身上的目光立刻变得意味深长。

仓央嘉措也闻声转身,正好迎上那女子含娇带嗔的眸子。那瞬间如坠花海的震撼,让一向淡漠的少年不由愣怔。

也许是那女子的确天生丽质,也许是她心思巧妙地浓妆艳抹,她伫在那里,一如繁花入眼,刹那芳华,极致地张扬。

被人打量,女子似乎早已习以为常,她的目光不躲不闪,热烈如艳阳,对仓央嘉措嫣然一笑,扫过勾魂摄魄的媚眼。

彼时的仓央嘉措,被佛道经文熏染许久,睿智中却少有防范。初恋美好纯洁如没有瑕疵的水晶,而他没有其他风月的历练,他不知道世上还有一种女子,会以爱情为诱饵,用虚情假意逢场作戏。

店里的人们这时早已回过神儿来,恢复了初始的喧哗,只有仓央嘉措,还愣怔在女子娇媚的眼波里。女子的眉眼,依稀有仁增旺姆的神韵,少了清纯,多了媚惑,但仅仅这样,对于相思成郁的少年来说,已然心悸。

俊秀如风的少年，华美如落入凡尘的仙使，如此卓然不群，映入女子的眼帘，轻易激起猎获的欲望。她巧笑嫣然，莺声燕语，向他发出邀请。

仓央嘉措欣然应邀，没有留意身后人群里发出的唏嘘。

关上了门，空间逼仄而暧昧。

女子的香阁就在闹市的拐角，居室清爽洁净，充斥着女子独有的气息。

屋子里，除了女子，并没有她邀请时说的阿爸。

本来，她说邀请他来，是因为她可怜的阿爸卧病在床，希望他可以陪他下下棋。

仓央嘉措哪里知道，装可怜是女子惯用的伎俩，轻易可以博得男子的同情心，他防不胜防，直到坐在这里，才发现居室里只有一张床。

仓央嘉措顿时感到局促不安，除了仁增旺姆，他第一次与女子独处一室，他僵坐在那里，微凉的汗渍濡湿了手掌。

女子却从容殷勤，端出美酒盛情款待，轻易便让少年酒后微醺。

在女子千娇百媚的引诱里，仓央嘉措迷蒙的双眼前，站着的是草原上临风放歌的仁增旺姆，绚丽的朝霞染红了她的双颊，青草的芬芳萦绕在她的指尖。她樱唇贝齿，眉目如画，她窈窕多姿，冰肌玉骨，她随意地挥挥手，就可以把清风化成花雨；她浅浅回眸一笑，就可以让万物停滞呼吸……

他深爱的仁增旺姆，无论她离他多么遥远，她都与他如影随形，她住在他的心里，在他神智迷离的时刻，把别的女子幻化成梦，让他身不由己……

忘了是怎样开始的，也忘了是怎样结束的，当仓央嘉措从温柔瑰丽的梦境中醒来时，明晰的双眼前，是一个面貌陌生的女子，不是他的仁增旺姆。

少年尚在云端飘腾的心，瞬间如跌落冰窖般寒凉，他看着她，对自己这般轻易地沦陷感到不可思议。女人的妆容，因为贴近，看起来有些狰狞不堪，而她的笑容不再是羞涩含蓄，而是带着猎人收网时的得意。

她觉得没必要再拐弯抹角，刚要开口索要财物，可抬眼见他微皱的眉宇间锁着迷茫与疏淡，心里一颤，立刻收敛到了嘴边的贪婪，她伸手抚摸他俊朗的面庞，眷恋地偎进他的怀抱。

温香软玉，触感真实，一切却依然恍若梦境。

仓央嘉措低头看她，她面若桃花，眸光潋滟，看他一眼，又娇羞地把脸埋下，用那般酥软的声音，絮絮地诉说对他的爱恋。

一见钟情。

她激情洋溢地告诉他，他就是她等待了前生后世的情人，在看到他的第一眼，她就认出了他，所以，她才迫不及待地邀请他，冒着被他轻视的危险，因为她是那么害怕错失这珍贵的情缘。

少年信以为真，心头的迷茫与寒凉化为无奈的叹息，既然已经这样，他决定善待这份缘，珍惜怀里的女子。

女子的唇角泛起得逞的微笑，咬钩的鱼儿被拖出水面，也有可能会被它挣脱跑掉，只有牢牢攥进手心，才能真正归为己有。

何况，英俊的少年情郎，看似举世无双，让她想脱胎换骨，变成纯美的姑娘。那么，就矜持一点，耐心一点，等他动了真心，什么珍珠玛瑙、翡翠玉佩，到时候不用她开口，他自然会主动奉上。

女子的心思，仓央嘉措哪会看得透？

他毫无防范，且为她忧心，他因她而彻底破戒，若让桑结嘉措知道，他该如何护她周全？

再次相见，女子深情款款，依然美酒佳肴，而后体贴温柔。

可是，少年似乎心事重重，看着她每每欲语还休。

女子哪里会想到，身边的少年的确举世无双，他是尊贵的六世达赖喇嘛，在他住着的圣殿里，珍藏着数不尽的财宝。可惜的是，他并没有学会挥霍，亦不知道女子的喜好，他只以为女子跟他一样，真的只想要一份真情和温暖的依靠。

他不想欺骗她，却又不敢把他的身份坦然相告，他顾虑重重，左右为难，正想开口告诉她的时候，她却已按捺不住问他讨要。

她说，她想要一个信物。

她说，有了信物，他不在她身边的时候，她的相思才能有所寄托。

仓央嘉措想起了仁增旺姆的项圈和铃铛，那应该算是她留给他的信物，每当他相思难耐的夜晚，项圈和铃铛的确可以聊作陪伴。

少年欣然应允，当即就从怀里掏出了精美的礼物。

怀里的女子喜出望外，急切地揽进手里，忘乎所以之间，忘了掩饰目光中露出的贪婪。

仓央嘉措心有所感，却没有放在心上，他只以为女子爱乌及乌，才把他司空见惯的东西奉若珍宝。

女子有了收获，格外殷勤讨好，缠绵的情话、痴迷的爱恋不断从她口中说出，连她自己都被感动了。

仓央嘉措以为再次拥有爱情，他真心实意地为这段情缘而欢颜，甚至庆幸这是时来运转——

达官贵人的小姐，
她那艳丽的美色，
就像桃树尖上，
高高悬着的熟果。

露出皓齿微笑，
向着满座顾望，
从眼角射来的目光，
落在小伙儿的脸上。

嫣然启齿一笑，
把我的魂儿勾跑，
是不是真心爱慕，
请发个誓儿才好。

时来运转的时刻，

竖起祈福的宝幡，

有一位名门闺秀，

请我到她家赴宴。

心地纯良的少年哪里会想到，女子一旦有了贪念，又得到了鼓舞，就会一发不可收拾，越发贪得无厌。她把爱情挂在嘴边，就像吃饭喝茶一样平常，她把脚趾都算上，在幻想里计算每句情话能换来多少钱。

曾几何时，在偶然伫足的风景里，他真的以为这世上有种妙不可言的情缘——一见钟情，再见倾心。

开始的时候，总是甜蜜的，以为可以这样深深相爱，一直到永远。于是，神不守舍，患得患失，渴望天天相见，希望长相厮守。

可后来，有了失望、厌倦、背弃和离散，及至后来回想，庆幸自己离开得不算晚。

那时他才知道，并非所有的风花雪月都会变成甜蜜的回忆，并非每个人说出口的爱都源自真心。

有些人，说爱的时候，眼神是热烈的，心却是冷的。

女子尝到了甜头，以为接下来会财源滚滚，从此不必再卖笑求生。

仓央嘉措这般年轻英俊，又富贵慷慨，她可以考虑使出浑身解数，把他牢牢拴在身边，人财两得，不是每段完美爱情的结果吗？

女子欢欣鼓舞，日日精描细画，本来就丽质天成，这般更是锦上添花。

她顾盼生辉，巧舌如簧，对仓央嘉措志在必得。

可让女子烦恼的是，仓央嘉措自此再没有给她带来惊喜。女子不甘心，耐心地启发教育，结果，她旁敲侧击，他懵懂不解，她暗示提醒，他迷茫困惑……

在仓央嘉措看来，爱情是两情相悦，没有额外附加，可是，女子早就不相信爱情了。

爱情是什么？如果没有金钱来增加爱的筹码，那么爱情就是男人欺骗女人的谎话。没有回报，她凭什么爱他？

难道女人别无所求，只是痴痴地无私奉献，感情、身体任其予取予夺，高兴了就如胶似膝，厌倦了就弃之如履，最终，女人成了残花败柳，一无所得，这就叫纯洁高尚？就值得歌颂赞扬？

这样的高尚还是算了吧！纵是貌美如花，也敌不过风刀霜剑的摧残。秋冬又春夏，若只不计代价地付出身心，等青春不再、红颜渐老，女人仍然贫穷困窘，那时满心的悔恨又该如何打发？

相对虚无缥缈又变幻莫测的爱情，金钱更实在可靠，可仓央嘉措似乎铁了心，跟她只谈风月不提阿堵。

女子可不想虚度光阴、劳无所得，她屡战屡败之后，终于怒了。眼前的仓央嘉措，虽然长得风流潇洒，看起来却是那么面目可憎，他怎么可以像只铁公鸡一样一毛不拔？他当她是什么？招之即来挥之即去的白痴么？

女子忍无可忍，她再不要温柔如水，再不要浓情蜜意，她冷漠如铁地看着他，冷颜厉色地质问他，对于她的"付出"，难道他不该给点回报吗？

纯情少年凌乱了，他看着她，百思不得其解，刚刚还小鸟依人的女子，转眼之间，怎么会变得这般凶神恶煞？

再听清她的质问，想及这段日子里她屡次三番的痴缠，他终于恍然大悟，原来，她爱的不是他，而是他的礼物、他的银钱。

没有礼物，没有银钱，他在她眼里就成了市井无赖，再没有了夺人的光彩。之前所有的曲意奉迎，都化成了委屈愤懑，她横眉怒目，继而忍不住破口大骂，恶形恶状，无遮无掩。

最残酷的真相，最嘲讽的结局。

仓央嘉措冷眼旁观，突然间，感觉再也不会爱了。

幸好，他没有以实相告，若她知道他就是高高在上的佛主，有花不完的金银财宝，她现在又将怎样？撒泼打闹，耍赖上吊，胁迫他必须满足她所有的愿望，否则，她就去第巴桑结嘉措那里告状，去拉藏王子那里泄密？他真的相信，这样的女子可以不择手段，一旦被她抓住把柄，她一定能闹得天下大乱。

爱情,竟然也会以谎言为基础。

不,那不是爱情,从来都不是,那只是她在说谎,为了银钱,她把虚情假意当作手段,自始至终,都与爱情无关。

仓央嘉措一言不发,他只感到极度的失望、极度的沮丧,他不小心看到了人性中最丑恶的虚伪、贪婪、善变和嚣张,如水一样柔媚迷人的女子,原来也会露出这副模样,歇斯底里,粗鄙不堪。

其实,如果不是她太急功近利,他会如她所愿,第巴桑结嘉措在吃穿用度上从不苛刻他,他有足够的银钱供她挥霍。只是,他还没来得及供养她,她便迫不及待地露出了狐狸尾巴。

仓央嘉措炽烈如岩浆的爱恋被彻底浇灭、冰冻,他沉默转身,怅然离去……

身后的女子还在指桑骂槐,句句尖酸刻薄、不堪入耳。

她,是曾经那个娇俏的解语花?

姑娘肌肤似玉,
被里柔情拥抱,
莫非虚情假意,
骗我少年财宝。

情人毫无真情,
如同泥塑菩萨,
好比买了一匹——
不会奔跑的劣马。

心术变幻的情人,
好似落花残红,
虽然千娇百媚,
心里极不受用。

花儿刚开又落，
情人翻脸就变，
我与金色小蜂，
从此一刀两断。

回到宫中，仓央嘉措换下俗装，感觉如同经历了九死一生。他静静地坐在窗前，凝望苍茫的夜空，没有月亮，群星也不复璀璨，天地之间，混沌一片，无所谓青红皂白，分不清真假美丑，理不出是非善恶。

他忍不住将心绪吐露于纸上，但这些诗行却无法形容他此刻的烦乱。

那时，他是乡间困窘的少年，父母双亡，无依无靠，可仁增旺姆无怨无悔地爱着他，从不在意他一无所有，从不计较他给不了她锦衣玉食、绫罗绸缎。她陪在他身边，如飞鸟投林、叶落归根，百般缠绵，万般恩爱。那时，他们爱得心无旁骛、灵肉相依，从来没有过嫌隙。

仁增旺姆在他贫穷的时候不离不弃，在他富有的时候却可以舍身取义，为保护他而无语别离，她对他的爱，如天空般辽阔，如海洋般深邃，她爱他，爱到忘了自己。

那样的爱，拥有的时候，他并没有感到稀奇，直到此时此刻，刚刚有了新的经历，他才痛彻肺腑地知道，他丢失的是怎样贵重的珍宝。

为什么，他和仁增旺姆爱得那样纯粹、痴狂，却只能天各一方？为什么当他真心实意想要重新开始的时候，却被虚情假意刺伤？

山盟海誓尽蹉跎，有苦难言情深锁，欢乐一时泪成河，满腹柔情尽消磨，这一切，究竟是谁的错？他要怎样才能远离痛苦、伤害和绝望？

仓央嘉措无语凝噎，泪眼向天。理想破灭，真情难求，他不知道，这一生，还有什么值得他追寻和坚守的……

人生是一场修行。

对于仓央嘉措而言，幸运与劫难总是同时降临，他总是被动，总是后知后觉又无可奈何，即使他贵为佛主。

生活中,每个人都要经历生命中的荣辱兴衰,尝过酸甜苦辣,历尽悲欢离合,虽然剧目各异,但感觉雷同。仓央嘉措的痛苦,我们感同身受,他的迷茫,我们正身临其境,而人生最大的痛苦,莫过于清醒地寻梦,却梦无归依。

理想明明就在前方不远处,自己也曾努力过、奋争过,可总是山重水复、无力前行。我们不甘心,再努力,以为功到自然成,结果却发现南辕北辙,理想早已偏离了方向。一切努力都是徒劳无功,而想要再次打起精神时却发现,心境不再,激情不再,理想早已模糊不清……

佛说:相由心生,境随心转。

可是,谁能知道,理想飘遥、信仰崩溃、人心浮散的时刻,要怎样收拾起残落的斗志,去修复对现实、对人性的美好向往?

千百年来,人们前赴后继,在各自昙花一现的生命历程中辗转、求索,寻求生命的真谛,解答生命的困惑,实现生命的价值……可是,当所有的生命终归寂无,在死亡的磅礴淫威之下,一切盛世繁华、荣辱兴衰都将荡然无存,谁又能告诉我们,那些在痛苦中奋斗的历程,那些个人的挣扎及发生在人与人之间的爱恨情仇、人与社会与国家间的是是非非,到底意义何在?

佛说:不可说。

或者,这世上的许多事就是这样,不可说,不可说,因为争辩无果,最终无话可说。

比如爱情,不要去探讨对错,不要去追究是非,惩恶扬善适合法律、道德和良知,不适合爱情。人心所向,各取所需,存在即合理。男人与女人的纠缠,只有适不适合,没有谁对谁错。

王阳明说:心即理。我们能做的,或者只能如三百年前的仓央嘉措那般,尽人事,听天命,在失去与得到之间思悟,然后如水载道,顺势而为。

9.以德报怨是大智大勇

毫无疑问,对于一个人心灵的历练,"爱情"是条捷径。

无论是真爱,还是借"爱情"之名的假意,爱而不得或错付柔情,都可以让人最直观、最深刻地领悟人性的善与恶。

这世上的事万变不离其宗,如果成功地参悟了人性的辩证,再看俗世间万事万物,也不过大同小异、殊途同归。

时节有更替,昼夜有黑白,万物此消彼长,人性善恶并存,这都是自然而然的事。参禅悟道就是为了弃恶扬善、趋吉避害,害人之心不可有,防人之心不可无,能做到是非分明、处变不惊、严己宽人、以德报怨,才能在红尘中游刃有余。

聪慧如仓央嘉措,因邂逅了一场错误的爱恋而修炼精进,隐迹数日,当他再次踏着皎洁的月色,出现在拉萨清风微拂的街头,他已不再是那个心无杂尘、不谙险恶的少年了。他变得比以前更洒脱、更淡定,仿佛这世间的一切都不足为奇,他走在哪里,坐在哪里,听到什么,看到什么,遇到什么,都似清风过眼,宠辱不惊。

曾经的一念繁华,终是化为一世沧桑。

再有女子主动搭讪,他微微一笑,心静如水。辩人识物,他已了然于胸、洞若观火,再不会重蹈覆辙,轻易被人诱惑牵引。

缘份需要筛选,有些人注定是生命中可有可无的过客。缘份亦有善恶,积善行德亦需要智慧,需要取舍。

夜晚中热闹的拉萨是舞台剧的背景,有人在这里当街叫卖辛苦养家,有人在这里无所用心纵情歌舞;有人在这里呼朋唤友大声喧哗,有人在这里独酌独饮一夜无话……夜色最容易让人沉醉迷失,亦让人本性尽显,人们从四面八方齐聚在一起,谁也不是谁的谁,各自按照自己的心意登台亮相,在黎明到来之前谢幕离席,下一次的夜晚,又是新的面孔、新的剧目,谁也不记得谁是谁。

可几乎这里的每个人都认识宕桑旺波,因为大多数人都为他而来,而那少数的人,早已习惯他的存在。

　　他们依然不知道他就是六世达赖喇嘛仓央嘉措,他们只知道他叫宕桑旺波。他是拉萨街头最浪漫豪放的歌者,他唱出来的诗歌总是那么至情至性、优美迷人;他是酒馆里最俊逸风流、豪气干云的饮者,"五花马,千金裘,呼儿将出换美酒,与尔同销万古愁";他亦是人群中最慈悲善良的公子,即使萍水相逢,你若有难,他便不会袖手旁观。

　　仓央嘉措用宕桑旺波之名,在人群中广结善缘,却自此不涉风月。

　　曾经沧海,除却巫山,他守着仁增旺姆给予他的纯美无私的爱恋,以为此生再也不会轻易动情。

　　仓央嘉措的生活,就这般被一场错爱掀起了片刻涟漪之后,重新恢复了平静,日出为佛,月升为客,与世无争,独步天下。

　　本以为,这样伴着禅意佛经,伴着诗情画意,静好的岁月可以一直流淌下去,可是,世事向来不喜单调乏味。

　　拉藏王子即位,向仓央嘉措和第巴桑结嘉措发出隆重的邀请。

　　与其说是邀请,不如说是示威。

　　自仓央嘉措坐床,洞悉了五世达赖早已圆寂十余年的秘密,拉藏王子等桑结嘉措的敌对势力就不淡定了。英明神武的五世达赖在位的时候,他们敢怒不敢言,如今,没有了五世达赖,桑结嘉措独揽大权,又狐假虎威地推出个六世达赖虚张声势,凭什么?

　　拉藏王子和桑结嘉措宿仇未了,又添新怨,其驻守和硕特部的父亲增达赖达汗死因蹊跷,拉藏王子思来想去,怎么都觉得父亲的死跟桑结嘉措脱不了干系,不由恨得咬牙切齿。由于父王离世,相邻部落对他和硕特部虎视眈眈,既有鼓动拉藏王子联合各部,一起反叛桑结嘉措的,也有想要侵占和硕特部以扩大权势的,西藏蒙古族上层势力因此而严重动荡,大有内讧之势。在这种情况下,拉藏王子临危受命,处理好父王的后事后,继任为拉藏汗。

　　接到邀请,桑结嘉措如坐针毡,没有人比他更清楚拉藏汗对他的敌意,也没有人比他更忌惮拉藏汗手上的两张王牌:康熙皇帝的支持和固始汗传下来的特权。

　　正是因为拉藏汗有这两张王牌,他才敢公然与他桑结嘉措叫板。

桑结嘉措有些被动,之前帮助噶尔丹谋反,康熙皇帝虽然没有追究他的罪责,但还是对他心存芥蒂。他得不到康熙的支持,手里只有仓央嘉措这一张王牌。仓央嘉措虽然深得民心,可他本身并不关心政治,也没有什么政治野心,这一点,既让桑结嘉措欣慰,又让他颇感遗憾。

最让桑结嘉措烦恼的是,拉藏汗是个心胸狭隘、刚愎自用、有仇必报的人,就因为早年他娶了他桑结嘉措爱过的女人,就对桑结嘉措怀恨在心,并十年如一日处心积虑,伺机寻仇报复。他甚至不断地怂恿其父举兵进攻,想取代格鲁派在西藏的影响,独揽政权,以泰山压顶之势威逼桑结嘉措。

原本,桑结嘉措以为,拉藏王子的父亲死了,拉藏王子会有所收敛,可现在看来,他明显低估了拉藏王子的狠毒与野心。他自其父死后,暗中加紧拉帮结派、操练兵士,势力与日俱增,已不容小觑。如今,他又继承父位,可谓一呼百应,声名大振。

如果拉藏汗的权势继续壮大下去,那后果将不堪设想。

桑结嘉措深知,他再不能轻敌了,可他该怎么和拉藏汗对抗呢?

此时的桑结嘉措后悔了。

早知今日,他就应该适当地给仓央嘉措一些权力,提高他在宗教方面的威信和行政方面的权势,让他成为独当一面的政教领袖,那样更有助于团结各方势力、收服民心,自然更有助于抵御拉藏汗的威胁。

可是,已经晚了。

前时,桑结嘉措的严防死守,已经彻底湮灭了仓央嘉措对政教的雄心壮志。仓央嘉措正如当初桑结嘉措想得那样,入世修行习惯成自然,继而乐在其中,再不关心政教之事,一心只想朝坐佛堂无所用心、夜入闹市广结善缘。他再想改变他,已是难如登天。

桑结嘉措终于尝到了聪明反被聪明误的滋味。

人生如棋,一招不慎,满盘皆输。不过,现在还没到棋毁人亡的时候,大家还在紧锣密鼓的对弈阶段。

桑结嘉措心存侥幸,他想,只要他不掉以轻心,就不必手忙脚乱。他积蓄了这么多年的权势,不是一朝一夕就能被拉藏汗分崩离析的。

现在敌我双方势均力敌,谁也不敢轻举妄动,暂且走一步看一步,鹿死谁手还未可知。

对桑结嘉措的这些担忧,仓央嘉措却无所谓。他久不涉政,自然缺少对政治问题的敏锐分析能力,他想,反正他只是个有名无实的达赖,谁当汗王,谁揽大权,都与他毫不相干,他只管例行公事,把那些无聊的应酬或法事打发了事,就万事大吉了。

仓央嘉措不知道,他和桑结嘉措早已一荣俱荣、一损俱损,拉藏王子拉拢他不成,早就把他和桑结嘉措看成了一丘之貉。拉藏王子决意继任后,就会想方设法插手格鲁派内部的事物,提议各部拥戴新的达赖喇嘛,废黜仓央嘉措。

世事纷纭果造因,错疑微似便成真。

桑结嘉措的侥幸心理和仓央嘉措无所谓的态度,为日后埋下了巨大的隐患。只是,当局者迷,谁又能未卜先知?

那天,仓央嘉措与桑结嘉措应邀一起参加了拉藏王子的继任仪式。

拉藏王子有意把仪式搞得声势浩大,比当初仓央嘉措坐床登位时还要奢华显赫。

这个野心勃勃、不可一世的家伙就像一只斗牛,为酝酿一场天昏地暗的战事而热血沸腾。他把所有能够请来的权贵都请来了,把能动用的军士力量都动用了,他要让他的情敌加政敌桑结嘉措看看,跟他拉藏汗对抗简直是不自量力;他也要让仓央嘉措看看,不识时务地拒绝他拉藏汗,是多么愚不可及。

桑结嘉措心惊于对方的势力,拉藏汗所聚集的权势超出了他的预计。当他与拉藏汗对视时,分明看到那双眼睛里满是凛冽的阴毒,桑结嘉措知道,一场蓄势已久的战争只怕避免不了了。

仓央嘉措对此却无动于衷。

仓央嘉措不听拉藏汗的怂恿,只是忠诚于自己的真心,为民众的安危着想,不愿挑起战乱,他才懒得理会拉藏汗的狗屁声势。在他看来,这些穷奢极欲的盛典,跟拉萨夜晚街头耍猴戏的没什么两样,那是权威们争权夺利、贪慕虚荣的游戏,他冷眼旁观,意兴阑珊,只盼着太阳赶紧下山,猴戏赶紧耍完,他好沐浴着星光月华,回到他俗世中的天堂。

可是,那天的仪式无比冗长,宣誓、授权、点兵、遣将、诵经、祭天、歌舞、酒宴……仓央嘉措烦不胜烦。差一点儿支持不住睡着的时候,仓央嘉措听到拉藏汗在高声叫他的名字。

"仓央嘉措!"

这个土匪竟然直呼他的名讳,而不是尊他为"佛爷"、"尊者"或者"六世"!

仓央嘉措神色一凛,眯眼看他,傲然如山。

拉藏汗的确是有心挑衅,可当他被仓央嘉措这么看着,竟莫名地心生胆怯,脸上的表情也不由讪讪地卑微起来,不由自主地改了口:"佛爷!恭请圣尊赐福!"说着,拉藏汗单膝脆地,俯下头来,等着仓央嘉措摸顶。

许久,仓央嘉措巍然屹立。

这样的人也配佛爷摸顶赐福? 仓央嘉措在思忖,身边的人们也义愤填膺。

拉藏汗的狼子野心和狂妄霸道为人所不耻,刚才竟敢以下犯下,直呼达赖名讳,单这一点,如果仓央嘉措计较起来,他就罪不可赦!

一旁的桑结嘉措连连给仓央嘉措使眼色。

光天化日,该死的拉藏汗竟然敢在众目睽睽之下公然挑衅佛爷权威,这不是自己找死是什么?只要仓央嘉措抓住这点儿事大发雷霆,不给他摸顶赐福,拉藏汗虽罪不致死,但肯定会威风扫地,沦为天下人的笑柄。

要知道,得不到佛爷赐福保佑的头领是难以服众的。

跪在地上的拉藏汗也意识到了问题的严重。他太得意忘形,也太疏忽大意了,今天可是他的继任大典,他煞费苦心地准备了好久。只要顺利继任,日后他有的是时候耍威风,为什么要在这节骨眼儿上犯糊涂呢?冒犯了佛爷,在一心信奉黄教的藏蒙人心里,可是不可饶恕的大罪。生前得不到佛爷的庇佑,死后不能进入轮回,那是会被千夫所指、万夫唾弃的。

拉藏汗腿软了，他恨不得捅自己一刀，别说仓央嘉措治他的罪，就算仓央嘉措一直这么冷眼盯着他，不给他抚顶赐福，他之前所有的努力都可能会付之东流！即使没有功亏一篑，也会元气大伤。到时候，如果桑结嘉措趁火打劫，那他拉藏汗可就死无葬身之地了！

拉藏汗冷汗如雨，双膝着地，谦卑地躬下身去，颤声为自己辩护："请佛爷宽恕弟子冒犯之罪，弟子知错，诚惶诚恐……"

众生屏息，神色各异地看向仓央嘉措。

沉默片刻，令桑结嘉措和所有人意外的，仓央嘉措上前一步，俯身伸手，神色平和地为拉藏汗抚顶赐福。

拉藏汗浑身一抖，感激涕零，他叩拜谢恩之后，抬头迎向仓央嘉措的目光，再不似先前的阴戾、不屑，那一刻，他对这位年轻的佛爷心悦诚服，因为仓央嘉措的确有佛祖宽博似海的胸襟与仁慈。

桑结嘉措很生气。仓央嘉措怎么能错过这么好的机会，让拉藏汗顺利继位了呢？难道仓央嘉措和拉藏王子暗中早有勾结？拉藏王子直呼其名，是习惯成自然，而不是有意挑衅？

桑结嘉措疑虑重重，回到宫里，忍不住质问仓央嘉措。

"拉藏汗志在必得，若不被抚顶赐福，必会更加暴戾恣睢，只怕你我不可全身而退。"仓央嘉措既不辩解，也不动怒，只这般云淡风轻地说。

一语中的，醍醐灌顶，正怒火中烧的桑结嘉措目瞪口呆，难以置信地看着仓央嘉措。

一直以来，他以为仓央嘉措书生意气、头脑简单、贪玩好耍，就算他有意栽培他，他也是个扶不起的阿斗，可没想到，关键时刻，仓央嘉措比他更冷静、睿智。

的确，当时事发突然，他桑结嘉措只抱着幸灾乐祸的心态，一心想着让拉藏汗下不来台，却忘了那是拉藏汗准备充足的继任仪式，与拉藏汗生死相依的部队军威赫赫、整装待命。他们可不管拉藏汗有没有得到抚顶赐福，是不是名正言顺地继承父位，他们只知道，拉藏汗是他们的衣食父母，是他们的天，如果拉藏汗恼羞成怒，一声令下，他的那些将士必然会大开杀戒,那他桑结嘉措哪还有命在这里质问仓央嘉措?

要知道,前去参加拉藏汗继位的人虽然各带有护卫,但到底兵力有限,如果真的打起来,敌我势力悬殊,哪还有死里逃生的可能?

桑结嘉措目送仓央嘉措玉树临风的身影翩然离去,那一刻的惊心动魄,只如天崩地裂一般,如果不是仓央嘉措胸襟似海,又怎能将一场灭顶之灾轻易化为无形?

仓央嘉措以德报怨,不费一兵一卒便抵御了拉藏汗数以万骑的铁甲雄兵,真正称得上大智大勇。而他桑结嘉措利令智昏,怎么就没想到,彼时彼刻,危险一触即发,正是他桑结嘉措防范最薄弱的时刻?

原来,不是拉藏幸运地得到了佛爷的赦免,而是他桑结嘉措幸运地得到了佛爷的救赎。

桑结嘉措心潮起伏,他知道,虽然逃过此劫,但下次恐怕就没那么幸运了。拉藏汗继位后,必然会继续招兵买马,日后还是会挑衅滋事。

如果他早知道仓央嘉措这般智慧超群,他真该在他坐床登位之后就栽培他,让他执政掌权。仓央嘉措有这般宽博的胸襟,对冒犯他的拉藏汗尚且能以德报怨,对他桑结嘉措更会感恩戴德,根本不可能因大权在握而对他赶尽杀绝。

如果这三四年来,仓央嘉措熟悉了政教庶务,以他的睿智才略,一定能够独当一面,甚至可能比五世达赖在世时更胜一筹。到时,天下归心,众志成城,他桑结嘉措又何须忌惮小小的拉藏汗?

要知道,正是因为他桑结嘉措不肯交付实权,让仓央嘉措有名无实,引起诸多不满,大失民心,才使拉藏汗胆大妄为,有了可乘之机。

天下事,果然皆有因果。

若不是他以小人之心度君子之腹,遏制、防范仓央嘉措,他又怎么会有今日的悔恨和危机?

桑结嘉措仰天长叹,相比仓央嘉措,他自愧不如,他没有他以德报怨的胸襟和智勇……

10.王者风范

那一夜,月光如水。布达拉宫静静地矗立在红山之巅,在皎洁的月色里,如神府仙都,宫阙崇伟,气势雄浑。

圆月如镜,映着那一抹临风的剪影,静伫凝思——那个少年,今夜没有出行。

八廓街的酒馆,因为少了他而意兴阑珊,姑娘们的期盼化成数声悲叹,昔日热闹的街头也早已歌歇舞散。没有他击节鼓掌,连夜风都显得凄凉惆怅。

此夜的拉萨,虽然依然灯火辉煌,却显得那般忧伤。

仓央嘉措,宕桑旺波,他到底有怎样的魅力,让整个城以他为王?当他踏月而来,便有君临天下的热闹喧腾;当他隐迹归去,天地都为之黯淡无光。

桑结嘉措在盖丹的引领下,沿着仓央嘉措月夜出行的路径,走过那些街巷,踏进那个酒馆,又坐在仓央嘉措曾饮酒的窗前。

自始至终,都没有人注意到他,也没人搭理他,人们都在谈论那个叫宕桑旺波的少年,语气热烈而亲切,眼神里写满了挂念。

他们念叨着他的名字,像谈论自己最宠溺的爱子,带着炫耀的自豪。他们说,他大口喝酒大口吃肉的样子,像极了格萨尔王。

你知道格萨尔王吗?那是神一样的存在!

他是藏族长篇史诗中正义、慈悲、智慧和勇敢的化身,是战无不胜的英雄,他身着战袍盔甲,既有威武的大将风度,又有威严的王者风范。

传说中,格萨尔王是雪域莲花生大师的化身,应天神之命,降生在一个"岭"的地方,长大后建立起慈爱与正义之国。彼时,世间魔道横行,妖魔们人面魔心,到处异化、魔变善良的凡人,以至人间弱肉强食、自相残杀,到处血流成河、民不聊生。格萨尔王勇敢地迎战群魔,所向披靡,又智慧地率领众神隐身凡间,用慈悲的爱唤醒魔变中的人,将慈悲的宝藏根植于人们的心房。

如果不是亲耳听到,桑结嘉措怎么也不相信,那个柔弱的书生模样的少年,竟然被人们比作英勇的格萨尔王,他惊讶地坐在那里,一时忘了身在何方。

他们说:

"宕桑旺波如果上了战场,会像格萨尔王一样骁勇善战。"

"没错,宕桑旺波有格萨尔王一样的慈悲心肠,又智慧超群,一定能带领我们惩恶扬善!"

"我多么想听宕桑旺波宣讲佛法经文啊!每当他宏扬佛法的时候,我总是听得热泪盈眶……"

"宕桑旺波一定是月亮之神的使者,可是为什么今夜的月亮这么圆,他却没有到场?"

"……

说着,人们怅然若失,不约而同地望向桑结嘉措所坐的地方,那目光让桑结嘉措如坐针毡。突然,有人认出了盖丹,他们惊喜地叫喊,围过来询问宕桑旺波的去向。

"他在他的王宫,正在清洗他的月亮。"盖丹急中生智,顺应人们的想象,切实地神化那个少年。

说出这句话的盖丹,神情是那般虔诚,语气是那般中肯,丝毫不像在说谎,真的,他自己都认定他没有说谎。

仓央嘉措的慈悲和善良、智慧和勇敢,真的和格萨尔王一样,即使他没有东征西战,但他所做的事都像天方夜谭,如果不是他天生神勇,又怎么会在短短时间里攻占人们的心,让人们如此挂念,如此赞扬?

人们如释重负,再次展开笑颜。

谁都没在意,伟大的第巴大人神色凄惶。

从酒馆里慢慢往回走,桑结嘉措有些脚步蹒跚。

到此为止,他桑结嘉措独揽西藏政教大权近二十年,经风历雨,煞费苦心,自忖硕果累累、事业有成。可就在这晚,他骤然发现,自己远不如那个不管政事、离经叛道的少年。

简直岂有此理,可莫名其妙地,连他自己也不由得对那少年心悦诚服。

桑结嘉措一边郁闷,一边百思不得其解,他慢慢走,慢慢想,纷乱的思绪一时理不清。

仓央嘉措,这个他一手塑造出来的六世达赖,他到底有什么过人之处,能在这么短的时间里令拉萨倾城?人们并不知道他贵为六世达赖,却已经如此顶礼膜拜,甚至把他想象成神祉,把他与格萨尔王相提并论。如果人们知道了他就是雪域最高的佛主,又会怎样?是会更加崇尚膜拜,还是会对他指责谩骂?毕竟,他违犯禁忌,犯了那么多不可饶恕的过错。

"盖丹,如果这些人知道他就是佛爷,会怎样待他?"

想不出答案,桑结嘉措就忍不住问盖丹。

"尊敬的第巴拉,恕盖丹直言,如果人们知道他就是佛爷,只会更崇敬爱戴他。他真如格萨尔王一样,是在凡间流浪的活佛,以慈悲普度众生,他做到了。他与众生同喜同悲、同甘共苦,除了格萨尔王,没有哪位佛爷像他一样亲近随和。"盖丹躬身答复,小心翼翼地看着第巴的脸色。

桑结嘉措不再说话,他毫不怀疑盖丹的回答。众生对宕桑旺波的推崇已经到了神化和痴迷的地步,那么,无论他是仓央嘉措还是宕桑旺波,无论他是流浪的诗人还是尊贵的活佛,众生都不会动摇他在他们心中的地位。

因为,在不知不觉之中,那个大智大勇的少年,已不动声色地用慈悲感化了众生,包括他桑结嘉措在内。他不得不承认,那个注定会惊世骇俗的少年,与生俱来有种王者之风。

他桑结嘉措曾处心积虑地雪藏他,试图掩盖他绝世的光华,但到底还是失败了。光是仓央嘉措的那些深情美丽、灵气洋溢的诗句,就足以让他牵动世人心底最温柔的情感。

仓央嘉措的确是个神奇的存在,他身上有那么多的不可思议。他是在僻远村庄里长大的顽童,虽然被定为转世灵童之后,间或被送去巴桑寺学经,可那落后鄙俗的乡野山村、那枯燥乏味的经文佛说是如何赋予了他那么灵动的诗才的?还有,他这本该六根清净的活佛只不过才十八岁,怎么会对世事有那么深刻的感悟?难道真有不死之身,活过千秋万代,早已堪破万象、佛根深厚?

如果是那样,那他桑结嘉措做了多么愚蠢的事,犯了多么可怕的错啊?

桑结嘉措不由自主地忏悔。

自仓央嘉措坐床以来,他一直矛盾重重,一面嫉妒仓央嘉措的好运气和聪颖的天资,一边又利用仓央嘉措当挡箭牌。为了更好地控制他,他总是想方设法地禁锢他,直到他忍无可忍,提出抗议……

桑结嘉措的眼前,再次浮现出仓央嘉措神情激动的面庞,那是他唯一一次对他怒气冲冲,他清楚地记得他当时质问他的每一句话,至今想起,都余威不减。

"第巴拉,我还是六世达赖吗?你让我枯坐在这斗室之中,终日阅读经书,几乎与世隔绝。我已经烦透了这样无聊的日子,几乎烦得要生病了,你真的认为这样对我有好处吗?我并不想跟你夺权争势,如果我真的想,前时拉藏王子来拜见我,我就不会那样打发他了,我也希望像五世达赖一样为众生谋福,所以不愿意挑起战端残害生灵。可是,第巴拉,身为六世达赖,难道我连让人送几件衣服给故人都不行吗?我连出去散散心的权利都没有吗?"

那是仓央嘉措在被禁锢了三年,年满十八岁,他桑结嘉措应该交还政教大权的时候,对他发出的质问。

那个孩子从来没有和他争权夺利,明明很委屈,却从来没有因为得不到应有的权势而敌对他、憎恨他,反而一直忍让,连拉藏汗居心叵测地拉拢他,他都坚持站在他第巴拉一边,和他一起护佑众生,他问他要的,只是深夜出行的小小自由……

在拉藏汗继位那天,如果仓央嘉措对他第巴拉稍微狠心一点,就可以利用拉藏汗对他的敌意,顺水推舟地挑起拉藏汗的愤怒,让他身首异处,死于非命。可是仓央嘉措没有,他那般理智清醒,那般睿智果断,不顾他百般暗示阻挠,以德报怨地为拉藏汗抚顶赐福,救他于危难之中。

回到宫中,面对他利令智昏的责问,仓央嘉措仍然大肚能容。他到底拥有怎样一颗大慈大悲的心,才能那般宽容地对待他第巴拉啊!

这世上,再没有第二个人像他第巴拉一样为难过他了。他毁了他正常的生活,破坏了他纯美的爱情,侵占着他应得的政教大权,还限制他、苛责他、嫉妒他、防范他……

想到这里,桑结嘉措老泪纵横,不由脚步踉跄。

如果说慈悲,仓央嘉措对任何人的慈悲,都远不及给他桑结嘉措的慈悲多。

只是,自诩雄才伟略、聪敏过人的他明白得太晚了……

原来,王者之风,不是拥有无上的权力,不是威严不可侵犯,不是作威作福、虚张声势,而是慈悲为怀,体恤民心。

仓央嘉措的情诗诚然纯美轻灵,可被民众广为传唱的原因,还是在于诗中的深情和慈悲。喜怒笑骂信手拈来,所有的诗行里都洋溢着生命的喜悦和活力,以及对人间真善美的渴望与追求,而这对生命的感恩之情、寻真之意,正是大慈大悲的源泉。

仓央嘉措在隐居闹市的日子里,与拉萨民众打成一片,从不因身居尊位而气焰嚣张,从不因腰缠万贯而飞扬跋扈,他雪中送炭、扶危济困,他到底做过多少好事,才能赢得那么多人的心?他的慈悲,已经成功地降妖除魔,让人们学会了互相帮助、互相温暖,执著地追求爱情和幸福……

桑结嘉措既欣慰又愧疚,他欣慰的是,他无意中为藏民们推举了这样一位六世达赖喇嘛;愧疚的是,他束缚了仓央嘉措的作为。他有不祥的预感,日后,他必定要为自己的罪过付出沉重的代价。

可是,此时此刻,桑结嘉措已然决定,无论以后遇到怎样的危险,他都会誓死保护仓央嘉措的安危,一如最忠实的信徒护卫他的佛主。

回到布达拉宫时,已是午夜。

往常这个时候,仓央嘉措如果不是在外面闲游,便是已经熟睡了。

可是今夜,当桑结嘉措和盖丹回来的时候,仓央嘉措却还站在那里仰望苍穹，俊秀挺拔的身影在夜风中衣袂翩然。

看着仓央嘉措站在窗前身影，不知为何，桑结嘉措突然间濡湿了双眼。他轻轻冲着盖丹挥了挥手，示意他悄然退下，而他，则站在那里，看着仓央嘉措，许久没有开口。

少年的背影颀长消瘦，如劲竹临风，傲骨峥峥。

不知不觉，仿佛挥指之间，一个三岁的顽童，就已长成了眼前英挺的少年。

时光有痕，岁月无欺，如果重来一遍，能够改写他与这少年的缘迹，他又将如何待他？

恍惚记得，那年那天，仓央嘉措三岁，抑或四岁？还是粉嫩嫩的娃子，第一次出现在他面前，那是江阳扎巴找到转世灵童，回宫汇报之后不久，他命人秘密把他接来宫里。

小小的孩童转动着机灵的大眼睛，好奇地四下打量，不哭不闹，被众僧拥簇着，在偌大的宫中巡游。当时，他就跟在小娃儿的身后，俯视他小小的身躯一摇一摆一扭地挪着碎小的步履，慢腾腾地往前走。有那么一刻，他想把他抱在怀里，迈开大步替他走完长长的廊道，可他没有，就那么看着小娃儿一步步挪过去挪过来。结果，僧人们都累得气喘吁吁，小娃儿却意犹未尽。那时，他就惊诧，在那小小的躯体里，到底藏着怎样的耐力和好奇，支撑着那么小的孩子坚持走了那么久，仍然不哭也不闹。

然后，十多年不见，再见，他已是十五岁的翩翩少年。

桑结嘉措当时腹背受敌、生死攸关，当他看到长成少年的仓央嘉措，竟然在他与年龄极不相符的沉稳目光中，平息了躁动许久的心绪。只是，那时，他只把这少年当作救命的稻草和那个谎言的借口，丝毫没有把他放在眼里，自私而残忍地禁锢他的自由，而后又逼走了他痴爱的姑娘……

又四年，他长成了眼前这个人。

这四年里发生了些什么？

琐碎的俗事，回想起来总是让人烦恼。

也许是他真的老了，这一刻，桑结嘉措几乎想不起这四年间发生的任何事，只记得这孩子对他发了一次火，然后和他一起去参加拉藏汗的继位大典。

四年的时间真的很短暂，可在这四年里，他和他早已是密不可分的战友。不管他愿不愿意承认，终究，他都是他的王，他的佛主，至高无上的六世达赖喇嘛。

无论他第巴曾经对他多么苛刻，他还是选择了陪在他身边，不离不弃。虽然，他有很多个获得自由的夜晚，可以偷偷卷些财宝逃离，还俗为世间最自由、最浪漫的诗人，找个山清水秀的地方，找个心爱的姑娘，过逍遥快乐的日子；或者投奔拉藏汗，与之达成协议，逼迫他第巴交出实权，从此实至名归，不再做他的傀儡……但他始终没有。

若不是今夜出行，也许他永远都不会知道，仓央嘉措已经成为了民众的信仰，无论是想逃离他还是要背弃他，于他而言都易如反掌，可他一直选择宽容、仁慈与陪伴。

他，仓央嘉措，其实是上天对他桑结嘉措最大的恩赐，它派他来，拯救他的性命，而后救赎他的灵魂！

桑结嘉措深深垂下头去，恭敬地跪拜。

有生以来，除了五世达赖，他第一次这般谦卑，他老泪纵横，声音哽咽："佛爷，夜深了，您该安歇了。"

仓央嘉措闻声转身，看着跪拜在地上的桑结嘉措，刚要上前搀扶，最终却生生停了手，顿了顿，轻轻点头，转身离去……

仓央嘉措是有话要对他说的，他想要说什么，他已明了。他想叮嘱他小心拉藏汗，想告诉他，他们要做好同生共死的准备。只是，仓央嘉措也知道，他想说什么，他懂；而他为什么突然跪拜、请安，仓央嘉措也懂。不忍违背他的心意，所以，他没有搀扶他。

士为知己者死！其实，他早该知道，当命运把他们紧紧拴在一起时，他就该珍惜他、敬重他，可他实在是愚钝，至今才明白，他于他，是战友，是亲人，是知己，更是王者。

桑结嘉措转头望着仓央嘉措裹着月华佛光的背影，久久失神……

第四章

风流浪荡的诗人

1.学会为自己举杯

天刚蒙蒙亮,太阳还未升起。

朝霞诡异的血红,浸染了布达拉宫金黄的殿檐,竟返现出沉闷、晦暗的黑红,如鲜血凝固结痂,远远看去,触目惊心。

四周静得出奇,似乎有粘腻的潮水在悄无声息地蔓延,这种压抑的感觉让桑结嘉措胸闷气短。

他惶然四顾,却发现身处一片旷野,齐膝深的野草正疯狂地扭曲着,拼命往上蹿长,似乎要织成天罗地网,把他牢牢锁住。

桑结嘉措大惊失色,正想逃离,突然间,背后杀声震天。

他听到有人哭喊:"第巴拉,拉藏汗追来了!"

桑结嘉措回头一看,果然,拉藏汗骑着骠悍的骏马,凶神恶煞地率领千军万马,像潮水一样从四面八方包抄过来。

桑结嘉措的心如高山坠石,狠狠砸落到底,死亡的阴影迅速逼近,他手足无措地站在那里,呆若木鸡。

原野的风劲猛地刮过,密林般遮天蔽日的战旗猎猎作响,腾腾杀气袭卷而来，天地之为色变。

突然，拉藏汗一声令下，疾风骤雨般的箭矢铺天盖地地压下，桑结嘉措只能坐以待毙。

说时迟，那时快，天地间银光大炽！

野草以肉眼看得见的速度疾速萎缩，拉藏汗的精兵强将戛然止步，麻蜂般的箭矢在半空凝滞。

就见仓央嘉措身着一袭白袍，从布达拉宫厚重的殿门中缓步走来，神色哀伤凝重。他径直走到离拉藏汗的铁骑不足百米的地方停下，背对着桑结嘉措，却正好挡在了他的面前。

所有的人都屏气凝神、目瞪口呆，唯有桑结嘉措喜极而泣。

可乐极生悲，桑结嘉措正庆幸，就见康熙皇帝从拉藏王子身后闪身而出，指着他和仓央嘉措呵斥："你纵容六世放浪形骸、不守规戒，尔等罪该当诛！"

天子震怒，纵是仓央嘉措也无力回天，瞬间，利箭穿空而来……

"啊！"桑结嘉措大汗淋漓地从噩梦中惊醒，梦境犹新，如临其境，他喘息着，心神不定。

这样的梦境越来越频繁地惊扰他，每次，他都在生死一线的时候被吓醒。

他知道，梦由心生，这是因为随着拉藏汗的崛起，那种潜意识里的恐惧越来越强烈。本来，他有仓央嘉措，拉藏汗就算强大也不敢妄动，可现在最让他忧心的是，狡猾阴险的拉藏汗盯紧了仓央嘉措，如果让他抓到了仓央嘉措的把柄，回头向康熙皇帝进献谗言，那么，康熙皇帝一定会降罪谴责他和仓央嘉措，那时，他和仓央嘉措必将无处可逃，一如梦里所见。

桑结嘉措忧心如焚，看向外面仍然暗黑的夜色，沉沉地叹息……

宿命，真像是一场阴差阳错的游戏。

它最让人感到无奈的是，回头看时，发现当初的自以为是几乎错成了定局，而前路未卜，即使想峰回路转，也已无力回天。

就像山间奔流的溪水，当它还是涓涓细流的时候，阻断它易如反掌;可当它汇聚成声势浩大的瀑布,从悬崖上飞流而下时,再想要截支断流,就没那么容易了。

随着拉藏汗势力的迅速壮大,桑结嘉措越来越惶恐不安,可即便他如今想把权势归还仓央嘉措,也为时已晚。他长期以来的独断专行,已经引起了权贵们诸多不满,拉藏汗趁机以"清君侧"之名,暗中拉拢了许多原本就与他貌合神离的人,他桑结嘉措已经陷入了危机四伏、众叛亲离的境地。

唯一让桑结嘉措感到安慰的是,仓央嘉措深得民心,虽然他并没有严守清规戒律,终日端坐高堂宣经弘法,但他自有他独到的魅力,不动声色间,就赢了僧俗们的敬重与膜拜。有康熙皇帝亲笔御赐的授带,六世达赖喇嘛的威严神圣不可侵犯。如果寻不到仓央嘉措的错处,拉藏汗再如何兴风作浪,也不足为惧。

眼下,桑结嘉措对这个年轻、孤傲的六世达赖喇嘛又敬又爱又惧又忧。敬爱的自然是他胸襟宽博,不与他争权夺利且礼让三分;惧的是,仓央嘉措对他的情感中多少有些怨怼,他怕自己处置不当,会让仓央嘉措加深对他的怨憎,有朝一日使他无所依傍;忧的是,仓央嘉措憧憬自由与爱情,经常深夜出行,眼下暂且能避人耳目,他与他在这件事上也相安无事,可以后会不会泄露秘密,被拉藏汗抓住把柄?

糟糕的是,他桑结嘉措不能禁止仓央嘉措出行。

正是从他应允了仓央嘉措晚上可以出去开始,他和仓央嘉措关系才得以缓和。如果他出尔反尔,已经乐在其中的仓央嘉措非跟他闹翻不可,那时,他可就连这最后一根救命稻草也丢掉了。

唉!真是人算不如天算,早知道会陷入现在这样进退两难的境地,他真该早些把仓央嘉措培养扶持成像五世达赖喇嘛那样雄才大略的人,那样,他就可以高枕无忧、乐享天年了。

到底是什么让他一直执迷不悟?是对权势的贪婪、留恋和恐惧。

那些一心想往上爬得更高的人,很多时候都是身不由己。若不爬得更高,站得更稳,前时敌对的人很可能利用他们手中的权势毁灭他。那种对失败的恐惧,连同对高位的向往,驱使着在官场上角逐的人们不计代价地图谋,为的就是那高高在上的尊荣与安全感。

是的,安全感,那是比尊荣更要紧的所在。身在仕途,退一步,并非可以海阔天空,更大的可能是,这一步之差,就是天上人间,更可怕的是,退一步,便死无葬身之地。

桑结嘉措曾经恐惧的,就是那种被群起而攻之的落败。

可现在看来,那样的落败,虽然被他费尽心机地推迟了许多年,但如果他不小心应对,到底还是会降临……

拉藏汗!这个人简直就是他的天敌,不把他碎尸万段,不足以泄他桑结嘉措之愤!

桑结嘉措做好了打算,如果拉藏汗不知收敛,他一定给他好看!

就在桑结嘉措这般顾虑重重的时候,亲信来报,仓央嘉措,他们伟大尊贵的六世达赖喇嘛大人兴建好了龙王潭,竟然在龙王潭聚众淫乐!

桑结嘉措一听,差点儿没晕过去,真是怕什么来什么,仓央嘉措怎么就不能给他省点心呢？这样下去,拉藏汗想不知道都难!

龙王潭,布达拉宫所坐落的红山脚下,一处依山而建、风景如诗如画的人间仙境。

当初,五世达赖喇嘛重建布达拉宫,因修建宫殿所需,命人从红山脚下大量取土,因而形成了巨大的潭坑,潭坑的中央因多石少土,未被采挖,而自成孤岛。后来,日久天长,潭坑蓄积了地下水和从山上汇聚的分流,渐渐形成规模宏大的潭水坑,中间的孤岛上,更是草木葱茏、妙境天成。

因此潭处于圣殿附近, 又有人说曾看到潭水中有龙样的圣物,所以,人们给这里起了个祥瑞的名字:龙王潭。

在桑结嘉措主持修建红宫的时候,因这龙王潭周围有碍观瞻,便令人进行了简单的修楫,将潭水圈起筑堤建坝,又建造了些亭台楼阁以供行者小憩。

没想到,前些日子,仓央嘉措一反常态,问桑结嘉措要了不少银钱,说是要重建龙王潭。桑结嘉措想,难得他突发其想要干点儿正事,没多想就应允了。仓央嘉措欢天喜地地去了,竟然真的召人兴土动木,不多久,便已初具规模,亭台轩榭布局精巧,花草树木掩映成趣,身临其境,如在画中行。

仓央嘉措甚至从中心的孤岛引出了一座五孔石桥,连纵于孤岛与陆地,一眼看去如长虹卧波、威龙饮涧,着实美不胜收。

桑结嘉措怎么都没想到仓央嘉措有这样的奇思妙想,能把龙王潭兴建得这般别出匠心,正为此而感到欣慰,没想到,竟然听说仓央嘉措在龙王潭上胡作非为。

桑结嘉措坐不住了,当即就前往一探究竟。

彼时,仓央嘉措正坐在许多俊男靓女中间,如仙界中人,说不出的自在逍遥。

看着自己亲手整修的龙王潭如此美妙,仓央嘉措有说不出的喜悦。纵是看破红尘、清心寡欲,但谁不希望自己有所作为?这龙王潭是他在这人世间留下的触手可及的梦境,身处其中,与这些同样年轻、朝气蓬勃的人们在一起,纵情歌舞,饮酒作诗,再不必深夜潜形,再不必相思成郁,多好!

人世修行,知道怎样的生活是快乐的,才能知道应该追寻什么样的生活;知道怎样的情感是真纯美好的,才能知道应该追寻怎样的情感。如若不然,终日孤身独影,端坐高堂,空讲圆满妙境,岂不是痴人说梦?

仓央嘉措举杯豪饮、洒脱不羁,为他所深爱的俗世生活而沉醉……

桑结嘉措站在绿树浓荫之中,看那少年把酒临风、宠辱皆忘,英俊的脸上焕发着耀眼的光彩,他本来被怒火燃烧的心顿时被一种说不清道不明的情愫环萦,再想冲过去阻止呵责,却发现已是举步维艰。

那是多么美好的一幅画面啊!

潭水回波倒影,拱桥静卧如龙,岛上松柏顾盼,石间悬泉飞漱,更有那蜂舞蝶戏于花间,莺声燕语于林中,动静之中,万物盎然、天地生辉。就在这样美若仙境的背景之中,那些载歌载舞的年轻人们,衣袂翩然、笑颊粲然，欢声笑语伴着空气中馥郁的花香弥漫开去，引来潭中游鱼无数，忽翕左右，追逐相戏……

而那个少年，于万人丛中，拈花一笑，灿烂的笑容里，还藏着些许隐忍的忧伤。更多的时候，他就坐在那里，唇角微启、自斟自饮，时而举杯助兴，时而踏歌击掌，那般卓然出尘、浑然忘我，仿佛这本来就是他的国、他的生活，他是绝对的王、绝对的主宰。

欲界仙都，俗尘美境；物华天宝，人杰地灵！

那一刻，桑结嘉措悠然神往。

纵是他手握重权雄势，纵是他笑傲凡尘，但他从来没有拥有过仓央嘉措此时此刻的快乐，那种放浪形骸、无所顾及、天上人间唯我独尊的快乐。

忍辱负重、苦心修行，为求得来世的圆满，可那来世的圆满看不到摸不着，完全靠虚幻的构想来唯美，而这俗世中切切实实的快乐，却如此近在眼前、触手可及。即便是那来世的圆满，未必也有眼前这般的无忧无虑、尽情欢畅。而如果能活在当下，即时起兴，享此美境，又何必要磨心炼性、苦度时日地去修炼那来世的圆满呢？

桑结嘉措全然忘了，自己是来兴师问罪的。

他失神地看着那快乐的人群，看着那人群中怡然自乐的少年，他迷茫复困惑、羡慕且失落，那样闪耀的青春，那样极致的放松，那样无惧的气魄，那样纯美的笑容，都是这世上的珍奇，一朝拥有，此生无憾！

可是，他这一生注定与这样的快乐无缘。那么，现在他要做什么？是去大发雷霆，驱散这些忘乎所以的年轻人，把仓央嘉措拉回去禁锢起来，让他重新孤单地背那些枯燥的佛经史籍，还是悄然离去，成全那个心事凄楚的少年所剩无几的良辰美意？

桑结嘉措怅然长叹，如果他不加阻止，一旦让拉藏汗知道，那他和仓央嘉措可就前路难卜、性命堪忧了；如果他加以阻止……连他自己都觉得对仓央嘉措太过苛刻残忍。

又是左右为难。

好在，这龙王潭地处僻静，不若闹市引人注意。仓央嘉措又是隐姓埋名，他自己不说，没有人知道他尊贵的身份，如果只是这般和年轻人们聚在一起唱歌跳舞、饮酒作诗，似乎也没必要小题大做。

那么，就暂且静观其变吧，日后再找个合适的机会规劝仓央嘉措。

桑结嘉措思来想去，最终，还是转身离开了……

于是，龙王潭上，歌舞升平，通宵达旦。

没有人知道，这煊赫显耀、花团锦簇的潭中小岛是宕桑旺波的手笔，他们只以为，他和他们一样，是意外发现了这静美绝尘的地方。因为四面环潭，拱桥连着陆地的一边又有绿树浓荫，使得这里成了几乎与世隔绝的桃源仙境，无论他们怎样尽情挥洒，也不会有人来打扰他们的雅兴。

仓央嘉措在人群中，感觉如脱笼的鸟儿一样身心舒畅。许久以来，他只能在深夜出行，虽然也会在拉萨的街头巷尾找到快乐，可暗夜里的快乐到底是有限的，也是压抑的，完全不如这般，在晴天朗日之下，依山临水，对酒当歌。

这样的快乐，如红梅凌寒吐艳、傲雪留香，勇敢、热烈、狂放，那般无拘无束、无惧无畏，那是生命最本真的渴望，一切的负累、一切的琐碎，都已化影成尘，尽随飞散！

金戈铁马，群王争霸，赢了秋冬，误了春夏，谁管世间纷争巨变，都付于残酒落花！杯中酒、景中情、心中歌、乐中舞，只问消此永昼，夜宿谁家？

若这世上没有剥削，没有压迫，没有战争，人人自由、平等、快乐，就如此时的龙王潭，众人相敬如宾，独居一隅，与世无争，清酒淡茶，超然豁达，这天下该是怎样一副盛世美景？

可放眼天下，秀丽山川枉自嗟叹，黄土埋忠骨，封疆列国殇，沧海桑田尽血染，帝王将相皆前尘！谁都厌倦纷争，可谁都逃不脱纷争，人心旋起欲望的漩涡，飞沙走石，天昏地暗，古往今来，尘世间永无宁日！

就算他执此善念，主持兴建这琼楼玉宇，暂做避世之所，又怎么能真正逃离于权势争战之外？

拉藏汗，那个被嫉恨烧红了眼的赌徒，他不可能偃旗息鼓、善罢干休。从他拒绝他的拉拢开始，他就知道，他和桑结嘉措一起，成为了拉藏汗的心头之恨。而那天在拉藏汗的继任大典上，拉藏汗直呼其名，已完全暴露了自己的野心，虽然后来拉藏汗俯首认错，但他知道，那并非出自真心。

仓央嘉措明察秋毫，那天的拉藏汗，激火是真，认错是假。

拉藏汗打好了算盘，做足了戏分。先是不小心叫错了六世达赖的名讳，虽然后来"诚心"忏悔，可若佛爷做不到大肚能容，他不仅得不到佛爷摸顶赐福，还会被逼得"颜面无存"、"走投无路"，这时，自然要为活命而绝地反击。

到时候，乱军之中，刀枪无眼，就算是他仓央嘉措和第巴桑结嘉措死于非命，拉藏汗也可以向康熙皇帝说是无心之过。

以言语之失引发血光之灾，然后出其不意，攻其不备，这是多么细密周详、阴狠毒辣的计谋啊！这样的拉藏汗，连信仰都可以颠覆，连良知都可以泯灭，他还有什么是做不出来的？

只是，那天的拉藏汗没想到，即使桑结嘉措百般怂恿，他仓央嘉措还是平心静气地给他摸顶赐福了。

躲过了一劫，却难保一世平安，该来的，早晚都会来……

仓央嘉措虽青春年少，可他早已不惧生死。从得知他心爱的姑娘被逼无奈、远嫁他乡开始，他就已经意兴阑珊，活着，只是想要以微薄之力，保护族人，帮藏民们暂避战端。

即使生命苦短，他也要活得其所，在有生之年，做他想做之事，爱他想爱之人。

仓央嘉措临水照影，对影举杯——人，无论身处何时、何地、何境，都要学会为自己举杯。

2.酒为知音,诗为红颜

杯中岁月,诗里乾坤,最是韶光易逝。

激战前的宁静时光格外珍贵,需用一种来不及挽留的心情,把分分秒秒酝酿成醇香的美酒,屏息饮下,任它回味悠长、余香不散,以慰今生,以寄来世。

仓央嘉措知道,拉藏汗和桑结嘉措的对战是早晚的事,而他于情于理,都会站在桑结嘉措的一边,或生或死,他都只能听从命运的安排。

尊贵的六世达赖喇嘛,这到底只是一个代表尊位的虚名,他还是他,一个为爱而不得而积郁、因壮志难酬而羸弱的少年。他没有传说中佛爷的神通,无法主宰自己与众生的命运,更无力缓和拉藏汗和桑结嘉措的矛盾,将一触即发的战势消弭于无形。

他能做的,就是在这龙王潭上,做他的酒中仙、诗中客。

上善若水,水的功德之一便是可以酿酒,酿出这辛辣却令人迷醉的液体,一经入口,身轻如燕,浮生若梦,再多烦忧,也都化粉成糜。

不知从何时起,他恋上了喝酒,从起初的小酌微饮,到后来的豪气干云,仓央嘉措越来越觉得,在他萧瑟孤寂的生命里,酒为知音,诗为红颜。

仁者乐山,智者乐水,然,无论仁者智者,古来圣贤皆寂寞,惟有饮者留其名。乐山乐水之际,仰观宇宙,俯察品类,畅叙幽情,慨叹世态,都离不得这杯中之物。一觞一咏,酒中乾坤,诗中情致,才不负这仁山智水、这佳期良辰。

淡酒盈樽,低眉信手,落花菩提,尽日烟霞。仓央嘉措疏懒含笑,倚石听箫,抬眸间却不由微怔——那绿荫叠翠的亭台之上,谁在御风起舞?

翩若惊鸿,婉若游龙,皎若朝阳,灼若芙蕖,以轻云蔽月之态、流风回雪之姿,欢腾旋转,婉转低回,时而如孔雀高视阔步,时而如麋鹿疾走惊跃,无不形容尽致、尽态极妍……

那个女子,一如水中仙子、林中精灵,珠缨炫转之间,花鬘斗薮、倾国倾城。

　　但觉沉静的心湖猛然一颤，如明月入怀、清风过眼，骤然间悸动翩跹。仓央嘉措端杯的手滞在唇边，一时分不清，此时梦里还是梦外……

　　彼时，夕日缱绻，晚霞织锦，岛上一片祥瑞之色。

　　静谧的人群中央，那个女子身着霓裳纱衣，浑然忘我地尽情歌舞，所有的人都为之屏息凝神。

　　碧波荡漾的清潭倒影着她的身影，一上一下，如月下飞仙对影顾盼，那无法形容的灵动妙曼，让仓央嘉措心动神迁……

　　曾以为，这世上只有仁增旺姆能跳出那般惊为天人的舞蹈，在天地之间，在辽阔无垠的草原上，她围着他，如轻风拂柳，如花开瓣颤，无拘无束地舞动，明眸善睐，唇齿含情。她的笑容让他迷醉，她的舞姿令他折服，在她歌歇舞停之际，他总是忍不住揽着她纤细的腰肢，俯下头去亲吻她因轻喘而颤动的红唇，印证梦境成真……

　　仓央嘉措情不自禁地起身，穿花拂柳，径直走向那从梦境中走出的女子……

　　如果，在这莽远的时空中，他的一生注定只能如烟花一瞬；在他如烟花一瞬的生命里，他的爱情注定只能惊鸿一掠，他愿意循着仁增旺姆的余香幻影而去，哪怕邂逅的不过是碎梦一抹，他亦义无反顾。

　　那个旋舞的身影，纱衣婆娑，皓色绰约，明明近在咫尺，却又翩然欲飞，顷刻便于千里之外。仓央嘉措醉眼迷蒙，却步态轻稳，迟疑地伸过手去，如怕碰碎瑰丽的梦境。

　　女子云发如瀑，随风拂荡，轻柔地抚过他的面庞。他愣愣站定，站在那里痴望如松，她骤然转身，惊见他，却只嫣然一笑，不躲不闪，顺势投怀，纤柔的腰肢倚托着他的手臂往后仰下，如花散蕊，如蝶栖枝，刹那间，万籁俱寂，温香如酥……

　　就这般，一段新的爱恋开始了。

　　她的名字叫达娃卓玛，能歌善舞的琼结女子。

她早就注意到了人群之中的仓央嘉措，这个俊雅高贵的男子，举手投足间风流无限，令她心怡。只是，姑娘的心事小心地藏匿着，生怕不经意的泄露惹来他的轻视。

然而，许是天亦有情，有时也好成人之美，她没想到，她惊鸿一舞，竟得到了他的青睐与怜惜，四目交接的瞬间，她醉倒在他浓情深邃的眼波里……

姑娘美貌出众，
茶酒享用齐全；
即使死了成神，
也得将她爱恋。

只要姑娘在世，
酒是不会完的；
青年终身的依托，
当可选在这里。

仓央嘉措情不自禁地陷入了爱恋，他不想纠结于自己对达娃卓玛的感觉到底是缘于酒后的迷醉，还是这女子跳舞时的样子像极了仁增旺姆，当她眸光如水地望着他，腰肢轻软地倚他憩舞时，他便决意与她厮守。

可是，世上事不如意者十之八九，达娃卓玛是个有过丈夫的女子，虽然她温良柔善、歌舞出众，可她艳名在外，声名狼藉。

这些，仓央嘉措都不在意，只要她喜欢他，他也欣赏她，自此之后诚心相对，什么前尘往事，什么是非对错，都将付于时光的断垣残壁，与他毫不相干。

仓央嘉措和达娃卓玛开始在龙王潭上形影不离，时常，他歌她舞，她斟他饮，两情依依，旁若无人。

消息很快就传到了第巴桑结嘉措那里。

桑结嘉措恨铁不成钢，这个仓央嘉措真是不让人省心，光喝酒玩乐还不知足，偏偏要与女人眉来眼去，还是个结过婚的女人。这种女人简直就是惹是生非的妖精，不用等着拉藏汗明察暗访，光是这女人自己，就可能把仓央嘉措给毁了。

桑结嘉措不能袖手旁观，他不能拿着自己和仓央嘉措的命开玩笑。他当机立断，立刻派人把达娃卓玛与仓央嘉措隔离开来。

达娃卓玛并不知道她犯了什么错，竟然触犯了伟大的第巴大人。她诚惶诚恐地被人送到遥远的山村，得了一笔钱，领命嫁给了一位樵夫。虽然情不愿心不甘，但事到如今，也只好唯命是从，她没有胆量与第巴大人对抗，甚至连质问的勇气都没有。

桑结嘉措在处理达娃卓玛这件事上做得干净利落，处理完这件事后，桑结嘉措不露声色，在仓央嘉措面前只字不提。

仓央嘉措再去龙王潭时，已经找不到达娃卓玛了。

开始，他以为达娃卓玛家里有事，暂时不能来。可是，一天，两天，这女人就像人间蒸发了一样，从此销声匿迹。

仓央嘉措觉得不对劲，跑去问桑结嘉措，但桑结嘉措佯装不知，将一切推得一干二净。

此时非彼时，谁会为了一个不相干的女人得罪六世达赖喇嘛？他桑结嘉措好不容易能和仓央嘉措同仇敌忾，正值内忧外患的时候，他怎么可能告诉仓央嘉措，他再次把他的女人给打发了？

仓央嘉措在桑结嘉措这里问不出究竟，也没有办法证明就是桑结嘉措捣的鬼，一时无计可施，又找人打听了许久，但达娃卓玛还是音讯全无。

仓央嘉措怅然若失，却也无可奈何。

再看到琼结姑娘，仓央嘉措有感而发，写下了这样相思的诗行：

请不要再说琼结琼结，

它让我想起达娃卓玛，

达娃卓玛,我心中的恋人,

难忘你仙女般的姿容,

更难忘你迷人心魄的眼睛。

可是,无论仓央嘉措怎样难忘她迷人心魄的眼睛,达娃卓玛都不会再出现在龙王潭上,尽情唱歌跳舞,陪他饮酒作乐了。

仓央嘉措还没有从邂逅达娃卓玛的喜悦中回过神来,他们这段感情便在桑结嘉措的神威之下夭折了。虽然桑结嘉措不认账,但思来想去,仓央嘉措还是觉得,这必然是桑结嘉措横加干涉的结果。

即使这样,仓央嘉措也没有再去找桑结嘉措兴师问罪。他心里很清楚,桑结嘉措也是万不得已,毕竟,非常时刻,桑结嘉措承担的压力比他这有名无实的达赖要多得多。

所以,他除了沉默、隐忍,别无选择。

爱情,总是在刚开始彼此新鲜感正浓,还未曾互相交付身心的时候,最为痴迷。这时,若是生生戛然而止,则最是伤神。

找不到达娃卓玛,仓央嘉措再来龙王潭,便觉得索然无味。

境由心生,实在是一件无可奈何的事。

不曾结识达娃卓玛时,他心中了无牵挂,在这龙王潭赏景怡情,只觉得快乐惬意;现在,没有达娃卓玛,龙王潭的风景少了最精彩的颜色,让仓央嘉措失魂落魄,再处于喧哗的人群之中,便莫名觉得烦闷,以至急于逃离。

其实,仓央嘉措也知道,即便没有桑结嘉措从中做梗,他与达娃卓玛也不见得能够天长地久。相比前时对仁增旺姆的迷恋,仓央嘉措对达娃卓玛的情感只能算是浅尝辄止,他们之间,与其说彼此相爱,不如说彼此相知,那是一种天涯遇知音般的惺惺相惜之感,虽与风月有关,但与爱情无染。

达娃卓玛美貌倾城,又长歌善舞,可谓女子中的姣姣者,可惜天妒红颜,她的丈夫对她始乱终弃,孤女处世,举步多艰。而他仓央嘉措,也是事不遂意。虽然达娃卓玛并不知道他的真实身份,只以为他是哪家的贵公子,但她到底淑慧贤良,他们之间的相处,恬淡而美好。所以,在一起的时候,仓央嘉措对达娃卓玛的感情是微妙而复杂的,怜惜胜于痴爱,那是一种推己及人的悲悯。

现在,就是这样一份情感,他也无力挽留。

他自问,难道在这人世间,他注定只能漫步云端,做徒有虚名的六世达赖喇嘛,形单影只,枉自尊大?是的,只能如此。

仓央嘉措沮丧而无奈,他再不愿去龙王潭了,物是人非,最是伤情。每每凝神,他都恍惚地看到达娃卓玛在人海中翩翩起舞的身影,可他却无力将那美好的瞬间安稳地呵护,一如当初,痛失挚爱,无力回天。

一连数天,仓央嘉措都郁郁寡欢。

做佛事的时候,他看着从四面八方前来祈福的香客,不由感慨万端。他从他们愁苦的眼睛里看到了自己的影子。他原本也和他们一样,活得卑微而痛苦,他亦问佛,他要怎样才能从这可悲的宿命中解脱出来?

> 情人被人偷去了,
> 我须求签问卜去罢。
> 那天真烂漫的女子,
> 使我梦寐不忘。

仓央嘉措双手合十,凄怆地闭上双眼……

看到仓央嘉措半死不活的样子,桑结嘉措心里也不好受,可这也比授人以柄、性命堪忧强过百倍。

就在前些天, 大清使臣送来了康熙皇帝的亲笔信件和贵重礼物,并要求探望达赖和班禅。班禅自然立刻就与使臣相见了,可仓央嘉措却一直没影。他让人找遍了整个布达拉宫,又跑去拉萨大街小巷找了个遍,还是一无所获。正手足无措时,他猛地想起了龙王潭,于是赶紧差人去找。没想到,仓央嘉措没找回来,他派去找人的亲信却吓得连话都说不出来了。

当时,桑结嘉措就知道大事不好,只得对使者谎称仓央嘉措正闭关修炼,不便中断,勉强蒙混过关。

之后,他找来亲信问明缘由,结果,那亲信哆嗦了半天,开口竟说:"佛、佛爷抱着一个女子……"

这话一出口,桑结嘉措就吓蒙了,他连忙伸手捂住亲信的嘴,惶然四顾,生怕隔墙有耳。

幸好使者已经走了,如果这话让使者听到,回头上报康熙皇帝,那他和仓央嘉措就大祸临头了。

仓央嘉措不知道,为了掩人耳目,以免夜长梦多,桑结嘉措当天就忍痛把那个亲信毒死了。事不宜迟,第二天一大早,桑结嘉措就动手了,一打听,宕桑旺波和那个达娃卓玛的风流韵事几乎已经弄得人尽皆知。如果那些人知道宕桑旺波就是六世达赖喇嘛,不天下大乱才怪!

这些事,桑结嘉措一想起来就头大如斗。他一面担心事情外泄,一面又害怕仓央嘉措大动肝火。还好,虽然仓央嘉措前来质问,但到底被他给糊弄过去了,仓央嘉措也并没有怀疑,而且似乎收敛了不少,许多天都没有到处乱跑了。

桑结嘉措赶紧命人暂时封闭龙王潭,那个地方离布达拉宫太近,看似安全,其实隐患颇多。以后,他再也不能掉以轻心了。

仓央嘉措出去散心,可以,喝点酒,勉强也可以,但女人是绝对不能让仓央嘉措再碰了。常在河边走,哪有不湿鞋?拉藏汗盯得那么紧,谁敢保证他们没看到什么、听到什么?

棒打鸳鸯的恶人,他桑结嘉措算是做定了,只是,他的苦心,谁又能了解呢?

桑结嘉措无语望苍天……

仓央嘉措孤独的身影再次出现在拉萨的街头。

那个八廓街的酒馆因为他的光临而蓬荜生辉、人气倍旺,可仓央嘉措坐在欢声笑语的人群之中,却赫然惊觉,那种从心底油然而生的孤单无助如迎风疯长的藤萝,瞬间便参天蔽日。再看众生,痴怔癫狂、嬉笑怒骂,每个人的神情都那般真实切近,却又那般虚浮缥缈。

这些人从哪里来? 又到哪里去? 在这里相聚,转眼便各奔东西,循着各自生命的轨迹奔忙,直至死而后已。他们对于他来说,是可有可无的陌生人,他却承担着赐福他们的使命。呵,为什么命运会做此安排,让这些人成为他仓央嘉措的子民?

他们如果知道他就是无所作为、虚有其名的六世达赖喇嘛仓央嘉措,刚刚弄丢了自己喜欢的女子,坐在这里满腔苦闷、借酒消愁,他们会不会立刻收敛亲和的笑意,对他讥讽嘲笑、破口大骂?

如果达娃卓玛没有失踪,仍然和他在龙王潭上尽日言欢,某天,若她知道他不过是个不守佛法教规的达赖喇嘛,根本没有娶妻生子的可能,她又会怎么对他?

想到这些,仓央嘉措苦笑连连,低头斟满酒杯,一饮而尽,随口吟诗:

盗过佳人便失踪,求神问卜冀重逢。
思量昔日天真处,只有依稀一梦中。

依稀一梦,一切亦不过如此。

如此,这一生,对他不离不弃、他亦可以长久拥有的,唯有这杯中酒、口中诗了!

酒为知音,诗为红颜,此中寂寥,谁人相叙?

3.生命最璀璨的绽放

缘份是看不见、摸不着的线,时光是收拢它的轴,转过了春夏秋冬,转过了酸甜苦辣,在那一天、那一时、那一刻,便会让两个人在茫茫人海中相遇。

仓央嘉措和玛吉阿米，相遇在八廊街的酒馆里。

那段飞花碎玉的爱情传奇，在那个原本名不见经传的酒馆里开始，此后经年，良辰美景，佳期如梦……

那个酒馆，烙印了那段惊世骇俗的爱情故事，让它不会随着时光的久远而沉寂。

以后的许多年，每天都有许多人登堂入座，在这酒馆里饮酒，静静地冥思，在似水流年里留一份关于爱情的记忆，然后期盼，时间的轴也给自己转来一份足以诱惑和迷醉的情缘，让生命在爱的焰火中激滟澄辉。

那一天与往日没有什么不同。

玉兔栖枝，群星静黯，深邃的苍穹慈爱地包容着喧嚣过后的俗尘，用静谧的夜色赐予它安宁。

换上俗装的仓央嘉措，踏着皎洁的月光，心意寥落地走出他的宫殿，再次化身为尘世中的宕桑旺波。他穿了件蓝色的锦锻雕花长袍，发辫上缀着精美的松耳宝石，萧萧肃肃，爽朗清举。

步入酒馆的时候，已经有许多人在等着他了，人们热情地围坐在他身边，有的端酒，有的奉茶，一如欢迎归家的游子或远道而来的亲朋。

仓央嘉措悲凉的心境在这时感到了温暖，他在人们真诚而欢喜的目光中，暂时地遗忘了所有的失意和痛苦。他渐渐活跃了起来，如人们希望的那样吟诗、唱歌，给他们宣经讲佛，和他们谈天说地。

人声鼎沸，欢声笑语，这样的时刻会给人一种错觉，仿佛这世上从来没有悲伤与落魄，所有的人都可以尽情放纵，没有谁在意谁举止粗俗，也没有谁会评判谁言语失当，大家其乐融融、欢聚一堂，每个人的声音都是独一无二的音符，汇聚在一起，形成欢乐的海洋。

酒事正酣，笑意正浓，仓央嘉措优雅起身，正想与对座的朋友碰杯的时候，一抬眼，就见她站在对面，素衣美颜，浅笑如仙。

仁增旺姆！不知是上天眷顾，还是仓央嘉措对仁增旺姆念念难忘，他遇到的几个女子，竟然不是神似仁增旺姆，就是态似于她，而眼前的佳人,形神韵致,竟活脱脱一个仁增旺姆的翻版!

　　只一眼,仓央嘉措便定在了那里,只觉全身的血液疾冲而上,继而又如退潮般倏然而下,他的心长久地凝滞了跳荡,他整个人,连同身边的人和周遭的喧哗,全都销声匿迹了似的,唯有那个流盼妩媚的女子,温柔绰约地站在那里,对他脉脉含情、无语凝眸……

　　一颗心,经过长久的窒息,突然回魂迁魄地激颤起来,仓央嘉措回过神来,刚要挪步,却见那女子轻盈转身,拿着买来的一壶酒走出了门。

　　直到她俏丽的背影消失在夜色之中,仓央嘉措才回魂迁魄,虚脱般落座,只觉全身的力气都被抽离,一颗心也已随她而去……

　　她叫玛吉阿米,就住在离酒馆不远的地方,和养父相依为命。

　　她的养父嗜好喝酒,所以她经常来酒馆给养父买酒。

　　仓央嘉措从酒店老板那里打听到这些,简直喜出望外——他还可以有机会再遇到她。

　　可接着,仓央嘉措就高兴不起来了,听酒店老板说,追求玛吉阿米的人很多,不只如此,她还有个情人。

　　那样美丽的姑娘,怎么可能不引人注目,又怎么可能没有人喜欢?仓央嘉措备受打击,可想到她美颜如玉的模样,他决定无论怎样,都要再见她一面。

　　于是,怀着满满的期盼,仓央嘉措连续几天来到酒馆等候,可老天似乎故意跟他作对,这几天,玛吉阿米一直没露面。

> 心儿跟着她去了,
> 夜里不能安眠;
> 白天又未能如愿,
> 叫我意冷心灰。

　　仓央嘉措望眼欲穿,寝食不安,不过,他有了意外的收获。

　　有时候,不认识或者不在意一个人,当别人谈论起她时,你根本就充耳不闻;可在意了,再有人说起她来,你就会不由自主地全神贯注地倾听,生怕漏掉一星半点儿。

这些天,仓央嘉措虽然没有见到玛吉阿米,但从来酒馆喝酒的人嘴里,他还是听到了许多关于玛吉阿米的事情。

玛吉阿米本来是工布地区的人,她很小的时候,父亲就病死了,她和阿妈、哥哥在一起生活。后来,她的哥哥被派到拉萨修建布达拉宫,不幸在抬石头的时候被砸死了。她的阿妈日夜盼着儿子回家,儿子却一直不见音讯。为了寻找儿子,她的阿妈拖着病弱的身体来到拉萨,结果,她在布达拉宫里五世达赖的灵塔壁画上,找到了她的儿子——那孩子被一块巨大的石头压在下面,血肉横飞。

形神兼备的壁画生动地呈现着残酷的一幕,可怜的阿妈伤心欲绝,当时就口吐鲜血,没过多久,她就死在了拉萨的街头。

玛吉阿米在家里等阿妈回来,却只等来了阿妈的死讯。祸不单行,和这个噩耗一起降临的,还有管辖她家的奴隶主声言要她陪睡的命令,孤苦无助的玛吉阿米极度惶恐,不知怎样应对这些可怕的苦难。就在奴隶主上门的头天晚上,勇敢的她连夜逃走,一路忍饥挨饿,逃到了拉萨。

来到拉萨之后,玛吉阿米举目无亲,四处流浪,褴褛的衣衫掩盖了她窈窕的身姿,满面的尘灰遮住了她绝美的容颜,她孤独而无助地走在拉萨的街头,碰到了善良慈祥的老人多吉。多吉的双眼失明了,生活得很窘迫,可他却很慷慨地把自己的食物分给了玛吉阿米,并把她带回了家。

谁都没有想到,老人多吉的善举得到了回报。他从大街上领回来的少女清洗过后,穿上干净的衣服,美丽得跟传说中的女神一样。她知书达礼,又勤劳能干,让老人多吉舒舒服服地养在家里,自己辛苦地织氆氇赚钱养家。她把多吉看得像自己的亲生父亲一样,比亲闺女还要孝顺恭敬,这让周围的邻居们十分羡慕,大家都说多吉好心得福报。

玛吉阿米美丽又勤劳,很快就引来了很多青年的爱慕。可她似乎谁也瞧不上,从来不轻浮地跟哪个青年打情骂俏,她只靠着自己灵巧的双手,靠自己微薄的力量来养活自己和养父,生活虽然困苦,却过得有滋有味。多吉逢人就夸赞她,脸上总是挂着幸福的微笑。

不过,有个叫土登的小伙子,结实健壮又能干,他殷切热烈地追求着玛吉阿米,常常跑去多吉家里,帮这帮那。有一次,玛吉阿米生病了,他日夜守护在她身边,给她端水煎药,无微不至地照顾她。就是从那次开始,玛吉阿米对土登的态度好了起来,可她说,自己只是感激土登对她的照顾,把他看得像哥哥一样,没有想嫁给他的意思。

仓央嘉措把人们说的话串联起来,一时心潮起伏,对玛吉阿米又怜又敬又爱。想到她不幸死去的哥哥和阿妈,他感同身受,想起自己当初小小年龄就先后失去了阿爸和阿妈的痛苦和恐惧,他就觉得自己的心和玛吉阿米靠得更近了;想到玛吉阿米受到奴隶主的恐吓,连夜离家出走,一路上风餐露宿,他就想起自己那段在巴桑寺被禁锢的日子,没有人可以依靠,没有人可以倾诉,每天陪伴自己的只有自己的影子,那种孤苦无助、对未来充满恐惧的感觉,仿佛就在昨天;想到玛吉阿米流浪在拉萨街头,满心凄楚地乞讨,他的心就如碎裂一般疼痛;想到玛吉阿米知恩图报,只靠自己勤劳的双手生活,他就对她肃然起敬;听到她对那个热情的青年土登只是以礼相待,他更是欣喜若狂。

仓央嘉措就这样在大起大落的情绪中,听完了关于玛吉阿米的所有传闻,他惊喜地发现,这个美丽动人的姑娘是那么坚强、勇敢又有主见,她经历了那么多的磨难,却丝毫不服软;她被那么多的青年追求,却毫不动摇自己的信念,即使病中被人细心照料,她也分得清感激和爱情。

玛吉阿米,她是这么美好的姑娘,她和仁增旺姆一样世间少有,他一定要追求到她!

年轻的仓央嘉措如同死而复生,重新燃烧起了满怀激情。

他向人们打听到了玛吉阿米的住处,片刻不等地找上门去,可玛吉阿米不在家,只有多吉老爹干净清爽地坐在门口晒太阳。

"宕桑旺波?啊,像佛爷一样仁慈的小伙子,您怎么会来到我这寒酸的家里?"

当多吉听他自我介绍说叫宕桑旺波,感到又高兴又意外。

仓央嘉措也没想到多吉老爹竟然知道他,不由得喜悦又忐忑。

"你是来找玛吉阿米的吧……"多吉突然问过来,脸上的笑容被一抹悲伤代替,然后直言不讳地说,"我真怕她在我活着的时候嫁人啊,可是,好名声的宕桑旺波,如果你喜欢玛吉阿米,请你一定要好好爱护她,她是个好姑娘,世上最好的姑娘……"

握着多吉老爹颤抖的双手,仓央嘉措除了重重地点头,什么话也说不出来。

就在这时,玛吉阿米回来了,她站在门口,惊讶地看着仓央嘉措。她记得他,他就是上次在酒馆里喝酒的少年,在那么一群人中间,像太阳一样光芒耀眼。只是,她不认识他,他怎么会找到家里来呢?

仓央嘉措不经意地回头,正对上玛吉阿米惊疑的目光。

那天晚上,夜色太浓,他又酒后微醺,惊鸿一掠间,见过她一面,只记得她长得像仁增旺姆,一晃而过,像梦境一样虚幻。现在,她就站在他面前,阳光下,微风中。

她有漆黑明亮的瞳仁,像天上最美的星辰;她吹弹欲破的肌肤,像高山之巅的雪莲花瓣;她不施脂粉而清丽脱俗的面庞,像初春绽放在枝头的第一抹娇艳……

他看得痴了,如望着自己梦里百转千回的仁增旺姆,如找到自己枯竭又复生的生命之源。

她也是惊怔的,那个少年,风度翩翩,俊逸卓绝,自有一种王者的神圣威严,可为什么他的目光会那样温柔?温柔得就像那夜的月光,澄澈、皎洁而美好。

她想问他,可不知怎么,话到嘴边却发不出声音;她想绕过他走进屋里,可双腿竟然像木桩一样僵硬。他的目光像磁石一样吸引着她,她竟挪不开目光,不由自主地回望他。

这种熟悉又陌生的感觉,让仓央嘉措心动莫名,就如,踏遍了千山万水,终于在天涯海角相逢;就如,找遍了前生后世,终于在这一刻相拥。

似乎,之前所有的苦难都是为了此时此刻的相见;似乎,之前的所有铺垫都是为了此时此刻的相恋。

他信步走过去,丝毫没有感觉到自己的冒昧无礼,他牵她的手,把她揽进怀里。

　　她惊惶着躲闪，可当她看到他坚定而深情的目光，便失去了疑惑与反抗的力量，依在他怀里，闭上眼睛，晶莹的泪水落下，一直漂泊无依的心竟感到前所未有的安祥……

　　也许，真正的爱情真的是前生后世的约定。

　　相见的瞬间，不需要言语，便能读懂对方的誓言。那是用生命做出的承诺，流淌在血液里，随呼吸一起弥漫在天地之间，星辰日月，誓与这诺言一起地老天荒。

　　没有猜疑，没有试探，彼此不需要丝毫防范，从一开始就炽烈疯狂，哪怕粉身碎骨，万劫不复，只要彼此在一起，人间就是最美的天堂。

　　少年浪迹爱章台，性命唯堪寄酒杯。

　　传语当垆诸女伴，卿如不死定常来。

　　仓央嘉措如痴如醉，对玛吉阿米千般依恋、万般宠爱。他置佛规教律于无形，置生死于不顾，他眼里心里只有他的玛吉阿米。只有和她在一起，他才能真切地感受到生命存在的价值，才能深刻地体会到生世虚浮中的真实。

　　真心相爱的两个人原本就是密不可分的整体，在千千万万人中，有幸结合在一起，你中我有，我中有你，须臾不可分离，那种呼吸与共、血脉相通的充实与丰盈，如太极阴阳，相辅相成、合而为一，共生圆满、渐入佳境……

　　那种感觉，妙不可言，如百川到海，如遍野花开，如天展画图，如日月同辉。

　　当他亲吻她的时候，他感受到阳光瀑布般从天空铺泻而下，普照万物，冰消雪融；当他醉倒在她怀中时，他的身心便荡漾在万顷碧波之上，随月华星辉一起流光溢彩……而她，亦是这样的痴迷。

　　她从来没有问他家在哪里，家里有什么人，也许，她早已经受了孤寂的磨砺,和他一样,只要两个人在一起,就万分庆幸,其他什么都不要紧;她也从来没问他索要什么,对于她来说,他的爱,就是对她最好的馈赠;甚至,她从来没要求他娶她,她并非放荡的女子,可是为了他,她愿意将一切都抛下,只这样心无旁骛地深深相爱、默默欢喜。

那样纯粹而热烈的爱,是生命最璀璨的绽放,它凌驾于世俗之上,冰清玉洁,如火如荼。它让两颗年轻的心迸发出爱情的花火,炳照古今,通神隽永。

4.世间安得双全法

在火热的爱恋里,仓央嘉措的诗意如泉涌。

他的诗,不再如前时迷茫,没有孤寂与悲伤,那热烈跃动的节奏,那欢快明朗的格调,明明白白地表露出了他对玛吉阿米的深情。

俏眼如弯弓一样,
情意与利箭相仿;
一下就射中了呀,
我这火热的心房。

留在纸上的图章,
不会倾吐衷肠;
请把誓言的印戳,
盖在彼此的心上。

初三弯弯的月亮,
满天洒着银光;

请对我发个誓吧，
可要像满月一样！

心如洁白的哈达，
淳朴无疵无瑕；
你若怀有诚意，
请在心上写吧！
……

那样抵死缠绵的眷恋，让仓央嘉措情难自抑，他甚至不再只是夜晚出行，白天也跑来酒馆与玛吉阿米相会。可即使如此，他也仍然相思难耐，于是，他又孩子气地写：

在众多的人们中间，
不要表露咱俩的秘密；
请将你内心的深情，
用眉眼向我传递。

压根儿没见最好，
也省得神魂颠倒，
原来不熟也好，
免得情思萦绕。

才相见，又想念。这样的甜蜜与煎熬，只有在热恋中的人才能体会到。

仓央嘉措和玛吉阿米痴心相恋，他欢喜着她的欢喜，分担着她的忧虑。他暗中让人高价购买玛吉阿米织出来的氆氇，尽心帮她解决各种困难。他小心翼翼地做着一切，生怕玛吉阿米知道会心有不安。

多吉老爹之前一直害怕玛吉阿米嫁人后离开他，即使对玛吉阿米百般照顾的土登,他也总是不冷不热。可他对仓央嘉措十分信任和喜欢,他为女儿能找到这样心地善良的男子而感到欣慰,他让玛吉阿米放心地把仓央嘉措请到家里来,像父亲一样和善地对待他。

仓央嘉措感受到了家的温暖,他孤独得太久了,在这并不富有的民居里,他却拥有世上最淳美的爱情和最真切的亲情,他不由得对这个家留恋不已。

可是,爱情与亲情对于身为六世达赖喇嘛的仓央嘉措来说,都是逾越叛逆的罪过,他一意孤行,非要去追求和拥有,如今,终于如愿以偿。但他不知道,这至美至善的爱情、亲情,他还可以幸运地拥有多久。

山雨欲来风满楼。

仓央嘉措知道,这祥和美好的一切,随时都会失去。

他还没有告诉玛吉阿米自己的身份,他不敢说,他怕他说出来,会带给玛吉阿米痛苦和恐惧,他不忍心看到她伤心哭泣,他自己也害怕去面对那可怕的事实。

仓央嘉措多么希望他就是宕桑旺波,一个世俗的贵公子,没有六世达赖的头衔,不必在意任何佛规教律,不必隐姓埋名,不必避人耳目,坦坦荡荡地生活在阳光下,可以自由自在地追求自己想要的一切,无忧无虑地享受人生、爱情和亲情,也将自己的真心毫无保留地回报玛吉阿米、多吉老爹、刚祖,还有一切爱他的人们。

可是,这些平凡人拥有的最平常的权利,在他仓央嘉措看来却全是奢望。他疯狂地爱,尽情地放纵,全因他不敢让自己冷静下来思考,他怕一思考,就会被残酷的现实摧毁继续爱的勇气;他怕一旦失去勇气,他痴爱的玛吉阿米就会离他而去。

仓央嘉措煞费苦心地隐瞒,每次他出来与玛吉阿米约会,总会改变装束,他不再让盖丹或其他人跟着,而是独来独往于布达拉宫和玛吉阿米的家。他怕哪怕泄露一点儿秘密,都会牵连到无辜的玛吉阿米和多吉老爹。

要想人不知,除非己莫为。仓央嘉措自己也知道,他再怎么用心良苦,也无异于掩耳盗铃。

　　他这样能隐瞒多久呢? 即便他能一直向玛吉阿米隐瞒自己的身份,可桑结嘉措那里呢? 拉藏王子那里呢? 他们暗中窥视自己的眼睛是那般灵敏,他根本别想瞒天过海。

　　不管是桑结嘉措,还是拉藏王子,只要让他们知道了玛吉阿米的存在,他这美好的恋情立刻就会被强行中断,更可怕的是,玛吉阿米会遭遇像仁增旺姆、达娃卓玛一样的凶险。

　　仓央嘉措想都不敢想,如果玛吉阿米突然遭遇不测,从此在他的生命里销声匿迹,他会不会疯掉,还有没有活下去的勇气?

　　对失去的恐惧,让仓央嘉措越发爱得痴狂,他珍惜与玛吉阿米在一起的分分秒秒。那些俗世的夫妻习以为常的琐事,在仓央嘉措看来,都有着无与伦比的情趣。他为她洗理柔顺的长发,看她对镜梳妆时的娇柔,他看她的巧手怎样穿针引线,陪她一起织起氆氇……

　　人生短暂,相爱的时光更加弥足珍贵。

　　能在茫茫人海中相遇、相知、相爱、相守,这需要多大的机缘?

　　可是,放眼尘世,最纯美的情话变成了最邪恶的诅咒,最体贴的爱人变成了最恶毒的仇人,最温柔的情侣变成了最粗暴的敌人……爱情被人们践踏得面目全非,正日益稀少,以至濒临灭绝。太多的人喜新厌旧,始乱终弃,得到之后便不再珍惜,他们肆意妄为,刻薄寡恩,希望全世界的人都爱自己,却吝啬付出自己的耐心和真诚。

　　是什么掳掠了人们爱的能力? 当俗世间物欲横流,群魔乱舞,已经少有人能安安静静地坐下来,倾听爱人的絮语和心跳,设身处地地急他所急、想他所想,他们越来越浮躁,总以为没有得到的会更好。他们可耻地把爱情挂在嘴上,心里却在盘算着利益得失;他们梦呓一样不负责任地海誓山盟,却在转眼之间就背信弃义。

　　更有甚者,把婚姻看得像吃饭喝水一样无关紧要,一语不合就暴跳如雷、大打出手。闪婚、闪离,隐婚、隐离,现代人的爱情越来越让人看不懂。在大人们随心所欲、胡作非为之下,孩子们瞪着天真而惊惶的眼睛,一夜之间由宠儿变成孤儿,他们无辜的心灵天塌地陷,他们痛彻心扉,欲哭无泪……

可知,三百年前,高高在上的佛爷仓央嘉措却满怀悲悯,推心置腹地告诉世人,有幸与爱人相守,便是世上最美的良辰,需爱惜彼此、珍重彼此。

总以为来日方长,总以为错过还可以重来,总以为有失必有得,总以为别人会站在原地等你回来,可是,缘份转瞬即逝,一转身,就是一辈子。那个人、那段情,若干年之后,蓦然回首,你会痛心疾首地发现,它真的是你此生的唯一,无法重来,无法复得,失去了,便成为一生的遗憾……

彼时的仓央嘉措,为保护他的爱人、维护他的爱情而绞尽脑汁。

他曾痛失仁增旺姆,那样爱而不得的痛苦让他刻骨铭心,他害怕同样的事再次发生,可他不知道应该怎样避免。

除非,他可以还俗。

脑际电光石火,如厚重的黑暗被一道闪电劈开了光明之路,他猛地想起了这个最便捷、最有效的方法。那时的他丝毫不觉得这是痴心妄想,他天真地以为,只要自己能够为了爱情义无反顾,将那至尊至荣的宝座让出来,桑结嘉措就不会为难他。

何况,相比伟大英明的五世达赖,他仓央嘉措真的自惭形秽。他没有足够的能力像五世达赖一样建功立业,为天下众生造福;他也不能像第巴桑结嘉措希望的那样,老老实实地待在高墙深院、戒律森严的布达拉宫里念经参佛。

这六世达赖喇嘛的尊荣,本就不是他想要的,他也已经大逆不道,违背了那么多的佛教清规。与其日后怕秘密外泄,让桑结嘉措动怒为难,不如现在主动去请求还俗。只要还俗,他就可以无拘无束地做一切他想做的事。

仓央嘉措想到这些,几乎是欣喜若狂,长久以来压抑在心头的阴霾尽数散尽。他以为自己找到了一条通往自由和幸福的阳光大道,他以为只要自己肯放下,这世上就没有人能阻挡他。

还俗之后,他一定可以靠自己的双手让玛吉阿米过上好生活。玛吉阿米一个弱女子都可以凭借自己的双手养家糊口,他一个大男人自然有谋生的本领。他甚至满怀憧憬地想,他们不仅要过上幸福美满的生活,还会有自己的孩子,那时候,上有老,下有小,一家人开开心心地在一起,再也不分离,多好!

想象很丰满,现实很骨感。这句话对于当时的仓央嘉措来说,同样适用。

> 你是檀香色白,
> 我是檀香色红,
> 红白檀树交首,
> 香气更郁更浓。

当桑结嘉措看到这首意蕴丰富、香艳卓绝的情诗,一口老血差点儿吐出来。

桑结嘉措实在想不明白这个仓央嘉措到底想干什么,难道非要闹到天下大乱、尽人皆知,他才会善罢甘休吗?只怕到那时候,他想罢手,拉藏王了都不肯,康熙皇帝也不会允许,到时别说他桑结嘉措和他仓央嘉措,就是那个玛吉阿米和这拉萨的数万民众,也都会性命不保!

出去散散心没什么,心情烦闷了,乔装打扮一下喝点小酒也没什么,可他是六世达赖喇嘛啊,怎么能一而再、再而三地跟女人纠缠不清?前面的仁增旺姆也就罢了,他们青梅竹马、两小无猜,又是仓央嘉措在坐床之前的事,不知者无罪,可以不追究;后面的那个达娃卓玛是个风流寡妇,勾引了仓央嘉措,让他偶然色迷心窍犯了傻也说得过去;可这玛吉阿米是怎么回事?纯良美貌的少女,贤良又淑德,美名在外,备受关注,仓央嘉措竟然敢大模大样地上门去求爱,求爱还不算,光天化日之下,他竟然住进了别人家里,不仅如此,还写了这么多情诗!再退一步说,写两首情诗也就罢了,可他怎么能让这些诗满世界疯传呢?

他桑结嘉措成天提心吊胆,就怕纸包不住火,可这仓央嘉措竟然想玩火自焚!

桑结嘉措对此简直欲哭无泪。即使仓央嘉措乔装打扮的水平再高，即使他再会掩人耳目，可他这样引人注意，很容易就会让拉藏汗的探子们看出破绽。

当务之急，他得把仓央嘉措赶紧拽回布达拉宫，让这不安分的家伙面壁思过，好好反省！至于那个玛吉阿米，如果仓央嘉措能安分守己，他桑结嘉措可以放她一马，可若仓央嘉措不听话，那他就只能再次棒打鸳鸯了。

桑结嘉措一刻也不敢耽搁，立刻派人把仓央嘉措给找了回来。

看到一脸不情愿的仓央嘉措，桑结嘉措并没有点破，而是和颜悦色地告诉仓央嘉措，他很快就要接受比丘戒，在接受比丘戒之前，按照惯例，他需要去深山修行一段时间。

桑结嘉措的委婉说词，听在仓央嘉措耳朵里，却如同晴天霹雳。要他去深山修行，那不是要和玛吉阿米分开一段时间？他一天看不见玛吉阿米都会感到难受，更何况是一段时间？那岂不是要他的命？再说，谁知道他去了深山修行，桑结嘉措会不会知道玛吉阿米的存在，会不会对她做不利的事。

可是，仓央嘉措也知道，达赖喇嘛受比丘戒前，的确需要去深山修行，他该找个什么理由拒绝呢？

他暂时还不能对桑结嘉措透露想还俗的想法，能不能还俗，不是桑结嘉措一个人说了算的，班禅的意见更重要。他得等到哪天与班禅碰面的时候，才能说出来，否则，引起桑结嘉措的怀疑就不好了。不能提还俗的事，不想和玛吉阿米分开，又要去修行，到底该怎么办才好呢？

仓央嘉措犯愁了。

见不到心爱的玛吉阿米，仓央嘉措简直痛不欲生、分秒难耐。可是，这次第巴桑结嘉措在门口安置了数十武僧严防死守，别说他仓央嘉措，就是连只苍蝇都别想自由出入。

仓央嘉措叫天不应，叫地不灵，愁得直打转。

一急之下，仓央嘉措真情流露，就有了下面的千古绝唱：

　　曾虑多情损梵行，入山又恐别倾城。
　　世间安得双全法，不负如来不负卿。

　　和这首惊世骇俗的好诗意思差不多的还有其他几首，也录于下文，以便诸位感受仓央嘉措此时纠结的心情。

　　眷恋的意中人儿，
　　若要我学法修行，
　　我小伙子决不迟疑，
　　走向那深山禅洞！

　　若要随彼女的心意，
　　今生与佛法的缘分断绝了；
　　若要往空寂的山岭去云游，
　　就把彼女的心愿违背了。

　　恋人长得俊俏，
　　更加情意绵绵，
　　如今要进山修法，
　　行期延了又延。

　　仓央嘉措写这些情诗的时候，思及和玛吉阿米在一起的美好时光，想到即将万不得已的别离和那些难以预料的危险，如万箭射心般痛苦。他每天坐立不安，写完这些诗就忍不住流泪，时常带着满脸泪痕，昏昏睡去。
　　趁着仓央嘉措睡着的时候，桑结嘉措进屋，看到了仓央嘉措写的那些诗。
　　"世间安得双全法，不负如来不负卿。"

当桑结嘉措读到这样的句子时，纵是他铁石心肠，也被打动了。他虽然是个谋权夺利的政客，可也自谓是个才华横溢的学者，因此，他比一般人更能看出这些情诗背后的绝世才华。仓央嘉措的诗才之高，出乎他的意料，他读懂了这些情诗，亦读懂了仓央嘉措的痛苦。

可那又怎样呢？他桑结嘉措就算再于心不忍，也不能再纵容仓央嘉措出宫去和玛吉阿米相会了，相比于生命危险，仓央嘉措在屋子里痛苦几天不算什么。

可是，当他看到仓央嘉措泪渍斑斑的脸时，深深的负疚感再次袭上心头。也许，他真的做错了，他扼杀的不仅是这孩子的爱情、政治理想，还有他的才华，他对他来说，真的是一个噩梦一样的存在……

桑结嘉措长久地凝视着仓央嘉措痛苦的睡容，心中百味杂陈。如果可以重来一次，他一定不会辜负他，可是，这世上从来没有如果。

第二天，桑结嘉措派人来传话，仓央嘉措不必去深山修行，但要在宫里参禅，仍然不得自由外出。

仓央嘉措虽然仍然心有不满，但也知道桑结嘉措已经是网开一面了。再说，能在布达拉宫里待着已经很好了，起码不会离玛吉阿米太远，还可以保护她的安全。

仓央嘉措不再愁眉苦脸，努力试着静心向佛。

可是，心是静了，满脑子想的却全是玛吉阿米，哪还有佛的影子？玛吉阿米的温柔，玛吉阿米的笑脸……后来，仁增旺姆和玛吉阿米几乎合而为一，所有和她们在一起的往事纷至沓来。

仓央嘉措对自己无可奈何。

如此痴爱成狂，世间安得双全法？

5.都是情诗惹的祸

　　拉藏汗终于注意到了那些不同凡响的情诗。

　　那些情诗写得缠绵悱恻,被拉萨的人们奉若珍宝,谱了曲,唱得震天响。若是只听其中的一首,并不会觉察有什么异样,可听得多了,拉藏汗就觉得不对劲了。

　　我们永在一起,
　　亲亲爱爱地相依。
　　要像洁白的哈达,
　　经纬密织不离。

　　我往有道的喇嘛面前,
　　求他指我一条明路。
　　只因不能回心转意,
　　又失足到爱人那里去了。

　　类似这样的诗歌,暂且看似一个身在爱河中的人欣喜且患得患失的表白,可是,再听下面这些,拉藏汗就坐不住了。

　　至诚皈命喇嘛前,大道明明为我宣。
　　无奈此心狂未歇,归来仍到那人边。

　　入定修观法眼开,乞求三宝降灵台。
　　观中诸圣何曾见,不请情人却自来。

　　含情私询意中人,莫要空门证法身。
　　卿果出家吾亦逝,入山和汝断红尘。

......

这些情诗,分明写出了一个出家人违背教规的意乱情迷。

什么人能叛命喇嘛前,能入定修观法眼开,还要入空门证法身?放眼天下,除了仓央嘉措,还能有谁?

真是踏破铁鞋无觅处,得来全不费工夫。他一直让人明察暗访,想抓住仓央嘉措或桑结嘉措的把柄,却一无所获。正苦恼万分之际,想不到,仓央嘉措竟然把情诗写得漫天飞,这不是最有力的证据么?

天作孽,尤可恕;自作孽,不可活!

拉藏汗当即立断,命人尽可能多地收集拉萨街头传唱的所有情诗,也不管是不是仓央嘉措写的,全都整理了出来。

看着这些情诗,拉藏汗为这意外收获激动得热泪盈眶。他准备与准噶尔部的新首领策妄阿喇布坦一起联名上书,揭露仓央嘉措和桑结嘉措胆大妄为、狼狈为奸的行为,桑结嘉措当初为了掩盖五世达赖圆寂十五年秘不发丧的罪行,从民间找来一个假灵童充当活佛,结果这个假活佛违反清规戒律、行为放荡,这些淫诗浪语可以为证。

另外,拉藏汗还在信中指责桑结嘉措以仓央嘉措这个假达赖为幌子,独霸政教大权为所欲为,仓央嘉措则不问政事,终日花天酒地,为祸民间,欺男霸女,无恶不作,这两个敢大妄为的狂徒欺上瞒下,罪该当诛!

为了避免夜长梦多,拉藏汗连夜派人快马加鞭,把这封夸大其词的联名信送往北京城。

借刀杀人,自然要借大刀。能治桑结嘉措的罪,能废除仓央嘉措的头衔,普天之下,只有康熙皇帝。他就不信,康熙皇帝看了这封信会没反应!

要知道,前时因为桑结嘉措帮助噶尔丹叛乱,已经触怒过康熙皇帝了,要不是他老谋深算,找出这么个五世达赖的转世灵童,说不定早就被康熙砍了。现在,康熙要是知道又上了桑结嘉措一次当,不龙颜大怒才怪。

皇帝的威严神圣不可侵犯,欺君之罪是滔天大罪,桑结嘉措有几个脑袋,胆敢一次又一次欺瞒圣上?何况,康熙可不是软弱无能的皇帝,天子震怒,伏尸百万,血流千里。

到时候,他拉藏汗就可以坐收渔翁之利,踏着桑结嘉措的尸体,独掌藏蒙政教大权,称霸一方。

这样的宏伟蓝图让拉藏汗热血沸腾,想到桑结嘉措这个欺辱了他若干年的情敌加政敌,终于要被他踩在脚下,他就兴奋得睡不着、吃不下。

只是,仓央嘉措,那个心地仁慈的佛爷……谁让他不识时务,硬要和桑结嘉措为伍!

拉藏汗心念数转,及时地掐灭了对仓央嘉措的同情。

顺者昌,逆者亡,他要报仇,要称王称霸,别说仓央嘉措是个不守清规戒律的假达赖,就算他真是转世灵童,挡了他的路,他也一样遇神杀神,遇佛杀佛!

康熙很快就收到了拉藏汗的密报。

展开一看,康熙不由吃了一惊。细细品读,那些诗歌写得真切感人,意境清新优美,可把它们连起来看,的确表现出了一个出家人的男欢女爱,而这个出家人,的确像是端居尊位的六世达赖。

这样香艳卓绝的情诗,若非有亲身经历,又怎么可以写得这般情真意切?如果这些情诗真的出自一个正式授沙弥戒、坐床登位、六根清净的六世达赖喇嘛,不是天下奇闻是什么?

难道这个六世达赖真是假达赖?所谓的转世灵童真的只是桑结嘉措的障眼法?

康熙皇帝可不是三岁小儿,拉藏汗说什么他就信什么,他仔细把那封密报又看了一遍,拉藏汗的信里多有恶毒之语、泄愤之词,不难看出,这个拉藏汗处处针对桑结嘉措,恨不得立刻置桑结嘉措于死地,至于揭露仓央嘉措是假达赖,只是用来加深桑结嘉措罪过的手段。

这个拉藏汗和第巴桑结嘉措到底有什么矛盾?或者,他只是想取而代之,独揽藏蒙政教大权?抑或二者兼而有之?否则,拉藏汗怎么会这般费尽心思、大动干戈?

康熙皇帝八岁登基,十四岁亲政,可不是任人揉圆捏扁的角色,又怎么会轻易给人当枪使？康熙冷笑，就算拉藏汗不揭露达赖是假达赖，难道他就会相信这世上有什么转世灵童吗？一代代帝王贵为九五之尊、天之骄子，想要长生不老、不死不灭都是痴心妄想，达赖喇嘛若真能得道成仙，又怎么会圆寂？所以说，问题的关键不在于这个仓央嘉措是不是写了几首情诗，是不是违背清规破了色戒，是不是个假达赖，而在于拉藏汗写这么一封密报来，到底想要干什么。

若是想挑唆他康熙降罪第巴桑结嘉措和六世达赖，然后他拉藏汗不费吹灰之力坐主藏蒙，那这个拉藏汗绝对不是什么善辈。

康熙皇帝斟酌再三，决定既不驳回拉藏汗的上书，也不立刻降罪第巴和六世，而是派人前往布达拉宫调停。

听说康熙皇帝派的使者来了，拉藏汗激动万分。

他想，一定是康熙皇帝龙颜大怒，让使者宣旨来了。圣旨一下，那个可恶的桑结嘉措就会成为阶下囚，那个虚有其名的仓央嘉措也就不足为虑了，到时，这藏蒙的政教大权可就归他拉藏汗所有了！

拉藏汗喜出望外，当即兴高采烈地赶来参见使者，不想，竟然看见华服盛装的第巴桑结嘉措也在。不过，不用着急，等一会儿使者宣完圣旨，该死的第巴拉就没这么威风了。

结果，圣旨是宣了，却不是治桑结嘉措和六世达赖喇嘛的罪，而是声明使者要履行代表皇帝检验达赖佛身真伪的职责。

拉藏汗盼星星盼月亮，却盼来了这么一个结果，当即就有点儿浮躁。不过想到好事多磨，凡事总有个过程，他只好耐下性子静观其变。

而且，拉藏汗也想知道仓央嘉措到底是不是真正的佛爷。如果他真是五世达赖的转世灵童，那么他怎么可以违背清规戒律，写那么淫乱的情诗呢？如果他不是佛身，那么在他拉藏汗的继位大典上，又怎么能以德报怨，以那么宽博的慈悲心肠为他摸顶赐福呢？

这一刻，拉藏汗矛盾了。如果使者验出六世达赖是假的，那正中他的下怀；如果验出是真的呢？那他拉藏汗岂不是冒犯了佛爷？

但不管怎么说，那些情诗是实际存在的，他拉藏汗一没有捏造，二没有伪告,就算仓央嘉措是真达赖,证据确凿,他拉藏汗何惧之有?

这么一想,拉藏汗挺起胸膛,又露出了那副趾高气扬的神色。

和拉藏汗一样忐忑不安的还有桑结嘉措。他从民间找到的仓央嘉措长得眉目清俊,又聪敏灵慧,的确有许多过人之处,可他也不敢肯定仓央嘉措是不是真正的转世灵童。一旦使者说仓央嘉措是假佛身,那到时候拉藏汗一定会以此为借口,小题大做,不依不饶,到时候,他该怎么办呢?

唯一气定神闲的,只有仓央嘉措。

什么真佛身假佛身,他就是他,至于使者会说什么,嘴长在使者身上,随他便了。

检测达赖的仪式正式开始。

其实,这注定是个乌龙事件。

因为那个负责检测的使者根本不知道真佛长什么模样,他也只是肉眼凡胎,哪认得什么真佛假佛。不过,既然康熙想出了这么一出戏,又提前把台词给他编排好了,那他就只能硬着头皮上了。

在使者的要求下,早就剃光头发变回达赖模样的仓央嘉措沐浴净身,脱去衣服,赤身裸体地坐在佛殿正中的宝座上。

接着,使者表情严肃、一本正经地围着闭目养神的仓央嘉措转了一圈又一圈,上上下下、左左右右,仔仔细细、反反复复地看来看去。说实话,使者除了能看出仓央嘉措是个男人之外,实在看不出其他什么。不过,使者大人一抬眼,正看见第巴桑结嘉措和拉藏汗紧张的模样,立刻觉得自己的身份不同一般起来。

他现在可是金口玉牙,虽然念的都是康熙皇帝早就编排好的台词,可这台词金贵,不能轻易说出口,否则就没有悬疑的效果了。

使者打定了主意,又把仓央嘉措仔细看了几遍。使者的慢条斯理差点把桑结嘉措和拉藏汗急疯了,他们目不转睛地盯着使者,深怕错过任何一个细节。使者看着仓央嘉措,点了点头,又点了点头,接着才不急不慌、煞有介事地说:"此喇嘛不知是否是五世达赖的化身……"

一听这话,桑结嘉措和拉藏汗气得差点儿同仇敌忾地把使者给杀了,看了半天,就琢磨出这么一句话来?

二人正敢怒不敢言,使者摸着下巴又开口了:"但确有圆满圣体之法相!"

桑结嘉措立即喜笑颜开,拉藏汗却不高兴了。

检测佛身这出戏雷声大雨点小。没等拉藏汗拿那些情诗说事,使者就恭敬地拜了拜仓央嘉措,然后回京复命去了。

拉藏汗之前抱了很大的希望,此时失望自然不小。没能成功扳倒桑结嘉措,让他一口闷气噎在胸口,上不去,下不来,对方那毫不掩饰的挑衅的笑容,在他看来也显得分外刺眼。

岂不知,虽说是虚惊一场,但桑结嘉措着实吓得不轻。

虽说这次借使者吉言,侥幸逃过了此劫,可那些情诗大多的确出自六世达赖喇嘛仓央嘉措之手,不仅如此,这青年也的确动了凡心,干了许多违反清规戒律的大事。

这次有惊无险,下次如果让拉藏汗拿到更有力的真凭实据,恐怕就要大祸临头了。

可仓央嘉措本人却没把这事放在心上,做贼心虚的反倒成了他第巴桑结嘉措。

为了防备拉藏汗,以免再次陷入困境,桑结嘉措打定主意,决定对仓央嘉措实施全方位监护。

可仓央嘉措不愿意,他拒绝回到佛殿,也坚决不肯面壁思过。他有什么错呢?他的命是自己的,那就先得为自己活着,他和玛吉阿米相爱,并没有危害到别人,为什么不可以?他就喜欢写情诗,在他最孤独无助的时候,情诗是他赖以生存的精神食粮,凭什么不让他写?

反正这达赖喇嘛他也不想当了,谁再管着他,他就直接翻脸。

仓央嘉措豁出去了,再不想听桑结嘉措的安排。

桑结嘉措看着扬长而去的仓央嘉措,惊得目瞪口呆……

6.不负如来不负卿

热恋中的人,一日不见如隔三秋。

被禁锢了一段时间,仓央嘉措感觉和心爱的玛吉阿米仿佛已经分隔了好几年,那种焚心噬骨的煎熬让他痛彻心扉。所以,一从布达拉宫里出来,他就迫不及待地去找玛吉阿米。

他不能再瞒着玛吉阿米了,他要告诉她自己是六世达赖,他还要告诉她他此生决不负她。他要为她还俗,要娶她,要和她生儿育女,要和她永远相依相伴过幸福快乐的日子。

这些疯狂的想法让仓央嘉措热血沸腾。他不管不顾地冲上大街,穿着用烧檀香木的浓烟熏过的袈裟,直奔玛吉阿米的住处。

他太想念她了,一刻都不想再浪费。他在日光倾城的拉萨街头奔跑,翩跹的衣袂在他身后如风似水。他什么都不想,什么都听不见、看不见,他只想立刻、马上见到她!

可是,仓央嘉措到底被拦住了,桑结嘉措不能眼睁睁看着他去送死,然后让自己给他陪葬!

仓央嘉措被几个身手高强的武僧"请"回了宫里。

仓央嘉措的容忍达到了极限,他的内心焦灼狂躁,片刻不得安宁。

桑结嘉措也慌了神,他从来没看到过仓央嘉措这样。一直以来,这个少年沉稳安静,很少为什么事情喜怒形于色,可现在的他仿佛着了魔似的,要么不吃不喝,要么满地乱走,要么胡抹乱涂,看得他心惊肉跳。

这样下去可如何是好?

一向足智多谋的桑结嘉措方寸大乱,实在想不出法子,只能求助于五世班禅罗桑益西。

很快,五世班禅发来邀请,让桑结嘉措带着仓央嘉措前往后藏的日喀则。一来,仓央嘉措已年满二十岁,应该授比丘戒了,五世班禅将会亲自在扎什伦布寺为他主持受戒仪式;二来,让仓央嘉措出来散散心,转移一下注意力,有利于缓解他焦躁的情绪。

桑结嘉措看了五世班禅的信,觉得这方法不错。受了比丘戒的达赖喇嘛要遵从更严格的戒律,若五世班禅管教有方,说不定能让仓央嘉措回心转意,如此,他们也就可以化险为夷了。

桑结嘉措直接把五世班禅的邀请信拿给仓央嘉措看。他想,五世班禅德高望重,又曾经给仓央嘉措当过老师,于情于理,仓央嘉措都不能拒绝。

其实,仓央嘉措压根就没想着拒绝,他盼这一天已经盼了很久,总算有机会向五世班禅请求还俗了。所以,看到五世班禅的邀请信时,正情绪癫狂的仓央嘉措很快就平静了下来,继而心花怒放地笑了。

桑结嘉措提到嗓子眼的心总算落到了实处,他以为仓央嘉措是为即将接受比丘戒而高兴,根本就没想到他根本不在乎什么比丘戒,而是另有"图谋"。

康熙四十一年(公元1702年)六月里的一天,一支前往日喀则的队伍浩浩荡荡地出发了。

随行的,除了第巴桑结嘉措之外,还有蒙古的拉藏汗、西藏三大寺的堪布,另外还有许多仓央嘉措从来没见过的王公、大臣、高僧、武官等,不计其数。这些人都是宗教界、政界、军界和其他各界的首脑人物,再加上各自带来的侍卫、随从,放眼望去,队伍绵延数里,跟行军打仗的队伍一样壮观。

人多也好,有个见证,他仓央嘉措还俗了,以后在哪儿都是自由人。

仓央嘉措坐在轿子里,看着外面人影叠复的人群,心里又期盼又忐忑。但不管怎样,他一定会请求五世班禅恩准他还俗,玛吉阿米还在望眼欲穿地等着他,他们已经太久没有见面了,再见面,一定是团圆,而不是离别。

正想着,队伍走出了布达拉宫,一抬眼,仓央嘉措就被眼前的景象震憾了。

只见,沿途路的两边,跪着成千上万的民众,他们纷纷将家里仅有的银钱和饮食物品,连同洁白的哈达供奉出来,无比虔诚地看着他的轿子缓缓从眼前经过。他们的脸上刻着愁苦的皱纹,眼神却像火焰一样热烈,他们异口同声地呼唤着他的尊号,匍匐在地上不停地叩拜,想要尊贵崇伟的佛爷赐予他们福报,救他们脱离生世之苦⋯⋯

他们的声音此起彼伏,哀求、赞颂、渴慕,带着对生世愁苦的厌倦、对幸福的渴望和对佛爷的崇敬,从那一个个匍匐的躯体里发出来,不绝于耳,混成一片,织成一张细密的网,铺天盖地,牢牢把仓央嘉措罩住。

仓央嘉措百感交集,顿时热泪盈眶。

随行的队伍让他感到厌烦,这些送行的民众却让他心疼。他想起自己坐床登位那天,这些可亲的农牧民也是这样沿途跪拜。可一晃快有五年了,他这个高高在上的佛爷,又为这些可亲、可爱、可怜的人们做过些什么?

他没有能力拯救他们,没有办法帮他们脱离生世的磨难和困苦,可是,他多想告诉他们,在这世上,靠天靠佛不如靠自己,幸福要靠自己去争取。就像他仓央嘉措,明明知道希望渺茫,明明知道前路凶险,可是为了他心爱的玛吉阿米,为了实现他心中的梦想,他执意要去做一件惊天动地的事,就算冒天下之大不韪,就算从此臭名昭著世所不容,他也要忠于自己的真心。

他多想告诉他们,他们比他仓央嘉措幸福,因为他们拥有自由。

自由,拥有的时候,会觉得自由像空气一样看不见摸不着,无足轻重,可自由真的就像空气一样珍贵,是人们赖以存活的所在。没有自由,就像在黑夜里独自行走,感受不到阳光的照耀,无法随意拥有生命的渴望,那才是世上最大的苦难。

仓央嘉措想大声地告诉所有的人,他渴望像他们一样自由,渴望像他们一样尽情地爱、放松地活,渴望拥有这尘世间的亲情、友情和所有美好的情感,即便会有困苦和磨难,他也会以感激之心去面对。

要知道,自由与健康是世上最大的财富,拥有了它们,生命就可以轰轰烈烈地开出自己的花——只要自己保持良好的心态,积极乐观地面对所有,幸福会随时伴在左右。

可是，放眼尘世，拥有自由却作茧自缚的人不计其数，他们为了鸡毛蒜皮的琐事疲于奔命，为了蝇头小利斤斤计较，少有人活得快乐无忧。他们看不见已经拥有的幸福，忽略了身边的快乐，只一味把丁点儿不如意放大再放大，不害人害己不肯罢休……

可是，仓央嘉措的心声，人们听不到。

人们只看到他坐在缀满宝石的华美轿子里，羡慕他至高无上的尊荣与威严，却听不到他如笼中鸟一样渴望自由飞翔的心跳；人们只知道他就是六世达赖，以为他可以无所不有，无所不能，可事实上，他真的一无所有，一无所能！

为什么人们总是习惯性地羡慕别人表面上的风光，而看不到自己拥有的幸福？

其实，别人的风光根本不值得羡慕，因为别人再风光，都与你无关，而你所拥有的幸福和快乐，别人却未必有。

如果他能让世人幡然醒悟，懂得珍惜自己拥有的自由、健康、爱情、亲情、友情和所有，以感恩之心面对生活，学会自助与互助，远离并一起抵制自私、贪婪和暴力，一起努力实现各自的梦想，那将是莫大的恩德与慈悲，也就不负众生对佛法道学的信奉，不负众生对他的顶礼膜拜了。

可是，仓央嘉措只能沉默。

因为他知道，他这些话说出口，虽是金玉良言，却不能服众，让这些心存幻想的人们骄傲自信地站直躯体。他们被压迫得太久了，久得已经失去了独立思考、勇于承担的能力，他们习惯了谎言的存在，面对真实的时候反而会不知所措，会陷入更迷惘、悲苦、无助的境地。因为他们无法克服人性中的惰性与胆怯，宁可把希望寄托在虚幻的想象上，也不愿意相信自己……

仓央嘉措无言落泪，在朦胧的泪光中悲悯世人的蒙昧与盲从……

一路向西，终于到达了日喀则。

宏伟的扎什伦布寺在阳光下威严矗立，迎接着远道而来的客人。慈眉善目的五世班禅罗桑益西率领众僧静候寺前，远远地看着那支浩荡的队伍渐行渐近……

　　仓央嘉措掀开轿帘，远远地看着扎什伦布寺金光闪耀的金顶，看着寺前庄严肃立的五世班禅和一众高僧，说不清道不明的情愫让他忍不住潸然泪下。

　　这一生，他注定只是佛前的过客，即使身在佛堂，心亦在凡尘。他无法六根清净、无欲无求，无法彻悟天机、超凡脱俗，他不明白，如果一个人没有七情六欲，终日静坐高堂吃斋念佛，这一生还有什么意义。

　　他心有不甘，意有不平，无法割舍对玛吉阿米的爱恋，也无法接受比丘戒自此与世隔绝。所以，他必将辜负天下民众对他的膜拜，辜负上师五世班禅对他的栽培。他真的不是有意要伤他们的心，实在是，没有自由的命运不是他想要的。

　　还了俗，他就不会辜负玛吉阿米，就不会继续违背佛教清规，佛祖慈悲，定会念他一片挚诚，原谅他之前的所作所为。

　　仓央嘉措心意已决，下了轿，他以视死如归的气魄，径直走向五世班禅。

　　阳光下，宽大的袈裟丝毫掩饰不住他卓而不群的英姿，他俊美无比的脸上满是冷峻和坚毅的神采，他黑色的瞳仁熠熠生辉，他傲然复凛然的风骨呈现出的，竟是狂野不羁的邪魅。

　　所有的目光都凝聚在他的身上，满是仰慕、敬畏，而他无所顾念、无所畏惧，在下一刻，做出了令所有人大惊失色的举动——他脱下袈裟，双手奉上，双膝着地，跪倒在五世班禅面前，深深磕下头去，然后，他抬起头，坚定地看着五世班禅的眼睛，清清楚楚地吐露出自己的心声："弟子违背上师之命，深感有愧！弟子不愿意授格隆戒，并愿意连以前受的沙弥戒一并退还给您，请求上师准许弟子还俗！"

　　说完这些话，仓央嘉措积郁已久的闷气一扫而空，他目光平静地看着惊讶的五世班禅，等待他的答复，而周围，顷刻之间人仰马翻，乱作一团。

　　这到底是怎么了？为什么尊贵的六世达赖喇嘛的举止会这样诡异？他竟然要抛却至高无上的尊荣，不做养尊处优的佛爷，去做度日艰难的草民！

没有人能理解仓央嘉措，各种质疑如海潮般汹涌而起，伴着这些质疑而来的，是无与伦比的恐慌——功德无量的活佛要弃他们而去，他们的信仰面临崩溃，佛祖必将降罪……除了仓央嘉措和五世班禅，所有的人都战战兢兢地跪倒在地上，大放悲声，呼天抢地，仿佛到了世界末日。

五世班禅先是惊讶，随即，他低眉敛目，口吐六字真言，站在那里，黯捻佛珠，看着仓央嘉措，良久不发一言。

仓央嘉措亦坚若磐石。他并非一时冲动，今天种种，他早有准备，没有人能动摇他还俗的决心，只要能名正言顺地和玛吉阿米相亲相爱，他愿意付出一切。

不负如来不负卿，除此，他别无选择！

就这样，在那一年那一月那一天，发生了一件惊天动地的事。

神圣的佛教重地日喀则扎什伦布寺前，年轻的活佛仓央嘉措在众目睽睽之下，手呈袈裟，跪拜在地，恳求上师五世班禅准许他还俗。

当时，以后，许多年，世间芸芸众生，有谁曾因此而庆幸自己本是俗人一枚？

那个义无反顾的活佛，在三百年前，英勇地冲破佛教清规的禁忌和世俗伦理的藩篱，殷切地追求自由与真爱。为此，他不惜放下令人嫉妒的荣华，不惜离弃万民敬仰的尊位。

他疯了么？是被俗世如烟花一瞬的情爱迷惑了心智，还是因不解民生疾苦而不知好歹？他知不知道，爱情的保鲜期那么短，痴狂迷醉之后，琐碎无聊、平庸漫长的生活，足以掏空当时所有关于爱的幻想？而俗世的生活，需要自食其力，面对弱肉强食，数不清的烦恼会像鸡毛一样漫天飞。他若真还俗了，可以和那个玛吉阿米相爱多久？可以在平淡乏味的生活里坚持多久？每天柴米油盐酱醋茶，他还有闲情逸致风花雪月，写那么多缠绵悱恻的情诗吗？还会这般高唱着追求爱情和自由，哭着喊着要当老百姓吗？

真的，一个人自己想要什么，旁人无法理解，因为，他无法设身处地,无法感同身受,便没有妄加评论的资格。

但仓央嘉措,他活得真实而勇敢,这毋庸置疑。

每个人,无论活多久,相对于莽莽时空,生命的历程都短暂得如烟花一瞬。人,只要无愧于良知、无损于人,就应该争取为自己而活——走自己的路,过自己想要的生活,爱自己想爱的人,做自己想做的事,勇敢地追求幸福和梦想。

仓央嘉措这一惊世骇俗的举动,着实将桑结嘉措打了个措手不及。

桑结嘉措万万没想到,仓央嘉措那么爽快地答应前来日喀则,竟然另有打算。

他呆若木鸡地看着神色坚定的仓央嘉措,眼前一阵阵发黑。他用心良苦地经营了这么久,怕这怕那,却万万没想到,仓央嘉措会请求五世班禅准许他还俗!

这怎么可能呢?

仓央嘉措要是还俗了,不就说明他根本就是个假达赖么?那这之前发生的种种,不就成了天大的笑话?藏蒙的民众会群情激愤,拉藏汗会趁火打劫,康熙皇帝也会老账新账跟他一起算……

只是想想,桑结嘉措就恐惧得浑身冒冷汗。

仓央嘉措怎么可以这样对他?是他桑结嘉措前时太刻薄他了,管束得太严了,对他还不够体贴?可他已经尽力补救了,他实在不知道,还要怎么样才能让仓央嘉措满意?

桑结嘉措欲哭无泪,看着众人怎么哭喊劝诫,仓央嘉措都不为所动,他知道这时候再说什么,仓央嘉措都听不进去,索性保持沉默。

令桑结嘉措意外的是,一直冷眼旁观的拉藏汗竟然也上前跪地乞求仓央嘉措回心转意。

拉藏汗自然惶恐,因为他以为仓央嘉措这样做是冲着他来的。

前不久,康熙派来的使臣已经证明仓央嘉措是真佛身,那就是说明他信上的内容纯属诬告,他冤枉的是高高在上、神圣不可侵犯的佛爷。佛爷怎么可能容忍他拉藏汗以下犯上、栽赃嫁祸?他拉藏汗不是说他是假达赖么? 那他仓央嘉措就干脆主动请辞。大清的使臣都已经证实他是真佛爷了,他拉藏汗有几个脑袋能够承担起污蔑佛爷的罪孽?

仓央嘉措要是真不当佛爷了,别说康熙皇帝可能会追究他污蔑活佛、欺骗圣上之罪,就是这些唯仓央嘉措马首是瞻的藏蒙民众也绝不会轻饶了他,众怒难犯啊!

想到这些,拉藏汗不由得心惊胆战,只能努力跪求仓央嘉措收回成命。

拉藏汗实在有点高估了自己的地位,在仓央嘉措的心里,此时此刻,只有玛吉阿米那善良美丽纯情的姑娘,她在痴痴地等着他……

7.人间自在真情在

五世班禅与仓央嘉措对峙良久,仍没有从这年轻人脸上看出一丝反悔之意。

周围的人哭天抹泪、哀啭久绝;桑结嘉措反常地沉默,一脸肃穆;拉藏汗愁眉苦脸,不知所措。

五世班禅思忖良久,决定以"拖"字诀将此事暂时搁置。

既然仓央嘉措暂时不愿意接受比丘戒,那就随他。五世班禅想,年轻人总是容易冲动,等仓央嘉措在扎什伦布寺多住些日子,慢慢去掉那些偏执的想法,自然就会回心转意。

但让所有人都没想到的是,仓央嘉措为了让五世班禅同意他还俗,上街闲逛的时候,故意当着班禅侍从的面,放浪形骸,招蜂引蝶。他长得本就俊美雅逸,这一路走下来,处处桃花开。

仓央嘉措意犹未尽,当街便诗兴大作,抑扬顿挫地吟诵:

会说话的鹦鹉儿,

请你不要做声。
柳林里的画眉姐姐，
要唱一曲好听的调儿。

长干小生最可怜，为立祥幡傍柳边。
树底阿哥须护惜，莫教飞石到幡前。

吟诵完，仓央嘉措又冲几个姑娘招了招手，看到侍从们的脸由白变绿，由绿变黑，觉得尚不过瘾，又拿出语不惊人死不休的劲头，继续吟诗：

我与伊人本一家，情缘虽尽莫咨嗟。
清明过了春归去，几见狂蜂恋落花。

青女欲来天气凉，蒹葭和露晚苍苍。
黄蜂散尽花飞尽，怨杀无情一夜霜。

这些诗一出口，侍从们面面相觑，然后不约而同地膜拜地看向仓央嘉措，更有细心的侍从，当即把这些诗抄录了下来，贴身放好，视若珍宝。

回到寺里，侍从们就争先恐后地向五世班禅告状去了。

五世班禅听了侍从们的描述，又看到那些情诗，对仓央嘉措的"病症"深感忧虑。他叫来桑结嘉措一起欣赏探讨那些情诗，之后又"对症"研究了半天，却始终无法拿出有效的"治疗方案"。

无奈，五世班禅只好打消了留仓央嘉措久住的念头，他怕仓央嘉措继续待下去，"病情"会继续"恶化"，只让桑结嘉措说服仓央嘉措，然后把他带回布达拉宫"保守治疗"。

"第巴拉，他是我、你和天下苍生的佛主，亦是我、你和天下苍生的孩子，愿我佛慈悲，赐福于他……"

最后，五世班禅看着桑结嘉措，意味深长地说。

一晚上，桑结嘉措都在动脑。

五世班禅的话意思很明白，仓央嘉措深得民心，他的存亡关系着他第巴拉、五世班禅与藏蒙苍生，他不能因为个人的好恶而放纵或放弃仓央嘉措，需要用慈悲和真心去感化他。

就算五世班禅不叮嘱他，桑结嘉措也知道，他不能让仓央嘉措再这么如癫似狂下去了，否则，他桑结嘉措，还有藏蒙万千民众，都会成为他任性之下的陪葬品。

可无论怎么说，仓央嘉措都不回头，他到底该怎么办呢？

看来，这次不下狠心是不行了，必要的时候，善意的谎言出自真爱，适当的残忍也是慈悲。

第二天，桑结嘉措将仓央嘉措叫到跟前。

这次，桑结嘉措没跟仓央嘉措废话，直接针对他的"病症"开了刀："你想还俗做什么？娶玛吉阿米？你真的以为你还了俗就能如愿以偿？只怕，你还没有见到玛吉阿米，她就已经死于非命了！退一步，就算你能见到她，可已经身份卑贱的你有能力保护她和她家人的安危吗？再退一步，玛吉阿米那么美貌，你能保证她以后不会被有权有势的人强取豪夺了去？"

仓央嘉措想争辩，可他发现自己无话可说。

桑结嘉措说的一点没错，还了俗，他仓央嘉措就是草民一个，心狠手辣的拉藏汗决不会让他称心如意，到时候会发生什么可怕的事，他不敢想。

"其实，佛爷，你是知道的，退一步、再退一步都是奢望，你若真还俗了，别说玛吉阿米，就是你，也不见得能活过一天。那时，我，还有许多无辜的人，都会给你陪葬。要不要还俗，你自己好好掂量一下吧！"

桑结嘉措说完，深深地看了仓央嘉措一眼。

这一眼，让桑结嘉措的心猛然痛缩，先前下了狠心要做的事变得有些迟疑了。

仓央嘉措整个消瘦了一圈，从那天请求还俗被五世班禅婉拒，在寺外，他就变着法子折腾，回到寺里，他又变得郁郁寡欢，这两天，更是无精打采,十分消沉,昔日那闪着睿智灵光的眼睛总是泛着泪光,就是现在,那双眼睛也是泫然欲泣,但到底,那两汪泪水一直在眼眶里打转……

桑结嘉措叹了口气,犹豫再三,还是放弃了对玛吉阿米痛下杀手的决定。

玛吉阿米是仓央嘉措心理上最后的支撑,如果他再赶尽杀绝,仓央嘉措一定会恨死他的,到时候,事情可能会变得更加糟糕。

这样想,桑结嘉措不得不退步,他不忍心看着仓央嘉措因理想破灭而沮丧万分。停下脚步,想了想,到底还是走了回来,把一串钥匙交到了仓央嘉措的手里。

“这是什么?”

仓央嘉措眼中的泪水终是缓缓地落了下来,他不得不承认,他还俗的想法太天真了。

原本以为还俗是通往幸福的光明大道,结果,此路不通。

可是,为什么桑结嘉措会给他这样一串钥匙?是想要继续禁锢他么?

“宫里你殿后面偏下方的石墙上有一扇门,直接通往宫后的花园……”桑结嘉措费劲地说完,神色凄伤地看了仓央嘉措一眼,叮嘱他,“一定要小心。”

仓央嘉措先是一愣,紧接着,一双黯淡的眼睛猛然发亮。他难以置信地看着桑结嘉措,又看了看手心里那把小小的钥匙,激动得说不出一句话。

“唉!”桑结嘉措叹息一声,转身离去。

他这是怎么了?怎么能允许仓央嘉措再与玛吉阿米相会呢,还为他提供便利?

是因为对仓央嘉措心怀愧疚?是被他哀婉的情诗打动,起了惜才之意?是不忍心看到这孩子日渐消沉?还是只是想借此诱使仓央嘉措丢掉还俗的念头回宫?

桑结嘉措自己也说不清。

就这样,仓央嘉措没有再请求五世班禅还俗,而是乖乖地跟着桑结嘉措和一众人等,回到了布达拉宫。

可是,回到了宫里,桑结嘉措反悔了。

他可以睁一只眼闭一只眼让仓央嘉措从那后门出去散心,可以容忍他喝酒、写情诗或者做其他别的事,但他真不放心让他继续和玛吉阿米来往。

他并非故意出尔反尔,只是,这一路上,拉藏汗那阴沉暴戾的目光一直围着他和仓央嘉措打转,那样汹涌的嫉恨,就算隔得再远,也如凛冽的寒风,让人浑身发冷。

拉藏汗在五世班禅面前力劝仓央嘉措不要还俗,看似情真意切,实际上,他一方面的确有所顾忌,怕康熙皇帝因此而追究他诬告之罪;另一方面,拉藏汗包藏祸心,是个演戏的好手,在五世班禅面前,更是把顾全大局的形象粉饰得淋漓尽致;而且,拉藏汗暂时没有拿到仓央嘉措不守教规的真凭实据,也就不能确保自己可以反败为胜。所以,他明智地选择了忍耐。

敌人的忍耐,有时候恰恰是最可怕的!

在他们虎视眈眈的忍耐里,仇恨会被加倍酝酿发酵,随后爆发出来的杀伤力也会格外强大凶残。

拉藏汗和固始汗的那些不可一世的子孙们,就像蹲在那里伺机掳获猎物的野兽,他桑结嘉措和仓央嘉措稍有疏忽,就可能被抓到把柄,到时,后果将不堪设想。

可是,钥匙已经给了仓央嘉措,再告诉他不能去见玛吉阿米,他会答应吗?无奈,桑结嘉措只好用缓兵之计,让仓央嘉措稍安勿躁,先在宫里静养些日子,等拉藏汗放松些再做打算。

仓央嘉措虽然不情愿,但想到桑结嘉措的担忧不无道理,只好顺从。

一连数日,仓央嘉措闭门不出。

没有人知道,仓央嘉措忍受了怎样的煎熬,他越发消瘦,写出的诗句泣泪涕血,让人不忍卒读。

他和玛吉阿米已经有数月没有相见了,也不知道她现在怎样了。

每每想到这些,仓央嘉措就心急火燎。可他知道,桑结嘉措说的那些话并非危言耸听,拉藏汗的阴毒他也深有所感,如果他不听劝诫,势必会授人以柄,到时候,他会把可怕的灾难带给玛吉阿米、桑结嘉措和数以万计的藏蒙民众。

拉藏汗要的,不仅仅是借他仓央嘉措之名,打败桑结嘉措,而是藏蒙政教大权。哪一次改朝换代,不是以战争开始,以战争结束?战事一起,血雨腥风,哀鸿遍野。

他仓央嘉措怎么敢置天下苍生于不顾?

所以,他只能忍耐,一忍再忍。

为什么,他与玛吉阿米近在咫尺,却难以相见?

为什么,天下人都可以随心所欲地爱,偏偏他不可以?

为什么,别人谈情说爱都是天经地义,他就是大逆不道?

为什么,他只想与深爱的女子静寂相爱相守,就会引来战争?

因为他是六世达赖喇嘛,是被教徒们奉若神明的宗教领袖。蒙承佛祖的恩赐,担负着解救天下苍生的重任,他集聚了天下人心中所有美好的念想,他早已不属于自己,他属于宗教和佛祖,属于天下苍生!

天下人心中美好的念想可以是慈悲为怀,可以是大肚能容,可怎么还会是六根清净、无欲无求?

这是多么矛盾啊!既然心怀慈悲,又怎么能六根清净?既然大肚能容,又何必无欲无求?

一个六亲不认的人能称得上慈悲么?一个没有七情六欲的人还需要容忍什么?

一个远离世俗红尘、不屑爱恨情仇的佛,又如何能体会天下苍生之苦?

每次,仓央嘉措这样纠结,他的思维就像进入迷宫中,自相矛盾又走投无路。

他想不通,他无法解答越来越多的困惑,他攥紧那把小小的能通往自由与真爱的钥匙,努力压抑着来自心灵深处的呼唤:打开那扇门吧,去找玛吉阿米,他心爱的姑娘!

这是多么残忍的事!明明可以相见,却被看不见的绳索捆绑得结结实实。

如果一直这么熬下去,玛吉阿米会不会等得伤心绝望?会不会对他心生怨怼?

不,他实在忍无可忍了,他要去见她,哪怕是最后一面。

彼时,月满西楼,夜色深沉。负责督护他的侍从们都已经熟睡。

仓央嘉措的心如放飞的鸟儿,抑制不住地狂喜激跃。他换好衣装,悄然来到宫后那个隐蔽的小门旁。

一只看门的黄狗警觉地抬起头,看到他,似乎看到了等待已久的主人,并不狂吠,而是亲昵地绕着他打转。

仓央嘉措欣喜若狂,他打开门,小心翼翼地关好,尽力让里面的人看不出一丝异样,然后,他绕过宫后的大花园,向他向往的地方飞奔而去。

相爱的人总是心有灵犀,仓央嘉措径直跑向八廓街的那个酒馆。以前,他经常在那里与玛吉阿米相会,他料想,玛吉阿米一定会在那里等他。

这一刻,他不是动心忍性的活佛,而是又重新变回了自由的宕桑旺波,他不愿意再顾忌清规戒律,不想忌讳拉藏汗的阴谋诡计,他向往人间烟火,向往与心爱的姑娘一起欢乐。

仓央嘉措马不停蹄地赶到那个酒馆,那里的灯光在夜色里显得那般温暖明亮。在门口,他猝然止步,瞬间泪如雨下——酒馆里,不仅有玛吉阿米,还有那么多熟识的、陌生的人,他们都在殷切地等他回家。

原来,仓央嘉措在日喀则请求五世班禅恩准还俗的事早就像风一样传开了。拉藏的人们终于知道,那个总是踏月而来的宕桑旺波就是尊贵的六世达赖喇嘛。人们惊愕之后,没有一丝憎恶咒骂,相反,人们更加狂热地拥护他,喜爱他和他的诗。他是个敢想敢干、敢爱敢恨的活佛,和他们这些凡人一样,向往真爱和自由,他给他们做出了表率,让他们变得勇敢和执著,他让他们拥有力量,看到了希望……

所以,出乎仓央嘉措的意料,人们并没有唾弃他,而是如亲人一般,在他出现的刹那间,呼啦啦围上来嘘寒问暖,一片情深。

仓央嘉措被人们拥簇着,看着静静落泪的玛吉阿米深情的目光,感受着这人间的至真真爱,一时情难自抑,泣不成声……

深情凝望,相顾无言。

仓央嘉措和玛吉阿米再次十指相扣坐在一起,感觉恍如隔世。

等待与相思,让原本就纤细苗条的玛吉阿米更显清瘦,可她的笑容,此时却像怒放的玫瑰,美得令他眩目。

"其实,我早已知道。我爱的,只是你。"

当玛吉阿米轻启贝齿,说出这样的话时,仓央嘉措无法形容自己的惊喜。

她爱他,爱的就是这个人,与身份地位、功名利禄无关,她要的也只是这个人,除此,别无所求。

这般纯粹、深情的爱,让仓央嘉措情难自抑,忍不住拥她入怀……

皎洁的月光温柔地照进窗来,在这一刻,世界是如此安宁、静美,仿佛,他们可以这样相拥相守一生一世,直到地老天荒。没有猜忌争夺,没有阴谋算计,有的就是这样纯美的爱恋,岁月静好,天高云淡。

可是,血腥、暴力、杀戮、战争……这些可怕的存在总在潜滋暗长、蠢蠢欲动。

它们是肆虐在人间的妖魔鬼怪,它们唯恐天下不乱,唯恐人们安养生息,它们潜藏在一些人的灵魂里,居心叵测地等待时机逞强施威。

能远离这些,本身就是莫大的幸运和幸福——哪怕只是片刻,也已弥足珍贵。

仓央嘉措和玛吉阿米无比珍惜这来之不易的相聚,他们彼此深情凝望的目光,与那夜的月光一起,成为这世间最美的华彩……

能有朋友的关怀、亲人的抚慰、爱人的厮守,皆是有福之人。

尤其,能执子之手,与子偕老,一起相约白头,得以相濡如沫的情侣,更应该庆幸满足。

虽然日子平平淡淡,天长日久会觉得乏味,可是,请不要抱怨,波澜不惊的日子才平和安宁,而乏味的只是眼睛,只要用心,生活总会趣味盎然。

可是这些,很多人都不懂,他们拥有时不知珍惜,失去了又追悔莫及,任时光就这样在患得患失之中蹉跎浪费。

所以,若是仓央嘉措和玛吉阿米奢望的生活你已幸运拥有,请且行且珍惜。

8.真爱敌不过宿命的劫

那一天,
我闭目在经殿的香雾中,
蓦然听见你颂经中的真言;

那一月,
我摇动所有的经筒,
不为超度,
只为触摸你的指尖;

那一年,
磕长头匍匐在山路,
不为觐见,
只为贴着你的温暖;

那一世,
转山转水转佛塔,
不为修来世,

只为途中与你相见。

这些美丽而深情的句子，是纯美爱情的凝露。

它栖息在仓央嘉措情禅相融的灵魂里，遇到了同样至真至善至美的玛吉阿米，于是展开翩跹的翅膀，化成线条蜿蜒的墨字，落在纸上，成为爱的印迹。

后来，这些诗句横渡沧海，遍野花开，如馥郁芬芳的飞花，如缠绵清润的丝雨，温柔轻盈地落在人们的心上，香沁肺腑，酣畅胸襟，净化灵魂，怡养情性。

透过这些诗行，人们轻易可以想见，那些月光星辉静美如画的夜晚，仓央嘉措和玛吉阿米会怎样惜时如金地相依相恋，唯美的爱情就这样成为了世间最近亦最远的向往。

彼时的仓央嘉措是幸福的，虽然要更加小心谨慎，相见也总是匆匆忙忙，可这足以让年轻的六世满心欢喜。

醴泉石露和流霞，
不是寻常卖酒家，
空女当垆亲赐饮，
醉乡开出吉祥花。

为竖幡幢诵梵经，
欲凭道力感娉婷，
琼筵果奉佳人召，
知是前朝佛法灵。

贝齿微张笑靥开，
双眸闪电座中来，
无端觑看情郎面，
不觉红涡晕两腮。

情到浓时起致辞，

可能长作玉交枝，

除非死后当分散，

不遣生前有别离。

……

炉女赐饮、佳人奉果，红晕两腮、情浓意长……

诗中情致已是醉人，更别说当时执手相牵、默然对望中，那种种的心旌神荡。

此时的仓央嘉措已完全是个因热恋而才思洋溢的诗人，他掩饰不住的喜悦和期盼也尽数吐露成诗行：

新月才看一线明，

气吞碧落便横行，

初三自诩清光满，

十五何来皓魄盈？

前月推移后月行，

暂时分手不须哀，

吉祥白月行看近，

又到佳期第二回。

……

掐指细数，心心念念的都是那个当炉的女子，昨天才刚刚见过，不到一天，又相思成狂，每次安慰她别为分离忧伤，自己却忍不住满腹惆怅。

热恋中的各种滋味，仓央嘉措已一一尝遍，否则也写不出这般九曲回肠的诗行。他满怀着感激愉悦之情，赞美他的情人和相聚的时光，即使是那条守在秘门旁的黄狗，在他的诗中也忠心可鉴：

胡须满腮的老狗，

比人还要乖；

别说我夜里出去，

天明时才回来。

如果能一直这样过下去，玛吉阿米不向仓央嘉措要名份地位，心甘情愿地做他的秘密爱侣；仓央嘉措也一直全心全意爱她，不离不弃。那么，这样的相爱相守，也足以无憾了。

玛吉阿米要得不多，仓央嘉措也懂得珍爱，两个人，一段情，心与心互相陪伴、温暖，再面对这尘世的春夏秋冬，便不再有孤单寂寞，心中满满的都是喜悦和安然。

那样，该有多好？

可是，月有圆缺，人有离合。

世上的事有时就是那样不可理喻，真心相爱的人，很少能顺顺利利相依相伴；貌合神离的人，却偏偏可以在一起。

仓央嘉措高高在上的佛主地位，注定了关心他的人太多。不被关注的人，怎样为所欲为都无关紧要；被人关注了，即使小心翼翼，也总是惹是生非。

拉藏汗，这个处心积虑的政客，早已被谋权夺利的欲望熏黑了心肠，他虽然远离拉萨，却从来没有放松过对仓央嘉措和桑结嘉措的窥探。

按理说，仓央嘉措和桑结嘉措的关系应该是针锋相对的。政教大权明明应该归仓央嘉措所有，却被桑结嘉措独霸了这些年，仓央嘉措如今早已成年，头脑不简单又颇有主见，两人之间，明争暗斗应该少不了。

两个有尖锐矛盾的人更容易被挑拨，只要他们其中一方按捺不住发作，他拉藏汗就可以趁虚而入，抓住机会报仇雪恨。奇怪的是，他窥探了很久，甚至暗中收买了布达拉宫里伺候桑结嘉措的个别高僧，带回来的消息竟然是两个人一直相安无事，风平浪静。

这怎么可能？一山不能容二虎，为什么偏偏这两个就能和睦相处呢？

拉藏汗心急如焚，仓央嘉措不指责桑结嘉措独霸大权，桑结嘉措也不嫌弃仓央嘉措坐享其成，如果一直这样下去，他拉藏汗无机可乘，该拿什么借口来发起战争呢？

拉藏汗感觉到，自从上次他密报失败之后，康熙皇帝对他的态度就冷漠了很多，反而对前时有过隔阂的桑结嘉措越发友好。这可不是他的凭空猜测，他的眼线告诉他，康熙多次派使臣带着礼物远道而来，借看望仓央嘉措之名，加强与桑结嘉措的沟通和联络。

这样下去可怎么好？桑结嘉措本来就位高权重，又苦心经营了这么多年，若继续强大下去，他拉藏汗这辈子怕都没有翻身之日了。

拉藏汗异常烦闷，暗中增强了对桑结嘉措和仓央嘉措的窥探。他就不信，就算这两只老虎"日久生情"，不会窝里斗，但仓央嘉措写得出那么情意绵绵的情诗，怎么可能没有切身的体会？

无病呻吟的东西拉藏汗也读过不少，可仓央嘉措的情诗那般真挚感人，就连康熙皇帝也因此网开一面。要不然，就凭写了那么多淫诗艳语，康熙完全可以治仓央嘉措的罪。可事实是，仓央嘉措不但幸免于难，还被使者确定为真佛身，因此威慑天下，备受推崇。

仓央嘉措因祸得福，他拉藏汗却得不偿失。偏偏仓央嘉措还和桑结嘉措串通一气，故意在五世班禅面前搬弄是非，让他拉藏汗出丑，这口气，他怎么咽得下去？

拉藏汗思忖再三，怎么都觉得能受到那么多藏蒙民众的喜爱，被流传得那么广泛的诗歌，不可能是仓央嘉措凭空臆想出来的。那诗行里的深情、痛苦、矛盾和相思，肯定意有所指，他拉藏汗就算掘地三尺，也一定要把仓央嘉措情诗里的女人找出来！

这天，拉藏汗又研究起了从各处收集来的仓央嘉措的情诗。

抛却政治纷争、个人恩怨，这些情诗的确是余香绕口，赏心悦目，拉藏汗也不知不觉着了迷。

看着看着，突然有这样的诗句映入眼里：

醴泉石露和流霞，

不是寻常卖酒家，

空女当垆亲赐饮，

醉乡开出吉祥花。

酒家？当垆？

拉藏汗的眼睛猛然一亮，顿时陷入了狂喜。他立刻吩咐下去，让暗中潜伏在拉萨的眼线监视街头的酒馆，留意那些卖酒的姑娘，看看仓央嘉措是不是和其中的哪一个来往密切。

吩咐完了，拉藏汗发现自己紧张得手心冒汗，他直觉，很快，他就能找到反败为胜的有利证据。

他阴沉地眯了眯眼，又看了看那首诗，让人把他那位婚前失贞的妃子才旺甲茂叫到面前。

才旺甲茂失宠已久，突然被传到堂上，一时又惊又喜，还以为她的丈夫拉藏汗想起了旧时的情意，从此会对她好起来。

可是，她错了。

她当初狠心舍弃没有权位的桑结嘉措，一心攀高枝嫁的丈夫拉藏汗，对她早已厌倦嫌恶。她是他的耻辱，是他这一生都抹不掉的污点，他一想到她，就仿佛看到了桑结嘉措洋洋得意的嘴脸，一看到她，就觉得全天下人都在耻笑他。

现在，她站在他面前，他恨不得一刀杀了她。可他没有，他狰狞地看着她，用冰冷地声音告诉她："我很快就会把桑结嘉措变成一具尸体，到时候，我会把他抓到你面前，看着你亲手杀死他！"

才旺甲茂惊恐万分地看着表情凶狠的拉藏汗，只觉得天旋地转，软软地跌倒在地上。没有人知道，这些年她有多悔恨，若不是她当初贪慕虚荣，又怎么会痛苦一生，并把灾难带给桑结嘉措？可是，一切早已不可挽救……

拉藏汗狂妄得意的笑声，如夜枭可怕的诅咒，回荡在夜色中……

危在旦夕,仓央嘉措却浑然不知。

这段日子是仓央嘉措最快乐舒心的日子,因为,他知道玛吉阿米就在那里,一直都在,恋着他,爱着他,等着他。

他不必再对玛吉阿米隐藏自己的身份, 两个人之间再也没有秘密,心与心之间没有丝毫距离,即使不在一起,也感觉身心相依。

白天,仓央嘉措穿上袈裟,为远道而来的祈福者宣经讲道,走上拉萨的街头乐善好施,尽心尽力地做个仁慈的活佛。拉萨的人们都爱他,藏蒙的民众都拥护他,他既是他们心中的神佛,又像他们可亲可爱的孩子,他们以前所未有的热忱喜爱他,称颂他。

夜里,如果天朗气清,月色怡人,仓央嘉措就会换上俗装,从秘门出来,与心爱的姑娘相会。他们相会的地方,有时是那个酒馆,有时是在玛吉阿米家里。

那是他们之间的秘密,他们以为可以一直守着这个甜蜜的秘密,相守到永远。

可是,世上没有不透风的墙。偶然一次两次,或许还能掩人耳目;次数多了,总有一天,会被别有用心的人察觉。

拉藏汗在布达拉宫里收买的眼线终于发现了仓央嘉措的秘密,他立刻上报了拉藏汗。

拉藏汗怕打草惊蛇,并没有立即采取行动,而是让那个喇嘛继续盯紧,一有风吹草动,立刻叫人来报,一定要抓到有力的把柄。

是夜,月明如昼。

冬天的风虽然寒沁入骨,可想到马上就要见到玛吉阿米,仓央嘉措的心里温暖极了。他喂完那只忠诚可爱的黄狗,仍然从秘门出来,绕过那片花木嶙峋的园林,径直前往玛吉阿米家。

仓央嘉措丝毫没有注意到,身后有一双恶毒且隐秘的眼睛,正死死盯着他的背影。

玛吉阿米如往常那样,欢悦地迎出门来,可仓央嘉措注意到她眼睛里的泪珠在打转，那掩饰不住的感伤像寒风一样袭来，让他的心狠狠地沉下去。

"发生了什么事？"他问。

"没有，只是太想你……"

玛吉阿米含笑回答，晶莹的泪水却倏然流了一脸。

仓央嘉措心疼地揽她入怀，心中有说不出的歉意。

这样美丽温柔的姑娘，只能偷偷摸摸地做他的情人，他多想和普通人一样，可以敲锣打鼓、大办宴席，风风光光地把她娶回家做娇美的新嫁娘。可是，只怕这一生，他都没有办法完成这小小的夙愿，让玛吉阿米毫无顾忌地和自己形影不离。

想到这些，仓央嘉措也不由黯然神伤。

玛吉阿米不忍心看仓央嘉措难过，她安慰他，告诉他自己什么都不在乎，只要能和他在一起，真心实意地爱着他，她便无怨无悔。

"无论你是宕桑旺波，还是仓央嘉措，无论你是凡人，还是活佛，我都爱。我爱的只是唯一的你，无论以后发生什么事，无论我身在哪里，我都会把你放在心里，永远爱你。"

玛吉阿米流着泪，痴痴地望着他，吐出来的每个字都是质朴而坚定的誓言。

为了真爱甘愿忍受委屈，即使一生都这样做他的隐密情人，她都心甘情愿。可是，即使是这样，也有人不能容忍。他们为了这样那样的理由，非要横加干涉，抓住此事大做文章。玛吉阿米知道，如果她再不离开仓央嘉措，他会受到伤害，他会被敌人毁誉伤命，落入万劫不复的境地。为了保护他，她只能将所有的不甘和痛苦埋葬，坚定绝然地离开他。

可是，见到他，她不忍心告诉他，在他到来之前，第巴桑结嘉措已经亲临家中，跟她进行了推心置腹的长谈。那个一直高高在上、威严冷酷的第巴拉，没有怒气冲冲地质问她、责备她，他的表情是那样哀伤，语气是那样沉重，他用沙哑的声音告诉她，如果她再不离开仓央嘉措，不仅她们两个人，就包括他第巴和这拉萨的千万民众，恐怕也会横遭不测。

玛吉阿米伤心欲绝，一想到要迫不得已离开深爱的仓央嘉措，她就觉得天昏地暗,没有了继续活下去的勇气。可是,她还要照顾多吉老爹,她不能让善良可亲的阿爸白发人送黑发人,饱受惨痛与孤独终老的折磨。

这是她和仓央嘉措的最后一面。

玛吉阿米收起眼泪,表现出前所未有的大胆热烈,她要把所有来不及给他的爱,在今夜全部奉上,她要把他融进自己的灵魂、生命中,从此再也不分开;她要留住这个美好的夜晚,用它来安慰余生的哀伤和寂寞;她要真真切切地把自己交付出去,让自己没有遗憾地离开,让他记住她的好……

一夜情迷,浑然忘我。

天亮的时候,仓央嘉措出门,他要按时回到宫里。没想到,一夜之间,门外已是一片银装素裹,厚厚的积雪覆盖了通往布达拉宫的路。

一股寒风夹杂着细碎的雪花扑面而来,让仓央嘉措不禁打了几个寒战,他愣怔地望着那平整的雪地,不祥的预感骤然升腾。他记起了曾经与仁增旺姆相会的那次,也是一夜之间冰天雪地,他当时粗心大意,不小心在雪地上留下了脚印,让桑结嘉措勃然大怒……

难道,真爱终究敌不过宿命的劫?这次,他该怎么办?

仓央嘉措愣在门口,深深的悲哀将一夜的温馨美好扫荡一空,他面色悲凄地看着铅灰色的苍穹,清俊的眉目间一片绝望……

9.我佛悲悯为哪般

为什么,这一生,他总要面对两难的境地?

回去,雪地上必然会留下引人怀疑的脚印;不回去,布达拉宫就会乱成一团,桑结嘉措也会百口莫辩。

仓央嘉措头痛不已,回到屋里,玛吉阿米还在熟睡,圆润的脸庞染着两抹绚丽的红霞,睡容静美安详。仓央嘉措舍不得打扰她,深深地看她良久,烦乱的心绪又恢复了平和宁静。

他为她盖好被子,转身退出门去。

仓央嘉措没有看到,在他转过身的时候,玛吉阿米的眼睛里滚落出了两行清泪……

仓央嘉措不敢耽搁,急急忙忙往回赶。也许,天亮时分会有早起的人踩乱雪地上的脚印,那样,他就能免于被发现。可是,如果他不回宫,天亮时被人发现,将会引来数不清的麻烦,想要遮掩都难。

这么想着,仓央嘉措急步往回赶,脚下不时发出积雪被踩踏的不甘,簌簌的声响回萦在耳边,让仓央嘉措再次心烦意乱。他艰难地往前行走,脚步蹒跚踉跄,他突然感到非常后悔,蓦然回头,看着遗留在雪地上凌乱、孤独却清晰的脚印,想要再退回去,为时已晚。

那只黄狗死在了秘门旁,嘴角流出的殷红的鲜血,已经被风冻成冰,它忠诚的眼睛闭得紧紧的,身体已经僵硬,全身黄色的皮毛也早已黯然无光。

是谁连一只狗都不肯放过?

仓央嘉措满心的惶恐全都化成了愤恨,他悲悯地看着黄狗的尸体,怒火烧红了他的眼睛。他怒气冲冲地去找桑结嘉措理论,却没想到,在桑结嘉措的寝室里,他看到了笑容狰狞的拉藏汗。

在拉藏汗身边不远处,一个平日里服侍仓央嘉措的侍从被五花大绑,他满脸惊恐,全身上下都在瑟瑟发抖,他不敢迎视仓央嘉措的目光,一点点往后退去,突然,扑通一声跪下去,把头磕得山响:"佛爷,请宽恕我,我真的不是故意跟踪您前往玛吉阿米姑娘家的,也不是有意看到您和玛吉阿米姑娘……"

那个侍从声泪俱下,一直在为自己辩解,可句句欲盖弥彰。他后面说了些什么话,仓央嘉措完全没有注意,他看着桑结嘉措铁青的脸,看着拉藏汗奸计得逞的得意,他知道,一直以来担心害怕的事情,终于发生了。

如果不是早有预谋,拉藏汗怎么会这么及时地赶到?如果不是提前买通,深更半夜的,这个侍从怎么会清醒地跟踪他?

可是,明知道是这样,他仓央嘉措也无话可说,似乎,他们做什么都是理所应当,错的只是他,因为他不该身在佛堂心恋红尘。

拉藏汗凑过来,伸手拂去仓央嘉措肩头的雪花,不怀好意地看着他,阴阳怪气地说:"佛爷真是辛苦,三更半夜不睡觉,还跑出去安抚民生疾苦,真是好兴致啊!我们是不是有必要顺着佛爷的足迹,去看看佛爷这一晚上到底去了哪里?我想,那位姑娘一定还满心欢喜,你对她做的善事一定很了不起……哈哈,放心吧,我一定会如实上报康熙皇帝,让他好好褒奖伟大的佛爷和第巴拉大人!"

说完,拉藏汗仰天大笑,命人押着那个被捆得结结实实的侍从,扬长而去!

仓央嘉措手足无措地站在那里,看着桑结嘉措微颤的背影,知道自己说什么都已于事无补。同时,他担心得要死,既然拉藏汗已经知道了玛吉阿米的存在,那现在的玛吉阿米有没有危险呢?会不会已经被可恨的拉藏汗劫持了?

想到这些,仓央嘉措冷汗如雨,二话不说,转身就走,他要去找玛吉阿米,他不能让她有危险,如果她真的被拉藏汗抓走了,就是豁上性命,他也要把她救出来。

此时,身后传来了桑结嘉措的叹息:"不用去找了,她很安全,我已经让人把她带到了安全的地方!"

仓央嘉措猛地收住脚步,难以置信地看着桑结嘉措,说不出是感激还是忧虑,他问:"你让人把她带去了哪里?"

"带去了她应该去的地方。"

桑结嘉措怅然叹息,转身神色哀伤地看着仓央嘉措。

这善良的孩子,到现在还有心思担心玛吉阿米,他到底知不知道发生了什么事?拉藏汗到底抓住了真凭实据,康熙皇帝很快就会知道一切,他们马上就要大祸临头了,恐怕再也没有可能侥幸逃离!

"……上师,我……"

仓央嘉措惶恐不安地看了看桑结嘉措,想说的话哽在喉头,怎么也发不出来。他有错吗?如果追求真爱、想要自由是错,那天下的人岂不是都错了？试问,这世上有谁不渴望真爱和自由？

他选择的时间不对吗？拉藏汗就像一只毒蜘蛛,利欲熏心的他早就织好了弥天大网,只怕,无论他仓央嘉措什么时候去找玛吉阿米,都会被抓个正着。

但是,即使仓央嘉措无心认错,可看到满脸哀伤却没有对他大声呵斥、兴师问罪的桑结嘉措,他还是感到了不安和愧疚。他为这样的不安和愧疚痛苦不堪,他不明白,为什么他和玛吉阿米两个人你情我愿地相爱,会世所不容,会招来这么多莫名其妙的灾祸？

"佛爷,事到如今,只能殊死一搏,请准许我大开杀戒,替天行道……"桑结嘉措闭上眼睛,长长地叹了口气,咬着牙根一字一顿地说。说完,他再也没有看仓央嘉措一眼,转身绝决地离去。

桑结嘉措要去做什么,仓央嘉措无暇顾及,他担心玛吉阿米的安危,他要去找她。

拉萨的街头依然人来攘往,这里店铺林立、摊位满街,四方客贾云集,日夜喧哗热闹。可是,玛吉阿米在哪里？仓央嘉措找遍了这里的每个酒馆、每条街道,却怎么也找不到玛吉阿米窈窕的身影和温柔的微笑。

就像曾经的仁增旺姆和达娃卓玛,玛吉阿米也这样在一夜之间从他的生命里销声匿迹,只剩下他孤零零一个人,在绝望里奔走,在痛苦中哀泣。他明明知道再找下去也无济于事,却无法停止寻找的脚步,他怕自己一停下来,就会颓然倒地,将这一世悲凄化为荼毒生灵的怨谶。

一切都是徒劳,一切都是虚空。

找了许多天,仓央嘉措心累神疲,精神萎靡,他屈尊去找第巴桑结嘉措,他要向他承认错误,他受不了这担忧和恐惧的折磨,只要让他知道玛吉阿米在哪里,让他看上最后一眼,他一定从此静心向佛,绝不再违逆桑结嘉措。

孤傲的仓央嘉措哭着跪倒在桑结嘉措的面前,苦苦求他,请他告知玛吉阿米的下落。他发誓,他哀求,可桑结嘉措也同样悲伤凄迷。他泪流满面,却只能告诉他,事情发展到今天的地步,他第巴拉也无能为力。玛吉阿米要想活命，只能远走他乡，像仁增旺姆和达娃卓玛那样，嫁为人妻，从此与他仓央嘉措天各一方，今生今世与他永不能相见。

那是多么残忍的打击，残忍得就像生生掳走了仓央嘉措的灵魂，又将他摇摇欲坠的残躯刀刀凌迟。为什么？为什么他痴心相爱的女子，都要落到那般凄惨的境地，嫁给她们不爱的人，忍受一生的痛苦和别离？

身为至高无上的活佛，却连自己最心爱的女子都保护不了，还如何能挽救天下苍生？他仓央嘉措痛失所爱，心中的信仰也轰然塌陷，他失神地愣怔，再也流不出一滴泪。

他心痛如绞，木然地看着桑结嘉措近在咫尺却模糊一片的脸，他的心空了，整个世界都空了，生与死、爱与恨、真与假……一切都化为飞尘飘絮，与他再无干系。可这样的他，到底是成了佛，还是入了魔？

人证物证俱在，拉藏汗片刻不等，立刻派人赶往京城，向康熙告状。

这次，就算是康熙有心偏袒仓央嘉措，怕也不行了。雪地上的脚印、仓央嘉措的侍从都是铁一般的真凭实据，他拉藏汗就不信，康熙还能一而再、再而三地容忍桑结嘉措的欺君之罪。

就算仓央嘉措是真正的佛身又怎样？他不守佛法清规，与女人通奸苟且，佛身已污，清誉已毁，他还有什么脸说自己是正直无私、仁慈无敌的活佛？他触犯了禁忌，就再也无法服众，再也不能帮助桑结嘉措跟他拉藏汗抗衡！

康熙皇帝看到拉藏汗的密信，看到信中陈述种种，知道拉藏汗狼子野心、有备而来，他再想替仓央嘉措开脱，于情于理，都说不过去。虽然他很欣赏仓央嘉措的才华，可王子犯法，与庶民同罪，为了维护藏蒙地区的稳定，为了保持佛教信仰的圣洁，就算他贵为皇帝，也不能凭自己的喜好而为所欲为。藏蒙本就是蛮夷之族，若没有了神圣的佛教信仰，各个部落就会成为一盘散沙，到时候，互相争权夺利，打成一团，他身在京城，鞭长莫及，若是要屡屡兴兵征讨平定，必定会劳民伤财，伤及国体。所以，即使他明知拉藏汗是借刀杀人，也只能顺势而为。

政治是残酷的，要怪，就只能怪桑结嘉措太过妇人之仁，怪仓央嘉措言行失仪。

可是,仓央嘉措深得藏蒙民众拥护,如果他贸然下旨惩戒,会不会激起藏蒙信徒们的抵触和反抗?

睿智的康熙从来虑事周全,他思来想去,没有立刻回复拉藏汗。

有时候,以静制动,静观其变,反而更容易解决问题。藏蒙政局需要稳定,但一场纷争已在所难免,桑结嘉措和拉藏汗,到底哪个更适合做藏蒙政教的主宰,还要看他们自己较量的结果。他康熙不喜欢被人利用,他为了大清的江山,可以牺牲一个不守清规戒律的仓央嘉措,但不到万不得已,他不会给拉藏汗当刀使。

久久等不到康熙回复的拉藏汗如热锅上的蚂蚁,他实在愤懑至极,明明就是桑结嘉措借假达赖之名,独霸藏蒙大权多行不义,为什么康熙要一再姑息?

久不见朝廷有所动静,也不见使臣前来,渐渐地,拉藏汗的胆子变大了。

康熙不阻止,就是允许,那他拉藏汗还等什么?

拉藏汗利欲熏心,立刻扯起了"清君侧"的大旗,正式以征讨假达赖之名,向桑结嘉措宣战。

拉藏汗选在仓央嘉措第一次主持的大法会上发起挑衅。

这是公元1703年,一年一度的传昭大法会照例在大昭寺举行。

第巴桑结嘉措让仓央嘉措主持,让他率领一众香客,在神殿上向佛祖金像祈福,并按部就班地主持仪式。

本来,一切井然有序,场面庄严肃静,可没想到,不知因为什么原因,拉藏汗的几个家臣和第巴桑结嘉措的几个亲信起了争执,继而,争执升级为对骂,再然后成了针锋相对的打斗。拉藏汗身为首领,在这样庄严的法会上,不仅没有及时地制止家臣胡闹,反而推波助澜,怂恿纵容家臣群起而攻之。桑结嘉措的亲信也不是省油的灯,个个义愤填膺、据理力争,没想到,拉藏汗的家臣们胆大妄为,竟然于佛前大开杀戒,将第巴桑结嘉措的几个亲信乱刀砍死了。

拉藏汗的家臣砍死了桑结嘉措的亲信仍不解气，竟然冲在场的无辜佛徒举起了屠刀，一时间，血腥满地，鬼哭狼嚎，场面大乱，安祥宁静的佛殿顿时成了人间地狱。

第巴桑结嘉措知道拉藏汗是在故意滋事，看着亲信惨不忍睹的尸身，桑结嘉措心中压抑了许久的怒火冲天而起，他立刻纠集兵力，围缴拉藏汗。

此举正中拉藏汗下怀，他当即率领蒙古驻军迎击。可老谋深算的拉藏汗害怕担负引发战乱的罪名，他佯装颓势，且战且退，率兵退出拉萨，让藏蒙民众看到是桑结嘉措在恃强凌弱，而他拉藏汗只是"被动迎战，且力有不敌"。

桑结嘉措并不知道拉藏汗是故意示弱，为了庆祝初战告捷，他下令将没有完成的大法会举行完毕。

因混乱而被弄得狼藉一片的会场很快被收拾得焕然一新，地上斑驳陆离的血迹也被人们用清水洗刷得一干二净，来自四面八方的香客和僧侣、各地政教要人，再次神色肃穆、恭敬地站在佛祖金像前，面向仓央嘉措叩拜。

看着齐念六字真言、虔诚跪地的人们，仓央嘉措满心都是深重而无奈的悲悯。就在他们站立的地方，还模糊可见昨天死者的血渍，即便是在这威严神圣的佛殿里，残暴的杀戮都可以肆无忌惮地进行，佛祖金身在上，却只能眼睁睁看着恶徒逞凶，那这藏蒙人们世世代代信奉、追随的佛教，到底能不能拯救万民于苦难呢？

穷凶极恶的拉藏汗岂会真的善罢甘休？只怕，一场昏天暗地的战争马上就要来临，那时，这些善良无辜的香客和僧众，将会遭遇怎样的绝境？

仓央嘉措端立高堂，放眼望去，似乎看到拉藏汗的数万铁骑如风卷残云而来，所到之处，血肉横飞，民不聊生。

许久以来，以为退让、隐忍可以避过的残忍战争，到底还是来了！

对于像拉藏汗一样野心勃勃的政客，百姓命如草芥，良知与信仰都是虚妄，他要的，是实实在在一呼百应、坐拥天下的权位，为此，他可以背信弃义、不择手段。

仓央嘉措是不是假达赖、是不是不守清规戒律，其实都只是他兴兵起事、争权夺利的借口，他真正的敌人是桑结嘉措，或者，是所有阻止他掌握大权的人。为了满足自己那掌权的野心，他甘愿堕身为魔。

仓央嘉措颓然闭上双眼，清明的世界瞬时陷入一片黑暗之中……

果然，正如仓央嘉措预料的那样，拉藏汗诈败之后，迅速强势反扑。

桑结嘉措怎么也没想到，拉藏汗竟然这么快就反扑回来，好在他早有防范，赶紧加固各地防御兵力。

可是，拉藏汗的蒙古八旗显然更加训练有素，个个噬血凶残，一路杀将过来，势如破竹，桑结嘉措的御敌之兵疲于应战，一时被打得溃不成军。

激烈的厮杀声传到了在大昭寺举行的大法会上，正在虔诚祈福的人们大惊失色，纷纷逃散。拉藏汗手下的将士毫不怜惜佛徒们的仓皇，手起刀落，手无寸铁的佛众瞬间身首异处，横七竖八地倒在了他们全心信奉的活佛脚下……

桑结嘉措倾尽全力，派出精锐部队与拉藏汗的蒙古八旗对战，双方势力相当，僵持不下，昔日繁荣祥和的拉萨血流成河，哀声遍野，生灵涂炭。

血腥的杀戮在佛教圣地拉萨日益猖獗，拉藏汗和桑结嘉措针锋相对、互不相让，他们各自稳坐军中，指挥若定，却于谈笑间杀人无形、伏尸百万，天地之间，一时腥风血雨、日月沉黯……

仓央嘉措独立于圣殿之上，俯首苍生，悲悯众生之难，悲悯自己无力回天，悲悯浮生若梦，悲悯万事成空……那无尽的痛苦，让仓央嘉措悲泪泣血，却只能将满怀凄怆化为幽长的哀叹。

10.得民心者得天下

战争从来是两败俱伤,所谓的胜者,仅限于那个自私的将领。

拉藏汗和桑结嘉措势均力敌地打了数日,各方损失无数,再打下去,也不见得能分出胜负,于是,有人出面调停了。

拉藏汗和桑结嘉措本就打得没滋没味,此时正好有人给台阶下,他们就顺势达成了停火协议。不过,由于拉藏汗剩下的兵力比桑结嘉措雄厚得多,迫于各方压力,桑结嘉措不得不暂时辞退第巴的职务,把政权交给了他的儿子阿旺仁钦来接替,由他与拉藏汗共同掌握西藏庶务。

桑结嘉措这个儿子据说并非亲生,性格完全不像桑结嘉措,生来就胆小怕事,又一直娇生惯养,根本就难当大任。突然担此重任,面对咄咄逼人的拉藏汗,他吓得连话都说不完整,一切都是拉藏汗说了算。

桑结嘉措哪里咽得下这口气,他为之奋斗一生的政教大权,竟然落到了一个蒙古人的手里,他怎能善罢甘休?他还有不少兵力没有动用,他就不信,仅凭一个拉藏汗,能把他多年的经营毁于一旦。

桑结嘉措养精蓄锐,表面上退让隐忍,暗中却酝酿发动更大的战争。他已经不再把希望寄托在仓央嘉措身上了,这个只会写情诗的活佛这会儿终日静坐佛堂,如果他早点儿这样,不去外面沾花惹草、招灾惹祸,拉藏汗又怎么会这么猖狂?

可是,如果他早点把政教大权交给仓央嘉措,仓央嘉措或许就不会这般放浪形骸……这些都已经不值得再追究了,事情已经发展到了这一步,再后悔已经毫无意义,他桑结嘉措现在要做的,就是想方设法除掉拉藏汗。

桑结嘉措暗中加紧布局,以等待时机来一场扭转战局的反扑……

公元1705年,康熙四十四年。

拉藏汗和桑结嘉措已经发生了数次军事冲突,彼此元气大伤。中间数次调停都毫无效果,拉藏汗和桑结嘉措都口是心非,表面上商定言和,暗地里却发狠较劲,隔不了多久就会来一次昏天暗地的对战。

后来实在打疲了,双方最终协议,都撤离拉萨,自此和睦相处,互不侵犯。拉藏汗退回青海,桑结嘉措撤到雅鲁藏布江南岸的贡嘎,但无论是拉藏汗还是桑结嘉措,都清楚地知道,更激烈的战争就在不久的将来。

这两个注定是天敌的政客也注定要有个你死我活的结果。

拉藏汗佯装退回青海后,立刻赶往那曲卡,在那里集结了早已豢养数年的兵力,悄然潜回拉萨,并派出数百人的精锐骑兵,连夜入侵拉萨城内,神不知鬼不觉地占领了数个城中要塞。

桑结嘉措得知消息后方寸大乱,等不及大军集结完毕,就铤而走险地派出亲信潜往拉藏汗的营帐,趁拉藏汗吃饭的时候下毒鸩杀他。结果,事情败露,拉藏汗怒不可遏,挥刀斩杀了桑结嘉措的亲信,立刻兴兵举事。

桑结嘉措本以为他的计谋必能成功,拉藏汗会像他的父王一样死于非命,不想却弄巧成拙,错过了集结大军的良机,被拉藏汗突袭的军队打了个措手不及,而桑结嘉措自己也被拉藏汗生擒了。

胜者为王,败者为寇!

一见拉藏汗获胜,那些见风使舵的权贵立刻临阵倒戈,竟然纷纷口诛笔伐,指责桑结嘉措假借六世达赖之名独霸政教大权。

人情冷暖,向来如此,富贵有人捧,贫贱有人踏。

可怜桑结嘉措,一世英明,最终遭此不测,一时身陷囹圄,四面楚歌。

也许,这世上唯一会为桑结嘉措难过的,就只有仓央嘉措了。

当他坐在佛堂里捻珠念经,听到惊惶失措的侍从连滚带爬地撞进门来,告诉他桑结嘉措被俘的消息时,仓央嘉措的心骤然痛缩,他痛楚地睁开双眼,泪水瞬间模糊了视线⋯⋯

虽然,这许多年来,桑结嘉措剥夺了他的许多权利,又斩断了他一次又一次的爱恋,但他对他没有恨,只有怜悯。桑结嘉措,这个痴心政权的人,就像他仓央嘉措痴心爱情一样,为自己心中的理想如飞蛾扑火般英勇。桑结嘉措并不是大奸大恶之人,他有他的无奈,也有他的慈悲,他对他仓央嘉措付出了如父爱一般的疼惜、如兄长一般的教导、如朋友般的体贴、如侍从般的忠诚,他,记得他所有的好。

其实,他和桑结嘉措早已是同一条船上的人,一荣俱荣,一损俱损。桑结嘉措已经尽力了,他没有责怪他年少轻狂,一再违背佛法教规,给他带来那么多麻烦。不仅如此,他对他的宽容和成全,对于身为第巴的他而言,十分难能可贵。现在,这样亦父亦师亦友的桑结嘉措受俘入狱,他只恨自己除了会写情诗外百无一用,无法救他。

仓央嘉措黯然神伤,他第一次感到后悔,如果他不那么放任自己,如桑结嘉措希望的那样,终日枯坐佛堂,静心讼经念佛,就不会让桑结嘉措陷入危机,藏蒙的民众也不会惨遭杀戮,饱受战乱之苦;如果他能早一点离开玛吉阿米,不在雪地上留下印迹,拉藏汗就不会大做文章,堂而皇之地兴兵作乱……

仓央嘉措痛心疾首,可他也知道,无论他是不是严守清规,也无论桑结嘉措和拉藏汗有没有宿仇,争权夺利从来就不需要理由,所谓的理由,不过是权谋者的借口。

桑结嘉措,这个曾经集政教大权于一身的王者,如今再也不能站在这金碧辉煌的圣殿之上,接受众生的膜拜,杀伐决断。若他知道终有一天会从云端跌落尘埃,他还会不会在许久前隐瞒五世圆寂的消息?会不会派江阳扎巴暗中寻访转世灵童,然后秘密加以栽培?会不会扶持了他仓央嘉措又防守两难?

一切都已无法重来,一切都已是命中注定。

就如他仓央嘉措现在只能坐以待毙,然后,等待一场关于对与错的争辩与审判。

这世上,有美梦成真,就有噩梦成谶。

当桑结嘉措被带到梦境中那片野草疯长的原野上,被杀气腾腾的蒙古骑兵围在中场的时候,他笑了。

果然,一如梦中所见,天刚蒙蒙亮,太阳还未升起。

铅灰色的天空像一张阴晴不定的脸,天边却有那般绚丽到诡异的朝霞,暗红,华丽,如凝固的血渍。

周围静得出奇,围住他的万千兵骑似乎都没有呼吸,他们是可怜的战争工具,此时却显得洋洋得意。他们用冰冷的眼神俯视着他,所有的眸子里都满含噬血的贪欲。

这一片旷野人迹罕至,连寒风都显得那么凄迷。齐膝深的野草正疯狂地摇摆在风里,似乎随时能疯长成网,牢牢锁住他的手脚,然后拼命汲取他的身肉残躯……

现实和梦境遥相呼应,眼前的一幕因为早有感知,所以不足为惧。

桑结嘉措笑了,先是冷冷自嘲地笑,然后竟然是开怀大笑。

他的笑声突兀地响在天地之间,那般嘹亮而悲怆!英雄一世,命丧一时,至此,他才恍然大悟,原来,浮生的种种诱惑、种种勤勉、种种喜怒爱恨,最终不过是清风过眼,逝后无痕。

在这一刻,他突然想起了仓央嘉措。

那个纯净清灵的孩子,此刻,他在做些什么?是否还向往着自由和真爱,为不能见到玛吉阿米而伤悲?是否,他也已经被狠毒的拉藏汗擒获,正面临生死攸关的时刻?

脑海中不期然地出现了初见仓央嘉措的情景,那时他还是个雄心勃勃的清涩少年……接着,又闪现出了他在龙王潭上一边击节唱歌,一边饮酒作乐的身影,还有,那个为了爱而卑微跪倒的孩子,满面泪痕地恳求他放过玛吉阿米,告诉他在哪里才能找到她……

桑结嘉措笑着笑着,泪水湿了眼角。

生死之际,他福至心灵,那隐藏在心中对仓央嘉嘉的一丝丝怨怼,突然间化雨成尘,消弭于无形。原来,人生一世,活得再久,相对于辽远的时空,也不过转瞬之间;得到得再多,临终时也还是两手空空。他这一生,都在克制、伪装、硬撑、挣扎,看似自由,其实从来都是画地为牢、作茧自缚。他从来不敢像仓央嘉措那样放浪形骸,不敢像他那样随心所欲,他要功名利禄,要王权富贵,最终却还是一无所有。而仓央嘉措,他得到了世上最珍惜的快乐和爱情,他活得那般真实、勇敢,看似没有自由,可他的灵魂却拥有真正的自由。

他明白得太晚了,如果他早知道这些,或许,他会赞同仓央嘉措还俗,并与他一起远离宦海,云游四方,和有缘人做快乐事⋯⋯

桑结嘉措想到这些,唇角勾起,又满脸泪光地笑了。

他这般一会儿笑,一会儿哭,落在拉藏汗和他的虎狼兵士眼里,只以为他是被吓疯了。可为什么,这将死之人的脸上却是一副如释重负的神情,眼睛里是一派天真的喜悦?

桑结嘉措缓缓抬起头颅,高傲地看着拉藏汗。

原野的风劲猛地刮过,密林般遮天蔽日的战旗猎猎作响,腾腾杀气越发炽烈,天穹昏黯,朝霞隐退。

这世上,从来没有永远的失败者,也没有永远的胜利者,他桑结嘉措今天横尸荒野,谁知道他拉藏汗有朝一日是不是会重蹈覆辙?

无论拉藏汗会是怎样的死法,他终究活不过千秋万代,就算他志得意满,大权在握,又能得意几时?终有一天,他也将如从枝头颓然谢落的衰叶,寂寂落入尘埃,成为这尘世间的一抹游魂。

死亡的方式可以不同,但殊途同归,不过早晚,谁也逃脱不了,所以,谁比谁更幸运呢?

如果说幸运,他桑结嘉措应该比拉藏汗幸运得多,因为他有仓央嘉措的悲悯和友爱,他得到了那个胸襟似活佛一样宽博的孩子最真挚的祝福。是的,即使现在,仓央嘉措不能如梦中所见的那样亲临他的刑场,可他知道,在这世上的某个地方,那个善良慈悲的孩子必然在为他默默流泪。

那晶莹璀璨如珍珠般的眼泪,是这世上最纯净、最真挚、最神圣的存在,他有幸拥有,即使死去,也会得到佛的赦免与赐福。

所以,他死而无憾。

桑结嘉措笑容灿烂,在他的记忆里,他从来没有像现在这般身心轻松舒畅,真心感到欢喜,他挑衅似的看着拉藏汗,然后,安祥地闭上双眼。

等了许久,身边都没有动静。没有痛苦,也没有喊杀,更没有冰冷的利刃凌空砍下的声音。

桑结嘉措疑惑地睁开眼睛,却看到了她,他曾经深爱的女子,才旺甲茂！

她就站在那里，瑟瑟颤抖的身体如风中羸弱的衰草，泪水残乱了她的妆容，往昔姣美的脸庞已被沧桑染得腊黄，细碎的皱纹纠缠着她的眼角，她的美早已随着她的背叛，尽数凋零在离别后的春秋……他早已不爱她了，甚至已经忘了她曾经的美貌。现在，她站在他面前，他的心却没有一丝波澜，一如从来不曾与她相识一般。

可是，她的手里竟然提着一把寒光闪闪的屠刀！

桑结嘉措明白了，他看向拉藏汗，那个心肠狠毒又心胸狭隘的家伙，正好整以暇地看着他，脸上满是胜利者凶残而得意的冷笑，他一定是想看看他桑结嘉措死在自己昔日女人的手下，会有怎样狼狈的仓皇。

桑结嘉措好笑地摇头，反正都是一死，至于死在谁的手里，又有什么区别呢？何况，他早已不爱她了，她于他，无异于山野村妇，此心不动，何人可伤？

对面的女人，早已泪流满面。

曾经，她和他也曾在相爱的夜晚互诉衷肠，承诺一生一世不相忘；如今，他是败将，她是冷宫殇，刀握在她手里，她却伤不到他的心，而刀不在他手里，他却用漠然让她肝肠寸断。

她迟疑着不敢上前，眼神里满是痛楚。

他上前一步，握起她的手，凌厉地砍下，但觉喉头一窒，立时血溅当场！

曾经爱过，这是最后的成全。

身体软软地向后仰去，女人崩溃的哭声切近又遥远地响在耳边。桑结嘉措没有看她，幽远地目光掠向布达拉宫的方向，他恍惚看到，那个身着白色僧袍的孩子正伫立在窗前，一如许久前那晚，静静仰头望着苍茫的天穹，等他回来……

拉藏汗愤恨难当，他没想到，死到临头，桑结嘉措的峥峥风骨也绝不肯输他半分。

更让他威严地的是才旺甲茂，他的女人，先是跪倒在桑结嘉措的尸体旁嚎啕大哭，继而竟猛地横起利刃，直取自己的咽喉，而后，她含笑扑向桑结嘉措的怀里，与他共赴黄泉。

惨败！耻辱的惨败！比当初知道才旺甲茂婚前与桑结嘉措有染，更让拉藏汗恼怒沮丧。

他看着地上相依死去的两个人，满腔的羞愤无处发泄，恨不得上前将两个人碎尸万段。

可是，桑结嘉措贵为第巴拉，才旺甲茂又是他明媒正娶的妃子，他若丧心病狂地损毁他们的尸体，定会被黄教教徒视为异端。想到这些，他只好暂时忍气吞声，命人把两人草草分葬，然后，他将满腔怒火直接烧到了仓央嘉措的身上。

到底是什么力量让桑结嘉措如此视死如归？

每每想到桑结嘉措临死前豪气冲天的笑声，和他眼睛那不屑一顾的蔑视和解脱后的轻松，拉藏汗就惶恐不安。这样的惶恐让他气急败坏，他不信，一个手无寸铁的仓央嘉措，会赋予桑结嘉措来世的荣宠，他现在就要去结果了那个假达赖，让桑结嘉措死不瞑目。

拉藏汗冲进布达拉宫，直接前往仓央嘉措静修的佛堂，仓央嘉措果然在那里，可拉藏汗却倏然止步，看着仓央嘉措的背影，再不敢上前。

彼时，晨曦初透，晨光从窗棂间细细密密地泻落，正罩在静坐如佛的男子身上，把他的周身罩在一层祥光之中，一眼看去，是那般神圣而威严。

仓央嘉措早就知道，拉藏汗杀了桑结嘉措之后，一定会率兵找来。他不躲不藏，就这么沉静如钟地坐着，不紧不慢地捻着佛珠。

拉藏汗呆立门前，此时坐在那里周身祥光四射的，到底是凡夫俗子仓央嘉措，还是真正的活佛六世达赖？那样平和、安祥、淡定、崇伟，凛然不可侵犯！拉藏汗一时心下惶恐，一种从骨子里透出来的敬畏让他再也不敢嚣张。

仓央嘉措缓缓睁开眼睛，目光平静无波，却深邃幽远，他无视拉藏汗，目光掠向他的身后，似乎投落到无限苍莽的时空之中。

可是，活佛手上的佛珠却骤然断裂，佛珠跃动如散落的珠玉，顷刻间四溅开去。

拉藏汗的心猛地一颤，本能地缩身退后，一转身，但见人山人海的佛徒僧侣和民众,个个怒眼圆睁,狠狠地盯着他和他的兵士们,潮水一般层层压进。

拉藏汗双膝一软,险些跪倒在地。这么多的人,他杀都杀不完,何况,他根本没有胆量对这些僧众大开杀戒!

拉藏汗心惊胆寒,率领着兵士们狼狈而去。回转身时,他依稀看到那个年轻的活佛,在晨光中化为一道耀眼的金光。

拉藏汗也知道,那是因为朝阳升起,万丈光芒照进了窗棂,晃疼了他的眼睛产生的错觉,可他又真的感觉佛祖在庇佑着仓央嘉措,如果没有康熙皇帝的圣旨,他真的无法撼动仓央嘉措在僧众心里重若千金的分量,他低估了仓央嘉措,高估了自己的力量……

那一刻,拉藏汗惊觉,虽然他已胜利在望,可即使他杀死了桑结嘉措和仓央嘉措,他也是永远的败将,因为他永远不能像仓央嘉措这般赢得民心。

得民心者得天下!

虽然仓央嘉措并不曾手握政教大权,但他用他的情诗、用他的仁慈广得民心,是民众心里名副其实、无可替代的王,而他拉藏汗将会是什么?即使强取豪夺拥有了藏蒙大权,怕在民众心里也卑如蝼蚁、贱若草芥。

这一刻,拉藏汗冷汗如雨,面如死灰。

11.唯愿天下苍生认理归真

众怒难犯,这毫无疑问。

之前,拉藏汗一直以为,只要杀了桑结嘉措,仓央嘉措就会变成无根的浮萍、离枝的落叶,他可以不费吹灰之力地将他废黜放逐,或者赶尽杀绝。

可事实证明,仓央嘉措在民众信徒的心目中占有无可替代的地位,他深得民心,这比桑结嘉措拥有军事力量更可怕。他拉藏汗可以以武力征服桑结嘉措,却无法用武力征服数以万计的民众,否则,他必遭天下人唾弃,引火烧身,不得善终。

仓央嘉措六世达赖的身份绝不是可以轻易撼动的,除非有康熙皇帝给他拉藏汗撑腰。

此间,远在京城的康熙对藏蒙的情势了如指掌。桑结嘉措已死,拉藏汗胜局已定,这是天意。天意不可违,为了维护政局稳定,为了大清的江山,康熙只能支持拉藏汗。于是,他派出使臣赴藏,赐拉藏汗金印,封其为"翊法恭顺汗",废黜六世达赖,却并不允许拉藏汗将仓央嘉措处死,而是让使者将仓央嘉措解送进京。

拉藏汗见到使者,接到圣旨,几多欢喜几多忧。他实在想不明白康熙皇帝的打算,为什么要让仓央嘉措去京城?直接关进大牢,或者干脆斩立决,不是更省心省力吗?

可是很快,拉藏汗就知道为什么康熙没有下令关押或者处死仓央嘉措了。

那天,拉藏汗得意洋洋地拿着圣旨,招集了一众高僧、政要,公开审判仓央嘉措。没想到,他刚宣读完圣旨,台下立刻一片哗然,场面开始不受控制。

几乎所有的僧众都发出了抗议,坚决不肯承认仓央嘉措是假达赖。

他们说仓央嘉措只是迷失菩提,是游戏三昧,这是活佛修行之路上难免会出现的磨炼,不足为罪,应该用佛祖的慈悲宽恕他,支持他,引导他!守在门外的数万民众和朝圣者,也发出了同样的声音。

拉藏汗被吵得晕头转向,他看着人们一张张激愤的脸,听着他们怒吼的辩护,心里的怒火越发炽狂。他不相信,自己手里拿着一言九鼎的圣旨,会连一个仓央嘉措都治不了。

拉藏汗不想跟这些被仓央嘉措迷了心窍的僧众们理论,他本来就是靠武力征服天下的暴徒,没那么多的耐心听这些废话,什么迷失菩提、游戏三昧?不管在哪里,身为达赖喇嘛,写情诗、找女人都是离经叛道、不可饶恕的罪行。

放眼看去,布达拉宫内外人满为患,被挤得水泄不通,仿佛藏蒙所有的人都汇聚到了这里,凭他们满腔的热忱与忠诚,来守护仓央嘉措。他们痛哭流涕,哀号不息,他们指桑骂槐,大声抗议,他们的悲哀和愤怒把拉藏汗气得快要崩溃了。

拉藏汗压抑着满腔怒火,愤恨地看着为仓央嘉措而疯狂的民众,他竟然听到有人嘶喊:"此大师若非五世之转生,鬼魅当碎吾首!"

竟然把他拉藏汗比作了鬼魅!

拉藏汗终于忍无可忍,既然这些人敢抗旨不遵,他也就没必要听他们啰嗦了,是他们自己不知死活,怪不得他拉藏汗心狠手辣。

拉藏汗凶狠地看着数万激愤的民众,然后做了个手势,那是他对部下暗中做好的约定,他一下令,虎狼之军立刻趁人不备,大开杀戒。

刀剑出鞘,杀气腾腾,眼见一场惨绝人寰的屠杀就要在圣殿布达拉宫上演,一直静坐在布达拉宫偏楼上的仓央嘉措走下楼,无畏无惧地走到拉藏汗面前,平静地看着他,用不可置疑的声音命令他:"佛门净地,不得滥开杀戒!"

仓央嘉措的声音并不大,听在拉藏汗耳中,却振聋发聩。他心神一凛,看着正义凛然的仓央嘉措,讪讪中止了那个手势。

随着仓央嘉措的出现,原本喧嚣的僧众立刻噤声,大殿内外,万众一心,无不恭敬地仰视着仓央嘉措。

静,无与伦比的肃静,似乎连空气都停止了流动,连心跳和呼吸都变得凝重滞缓,连时空都定格不前。

拉藏汗紧张得呼吸紊乱,他一点都不怀疑,只要仓央嘉措一声令下,这些刚才还是一盘散沙的僧众,立刻就会变成一支训练有素、众志成城的战队,可以视死如归、所向披靡。为了他们的信仰,为了他们的达赖,他们会前赴后继,死而后已。

那会是多么可怕的场面!纵是他有万千铁骑,可以以一当十,但可能以一当百、以一当千么?到时候,这海潮般的人群接连碾过,他拉藏汗和部下会被踩成肉酱,尸骨无存。

何况,这人山人海的僧众里,并非都是手无缚鸡之力的妇孺,还有许多年轻力壮、血气方刚的青壮年,更有来自各地身怀绝技、武艺高强的隐士、武僧、军吏,他们的战斗力不容小觑。

拉藏汗胆怯了。

面前的仓央嘉措目光是那样平和、深邃,如同置身事外般淡然超脱,那明澈清净的眼神让拉藏汗无地自容、心慌意乱。他蓦然想起,那次,在他的登位大典上,他出言不逊直呼仓央嘉措的名讳,当时,他也曾被仓央嘉措平静的注视吓得六神无主。

现在,这样的恐慌比那时强烈千倍百倍,他不敢迎视仓央嘉措的目光,却在转头间,看到数以万计的僧众恨不得把他挫骨扬灰、敲骨吸髓的怒目,更吓得噤若寒蝉。一时间,拉藏汗心慌气短,完全不知道该看向哪里。

静默许久,仓央嘉措一直屏心凝神地看着他,直看得他由心慌气短到魂飞魄散。

完了,今天,他的死期到了!

这个会写情诗、饮酒作乐的假达赖竟然比英明神武的五世达赖还深得民心,这叫拉藏汗心不服气不顺却又无可奈何,他真不知道这些僧众到底是吃错了药还是被猪油蒙了心,竟然这般狂热地拥护仓央嘉措。

但现在显然不是追究原因的时候,他拉藏汗触犯众怒,眼看就要性命不保。

想想被这人山人海踏平、踩扁、撕碎的悲惨遭遇,拉藏汗就后悔莫及,他应该直接派人把仓央嘉措抓起来,为什么要开会炫耀呢?

正沮丧时,一低头,他就看到了手上的圣旨,心慌气短的拉藏汗顿时有了底气,他有圣旨。

拉藏汗壮着胆子虚张声势,把手里的圣旨猛地举到仓央嘉措面前:"我、我有圣旨。难道你、你敢抗旨不遵?你要和这些刁民一起对抗朝廷?你胆敢妖言惑众,犯上作乱?你……"

拉藏汗结巴了,质问得没有丝毫底气。他不是不知道,如果仓央嘉措不吃这一套,会发生些什么,他将死无葬身之地。然后,仓央嘉措会理所当然地坐拥藏蒙政教大权,康熙皇帝也不会追究仓央嘉措。康熙皇帝本就对这个六世达赖颇为欣赏,如果他拉藏汗死了,仓央嘉措又这样深得民心，康熙自然会做个顺水人情，成全仓央嘉措。

仓央嘉措仍然不声不响，只那么平静如水、稳如泰山地看着他。

拉藏汗慌了，步步后退，眼珠子乱转，他要做好逃跑的准备。

好汉不吃眼前亏，回头他再收拾这些可恶的僧众，到时候，他逐个击杀，就不信杀不光这些刁民。

仓央嘉措从拉藏汗的眼睛里看到了不甘与恶毒，他知道他在怕什么、在想什么。

此时此刻，表面静若平湖的仓央嘉措，内心亦是波涛汹涌。

是，他仓央嘉措一声令下，的确可以扭转乾坤，他也可以实现从前的愿望，从此真正大权在握。

可是，杀了一个拉藏汗，他背后还有若干穷兵黩武的蒙古将士，到时候，战事四起，纷争不断，被杀戮、残害的永远是这些可亲可爱、无辜善良的僧众，他仓央嘉措如何忍得下心？

从桑结嘉措与拉藏汗对战开始，至今已三年，藏蒙民众深受战乱之苦，死伤无数。桑结嘉措死后，拉藏汗为清除第巴余党，大肆虐杀桑结嘉措旧部，其亲信、族人、部下、余党，枝络牵连，受诛者众，以至藏蒙局势动荡，各处人心惶惶。

藏蒙民众在这昏天暗地、水深火热的日子里饱受折磨，他们需要休养生息、安居乐业，再不能过这样连年战乱的生活了。

若因他仓央嘉措一人继续殃及无辜，让这战乱无休无止地继续下去，那他仓央嘉措情何以堪？若能停止杀戮和战乱，他愿意以一己之身，保全这数万民众。为了民众不再受苦受难，他愿意遵从圣旨，被遣送京城。

仓央嘉措闭目凝神，再睁开眼睛，他看到拉藏汗冷汗淋漓、目光散乱，已经做好了出逃的准备。

仓央嘉措心下释然，他上前一步，从拉藏汗手里接过圣旨。

拉藏汗猛然惊怔，不知道仓央嘉措要干什么，难道，他要毁了这道圣旨？

出乎拉藏汗的意料，仓央嘉措收起圣旨，目光从容平和地看着他说："我跟你走，但你从此不得滥杀无辜，要善待他们，做个仁政爱民之人！"

拉藏汗愕然,继而心有所动,眼睛不由瞬间潮热。

所有的人都为这惊天的逆转而涕泪俱下,仓央嘉措,他是真正的活佛,他以无上的慈悲,再一次弃自己于不顾,以保全万民。

圣殿内外,人山人海齐齐跪倒,大放悲声。我佛慈悲,仓央嘉措,他要的不过是自由与真爱、和平与安宁,为什么他仁爱天下,天下却不能容他?

万众悲怆,天地色变……

拉藏汗心情复杂地带走了仓央嘉措,圣殿上下,无一死伤。

遵从圣旨,一切安排就绪,在大清使臣的陪同下,仓央嘉措即日被押解进京。

这一天,是公元1706年,藏历火狗年,六月十七日。

清晨,朝霞如染,泣血流丹。

仓央嘉措在众人的簇拥下走出营房,踏上解押赴京之途。

时值五月,迟来的春天点绿了路边的垂柳,一切欣欣向荣,似乎充满了新的希望。

可是,仓央嘉措知道,他这一去,怕是再也不能回来了,这里的山山水水都将自此永别。

仓央嘉措留恋地回望布达拉宫,那巍峨庄严的宫宇在晨曦中静默着,哀悼它主人的离去。他凄然一笑,转身决然上马,随一路人马走出布达拉宫。

刚出宫门,仓央嘉措和众人就被眼前的景象震撼了,只见数不清的藏蒙民众哭成一片,把数不清的哈达、金银、酥饼、糌粑、干果等捧在手里,向仓央嘉措恭送,他们撕心裂肺的哭声和祈祷声如海潮般此起彼伏,他们向仓央嘉措深深鞠首,齐齐跪倒。

一向沉稳镇静的仓央嘉措心如刀绞,泪水奔涌而出!

人群将解押的队伍围得严严实实,人们舍不得仓央嘉措离开,想要留下他。他们举起的手臂像森林一样茂盛,他们呼唤的声音像雷声一样轰隆,他们期待地看着仓央嘉措,只要他同意,他们可以舍生忘死,和阻挡他们的士兵们决一死战。

拉藏汗的脸色一片铁青,他神色复杂地看了一眼仓央嘉措,又看了看哭泣哀号的民众,一颗心如坠无底的深渊。他第一次意识到,他是在逆天而行。他不由得想起仓央嘉措对他一次又一次的宽容,每次,都是在他丧心病狂、步步紧逼的情状下,如果不是仓央嘉措以博大的胸怀和无上的慈悲放过他,他早已众叛亲离,哪还能站在这里耀武扬威?

想到这些,拉藏汗的心中百味杂陈,事到如今,他该何去何从?

仓央嘉措看着成千上万的民众,看着一眼望不到尽头的送别人群,再一次泪落如雨。他劝人们不要哭泣悲伤,用手势劝慰他们安心,他告诉人们他会平安无事,他伸出手去——为近前的民众摸顶赐福,他满怀留恋与祝福地向他们挥手,他不允许任何人为他受伤……

哭泣的人群不得不忍痛让开一条路,押送的队伍缓慢前行。

队伍一直走到拉萨西郊,送行的人群才停下送别的脚步,陆续四散而去。

拉藏汗暗暗松了口气,他看了看神情平静超然地坐在马上的仓央嘉措,他知道,就在刚才,仓央嘉措再一次选择了慈悲和退让。

拉藏汗深深地吸了一口气,他突然感到羞愧与哀伤。羞愧的是,仓央嘉措心怀万众,一再退让,他拉藏汗却一再赶尽杀绝,岂不是恩将仇报、禽兽不如?哀伤的是,他拉藏汗即使心想事成又怎样?在藏蒙民众的心里,恐怕早已恨他入骨,丝毫不肯诚心归顺,那他得到的权位岂不是虚有其名?

拉藏汗的眉头纠结在一起,有一个大胆的想法在他脑海里若隐若现……

押解队伍走到拉萨西郊哲蚌寺下东侧的山脚,路边林深草密,景色清幽雅静。

说时迟,那时快,山石密林之间突然蹿出了数千武装喇嘛,他们以迅雷不及掩耳之势,冲进队伍,干净利落地打倒了护卫在仓央嘉措身边的几个兵士,几乎眨眼之间,就把仓央嘉措给救走了。

护送的使者和官员目瞪口呆,他们还没回过神来,事情已经发生了。

拉藏汗再一次心惊胆战，他看清了，刚才那数千武僧，个个武艺高强，若是这般出其不意地袭击他，他根本无处可逃。还好，他们只是抢走了仓央嘉措，并没有大开杀戒，为难他和使者。

拉藏汗紧接着又想到，如果这些使者中的哪个刚才死于非命，他要怎么和康熙皇帝交待啊？

接着，他又想到，仓央嘉措被劫走了，还是当着使者们的面被劫走的，这要是传到康熙皇帝那儿，康熙一定会怪他拉藏汗保护不周、办事不力，说不定会一怒之下撤回对他的任命，并追究他的种种罪责……

拉藏汗越想越怕，他当即立断，立刻调兵遣将，将哲蚌寺团团围住。他不得不这么做，否则，龙颜大怒，他之前的努力都会白费。

拉藏汗派人告知哲蚌寺里众僧，若不交出仓央嘉措，他势必血洗哲蚌寺。

哲蚌寺里的喇嘛们早就视死如归，他们做好了与拉藏汗决一死战的准备，根本不屑于拉藏汗的恐吓。

拉藏汗头大如斗。他早就领教了仓央嘉措在民众心中的地位，若不是他深得民心，康熙也不可能这般小心谨慎地只是宣旨押他进京，恐怕早就下令废黜后就地处置了。连康熙皇帝都不敢干的事，他拉藏汗敢吗？不仅如此，万一打起来，恐怕就不只是哲蚌寺的这些武僧反抗他了，那些送行的民众也很有可能加入抵抗他拉藏汗的队伍，到时候，他就是跟整个藏蒙的民众对战，结局如何，可想而知。

水可载舟，亦可覆舟！与天下为敌，岂不是找死？

他拉藏汗该怎么办呢？打也不是，不打也不是，实在左右为难。万般无奈之下，他只好虚张声势，向哲蚌寺诸喇嘛宣称，三天之内，若不交出仓央嘉措，他必然发动进攻。

如果哲蚌寺众僧坚决不交出仓央嘉措，他拉藏汗不打也得打了。藏蒙民众和康熙皇帝，孰重孰轻？权衡再三，他只能冒天下之大不韪，与藏蒙民众为敌，暂时先把仓央嘉措从哲蚌寺里抢出来，再做打算。

三天，漫长难耐，但到底过去了。

暮色四合，眼看就要天黑了，再不动手，拉藏汗恐威严扫地。

无奈,拉藏汗下令,让部下做好战斗的准备,而对峙的武僧们个个毫无惧色,他们怒目相向,每个人都气势逼人!

拉藏汗心中暗暗叫苦,可无论结果如何,他都要搏上一搏。

拉藏汗咬了咬牙,准备下令进攻。

双方剑拔弩张,战事一触即发,腾腾杀气在空气中酝酿,眼看一场血腥的对战在所难免。

就在这千钧一发之际,仓央嘉措分开人群,大步走到两军对垒的阵前,他看着拉藏汗,坦然地说:"我跟你走!"

身后一片唏嘘,武僧们个个义愤填膺,他们不甘、不忍,可他们也知道,这仗一打起来,他们中的许多人会惨遭不幸,仓央嘉措不忍心看他们受伤或者丧生,他是为了保护他们。

仓央嘉措转过身来,神色那样安然,他向众僧深深鞠首,含着泪水微笑着说:"诸位恩德,我牢记在心,不要为我流血。唯愿天下苍生认理归真,善道是从!"

拉藏汗长吁了一口气,若不是仓央嘉措及时出来救场,他真不知道该怎么收场。

仓央嘉措平静地走到拉藏汗身边,看了众僧一眼,转身随着拉藏汗离去。

背后哭声一片,没有人敢违背仓央嘉措的命令,佛爷大慈大悲,他不愿看到血腥的杀戮,他们不敢擅作主张。可是,为什么?为什么这样大慈大善的佛爷要被废黜,要被押解进京?佛主慈悲宽容,难道就不允许他们的信徒犯一点点错?而且,追求真爱和自由,又错在哪里呢?

苍天无语,没有人回答他们。

他们目送着仓央嘉措渐行渐远的身影,直到他的背影融入那片灿烂的朝霞,在他们朦胧的泪光中消失不见……

彼岸花开

　　圣意难测,决定了仓央嘉措的生死扑朔迷离。

　　公元1706年,康熙皇帝做了一件令时人及后人不解的事,他在仓央嘉措押解途中传下密旨,责问负责押解仓央嘉措的使臣:"汝等曾否思之:所迎之六世达赖喇嘛将置何处?如何供养?"

　　康熙这样责问,是在暗示使臣半路上将仓央嘉措放走,还是在委婉下令,让使臣在半路上将仓央嘉措杀掉?

　　没有人知道。

　　因此,当年,康熙皇帝是对仓央嘉措心怀怜惜,才下旨将其解押京城,还是不愿与藏蒙民众为敌,以此作缓兵之计,让仓央嘉措远离藏地和僧众时再做处理,没有人能够解答。

　　当时,收到康熙的密旨,使臣们诚惶诚恐,他们无法猜中皇上的圣意,又不敢问明。

　　到底是放还是杀?又或者想个什么方法,让仓央嘉措既不返回西藏,又不入京?

　　他们到底该怎么办?

　　彼时,拉藏汗,这个一直为仇恨和权势所蒙蔽了良知的悍将,在仓央嘉措被押解离开拉萨之后,受到了人们的指责和唾骂。他虽然如愿掌握了藏蒙的政教大权，却感觉力不从心——民众不满他的所作所为，各地局势动荡不安。

民心的严重涣散使拉藏汗像个被架空了的纸人一般，政令难通，民意不畅，特别是曾与他一起上书康熙的准噶尔新首领策妄阿喇布坦，处处与他为敌，那情势跟当年他处处与桑结嘉措敌对如出一辙。

历史的剧目有时候常常大同小异，拉藏汗有种不祥的预感，早晚有一天，他也会像桑结嘉措一样，不得善终。

拉藏汗常常会被噩梦惊醒，会在午夜梦回的时候想起惨死的桑结嘉措和才旺甲茂，想起仓央嘉措的慈悲。

每次想起，拉藏汗都心神难安，他人性即将泯灭的良知被一点点唤醒，他开始绞尽脑汁，要怎样救赎自己曾经魔变的灵魂。

不管怎样，一切大局已定，暂时没有人能撼动他拉藏汗的地位——仓央嘉措在掌握民意的时候，尚且能心怀慈悲，大赦天下，现在，他已身在千里之外，自然更不会与他为敌。

他想，也许，他应该为仓央嘉措做点儿什么，以示忏悔……

此时，仓央嘉措行走在路上。

他已走过千山万水，路过唐古拉山、昆仑山口，跨过通天河，而后进入茫茫戈壁，来到青海湖畔……长途跋涉，遍览江山，苦乐自知。

路途遥远，行程多艰，仓央嘉措饱受流离之苦，但他从来没有报怨，一直那般平静如水、沉稳如山，他似乎根本不害怕前路叵测，只管这般从容地走下去，哪怕一直没有归期。

生而为人，他已尽一己之力，做了他能做的一切，无论是对是错，他于心无愧，于民无伤，于国无患，他相信，一切自有天意。

这一天夜里，暑热难消，蚊虫作乱，仓央嘉措辗转难眠。

好不容易昏昏睡去，半夜三更，有人潜入了他的帐篷。

仓央嘉措惊起，来人却并无恶意，他告诉他，康熙皇帝改变了主意，怕他进京后无法供养，所以，他仓央嘉措在这押解途中是死是活、身在哪里，康熙都不会计较。所以，到底去哪里，他可以自己选择。

话说得委婉，可仓央嘉措心知肚明，来人在暗示他、解救他，他犹豫再三,一时无法抉择。

来人悄然退去,就如从来不曾出现过一样。

仓央嘉措再也睡不着,起身走到外面。

明月千里,皓光如银。

那一轮皎月圆润如盘,明净如镜,如一只不染纤尘、悲悯众生的眼睛,慈爱地与他遥相对望。

这般明媚的月色,一如许久前在辽阔的大草原上,他与仁增旺姆一起看到的,又如在拉萨的街头,他和玛吉阿米一起拥有的……

浮生若梦,弹指挥间,往事纷纭,尘埃落定,终是停滞在这一刻,万籁俱静,生死由他。

凤凰涅磐,浴火而生,他这一生经历了大起大落、荣辱兴衰,尝遍世间万般滋味,也终是停留此处,在远隔藏蒙的荒蛮之地,在远离盛京的帝王之滨,有生以来,第一次,真正获得了自由。

再也没有人管束他、禁锢他、要挟他,他可以听任自己的心声,来一次重生。

可是,他该往何处去?该将如何生?

情人别离,真爱成空,镜花水月,生亦何欢?死亦何惧?

仓央嘉措站在青海湖畔的巨石上, 看着莽莽海天, 一时神思恍惚、心事迷离……

冬雷阵阵夏雨雪,天呈异相,自古以来都是不祥之兆。

可是三百年前的那个酷暑之夜,应该感谢那场罕见的大雪。

那天傍晚,青海湖中的一幕吓坏了一只晚归的水鸟,栽进湖里再也不见踪迹。

轮班看守仓央嘉措的军士竟然酣睡不醒,整个押解的队伍全都无声无息,连帐外的篝火也悄然熄灭了。

仓央嘉措独自伫立在湖边,沉吟良久,而后,他微笑着,毅然决然地走向湖水的深处。

他是生无可恋想去赴死, 还是想借这清凉纯净的湖水洗去一身的疲惫和尘埃？

湖水没过仓央嘉措胸口的时候，远处有急促的马蹄声传来，那是准噶尔策妄阿喇布坦的使者，奉命想截住仓央嘉措回去为其所用，那将是新的软禁生涯，会令仓央嘉措再次陷入斗争的漩涡。

这时，一场大雪突如其来，铺天盖地，翩然而下。

活佛仓央嘉措明明近在咫尺，军士们却怎么也看不见，他们找遍了所有的帐篷，翻查了附近每个角落，也没有找到仓央嘉措，最终不得不沮丧地离开。

那场大雪纷纷扬扬，来势汹汹，却在军士远去后戛然而止，天地一片清明，而仓央嘉措已销声匿迹。

没有人知道，他是永远地沉入湖底，还是乘雪遁去。

至此，仓央嘉措的传奇人生终结为一个谜。

就如一场华丽的谢幕，在人们心醉神迷、感叹唏嘘之际，那个主角翩然归去，留给世人无尽的遐思和猜疑。

有人说，仓央嘉措沉入青海湖底，自此圆寂。

《清史稿》有载："因奏废桑结所立达赖，诏达京师。行至青海道死，依其俗，行事悖乱者抛弃尸骸。"

《清实录》又载："拉藏送来假达赖喇嘛，行至西宁口外病故。假达赖喇嘛行事悖乱，今既在中途病故，应行文将其尸骸抛弃。"

后来，又有诸个类似史籍记录，不知有无人云亦云之嫌，暂且搁置不提。

有人说，仓央嘉措归隐五台山。

据近代学者牙含章先生所著《达赖喇嘛传》中所述："《藏文十三世达赖传》载：'十三世达赖到五台山朝佛时，曾亲云参观六世达赖仓央嘉措闭关坐禅的寺庙。'"

依此，人们推断，仓央嘉措当年可能平安抵达京城，后来被康熙帝送至五台山，继续参禅悟道，广布佛法。但是否确有其事，无处可考。

还有人认为，仓央嘉措亡于阿拉善旗。

据说，后来有个叫阿旺多吉的蒙古喇嘛写了一本《仓央嘉措秘史》，书中言之凿凿：

"仓央嘉措被钦使解至青海的堆如错纳时，皇帝圣旨到，斥钦使办事不周说：'尔等将大师迎至内地，安置何处？如何供养？'因之钦使惧罪，乃暗放仓央嘉措子身过去。之后，仓央嘉措经安多、康区，前往四川峨眉山，受到寺中僧众热情款待。然后返回藏区，经理塘、巴塘而到拉萨。又往山南朝拜桑耶、昌珠等寺庙。不料为拉藏汗所知，派人捉获，于解往拉萨途中脱逃，乃远游尼泊尔和印度，复经聂拉木、定日、门域、工布、塔布返回拉萨。被人认出，因此存身不住，乃远走高飞。先后巡游于青海、蒙古等地。清圣祖康熙五十六年(1717)，游历北京，半年后返回蒙古阿拉善旗，以此为驻锡地而活动于蒙古、青海一带。1746年圆寂，终年六十四岁。"

还有其他诸多说法，其中最浪漫的说法，就是仓央嘉措循雪归隐。

相对于其他种种，这种虽然玄虚，但似乎更唯美。

逝者已逝，生者如斯，我们暂且忽略后来的众说纷纭，只当这个唯美的终结是对仓央嘉措悲悯众生、追求自由与真爱的人生最深情的祭奠吧！

有人对这场大雪表示出了极大的怀疑，它似乎是掐着秒表来的，来得比编造的还要巧。

历史的真假从来难有定论，这场大雪可能是后人的异想，也可能是真正的异常天象。

青海湖的那场大雪，虽然扑朔迷离，但请把它当成一场典礼，一个成就仓央嘉措传奇人生的盛大典礼，或者，把那场雪本身当成一个成就传奇的传奇。

本来，历史就是盛产传奇的摇篮，随手一摸就能拎出几个。

《三国演义》里，一场诡异迷蒙的大雾，让孔明借来十万利箭；一股突起呼啸的东风，让孔明火烧赤壁连营。还有《水浒传》中，一场猝临的大雪压倒了林冲的草料房，让他躲过了暗杀，那场雪成了林冲的救命恩人。

如此般，老天助人的故事太多了，之所以某次有幸成为传奇，是因为那个被救助的人本身就是一个传奇，比如仓央嘉措。

其实,无论仓央嘉措后来是生是死,他都给世人留下了足够的精神财富,他的情诗、他勇敢执著于自由和真爱的精神、他悲悯众生憎恶战争的仁慈,这一切都值得世人好好珍惜。

可是,这样的人,如果终为天地所不容,惨死在押送途中,未免太过残忍,且令人激愤难平。

所以,我们不如暂且回避那更可能的真实,放飞想象的翅膀,想象仓央嘉措遁雪归隐之后,行走人间,继续慈悲为怀,诗酒人生,风流倜傥。如果我们愿意,还可以让他与心爱的姑娘久别重逢,继续那段缠绵的痴爱,从此开始幸福的生活……

没有人会计较那样的想象是否虚妄,因为它在你心里,是属于你一个人的秘密,而我们的人生,有时候需要这些美好的幻想,它们能激发出更多的信心和力量……

也许,大雾、东风、大雪,都是一种隐喻,一种象征般的存在。

它们象征着冥冥中一股神秘又强大的力量,变幻着人物起伏跌宕的命运,让世事更显波诡云谲,它非人力所能主宰,是属于宿命的武器,在它的威慑之下,我们渺小如同蝼蚁……

可是,我们要追溯的,不是那场雪,而是那个人;我们要缅怀的,不是那段历史,而是那场际遇;我们要敬畏的,也不是那个结局,而是那段传奇——最矛盾的、突破忌讳的、执著追求自由与真爱、宁可舍生忘死也要悲悯众生的,仓央嘉措的传奇。

"以铜为镜,可以正衣冠;以古为镜,可以鉴兴衰;以人为镜,可以明得失。"

其实,读懂了一个人或者一段人生,除了自省之外,更能汲取一段阅历,于静默之间,虽巍然不动,却已然经历了另类人生,神游千里,漫步古今,获得一份彻悟与灵慧,再洞观世态,了然于胸。

住进布达拉宫,
我是雪域最大的王。
流浪在拉萨街头,

我是世间最美的情郎。

就让我们品读着仓央嘉措美丽深情的诗句,学会追溯、缅怀、敬畏与追求,不负此心,不负此生。

本来,人生一世,草木一秋,再长寿的命数,于江山日月而言,也短暂如烟花一瞬,而生命的质量,原不在时日长短。

有的人庸碌一生,从来没活出自我,日复一日,年复一年,如不断复制粘贴的空洞框架,乏善可陈;有的人,却可以让每一天都崭新明亮,执著地追求,大胆地创新,努力地进取,勇敢地超越,不断向命运发出拷问和挑战,以激情点燃平庸黯淡的岁月,奏响生命的凯旋之歌——懂得感恩和敬畏,以悲悯之心善待所有,最终拥有自由、真爱、幸福与圆满。

是的,仓央嘉措能做到的,我们也可以;而他没有得到的,我们同样可以。

那么,你读懂了吗?

仓央嘉措,或者桑结嘉措、噶尔丹、拉藏汗,还有仁增旺姆、玛吉阿米,甚至才旺甲茂……每一段人生,都唯一而独特。

在善与恶的较量中增智,在是与非的甄别中明理。

我相信,智者,总会独具慧眼。

很欣慰,你说,这不是一本人云亦云、拾人牙慧的作品。

没错,它是我在这灿若夏花的光辰中,用心创作与完善出来、诚挚呈现给你的礼物。

好吧,那么,接下来,就让我们一起,沿着仓央嘉措的足迹走向彼岸花开……

附录：

六世达赖仓央嘉措年谱

⊙1642年，五世达赖罗桑嘉措成为全藏政教领袖，年25岁。

⊙1652年，五世达赖率3000人入北京会见顺治帝。

⊙1679年，桑结嘉措任第五世第巴。

⊙1682年，五世达赖死，遗嘱消息秘守12年。

⊙1683年，仓央嘉措正月十六日生于山南错那门域，有七日同升、黄柱照耀异象，为莲花生转世，12世纪秘典《神鬼遗教》有所预言。原籍不丹，属门巴族，出世1年后始为人知，为家中长子，父母信仰红教，即莲花生大师所创宁玛派。

⊙1684年，被秘置当地，开始在巴桑寺学经。

⊙1689年，父亲去世，受舅父与姑母歧视，随母迁到达旺附近的乌坚林。

⊙1696年，公开仓央嘉措活佛身份。康熙征噶尔丹。

⊙1697年，第巴桑结嘉措奏清廷五世达赖已死。9月17日，迎至聂塘的浪卡子从五世班禅罗桑益西受戒，法号梵音海，10月25日入布达拉宫坐床，成为黄教（格鲁派）法王。坐床后刻苦学经三年。

⊙1701年，拉藏汗等蒙古部落首领不承认六世达赖。

⊙1702年，在日喀则游荡，在扎什伦布寺向五世班禅要求还沙弥戒返俗，之前已表示拒受比丘戒。事见第巴桑结嘉措所著《仓央嘉措秘密本生传记》。

⊙1703年，康熙派钦差去拉萨查验六世法体。

⊙1705年，第巴桑结嘉措被拉藏汗杀害，众僧辩护六世达赖是"迷失菩提"、"游戏三昧"。

⊙1706年，被押北上，经哲蚌寺被众僧救出，再次被执。在青海湖下落不明。

（以下事据弟子阿旺多尔济著《秘传》）

⊙1707年，拉藏汗的私生子益西嘉措被立为六世达赖。

⊙1708年7月，理塘灵童格桑嘉措出世。仓央嘉措游康定，在峨眉山游十数日，康区瘟疫发作，染上天花。

⊙1709年，仓央嘉措经理塘、巴塘秘密回拉萨，返山南地区。

⊙1711年，在达孜被囚，后逃脱。

⊙1712年，游尼泊尔加德满都，瞻仰自在天男根。10月，随国王去印度朝圣。

⊙1713年，游印度，登灵鹫山，遇白象。

⊙1714年，在山南朗县的塔布寺，人称塔布大师。年初，格桑嘉措被转移到康北的德格，随后，据康熙帝之令送至西宁附近的塔尔寺。

⊙1715年，再次秘密返拉萨。格桑嘉措在理塘寺出家，阿旺多尔济出世。

⊙1716年，率拉萨木鹿寺16僧人至阿拉善旗，识阿旺多尔济一家。

⊙1717年，拉藏汗被准噶尔军队所杀，伪六世达赖被囚药王山寺内，7年后死。春，六世达赖喇嘛同12名从侍人员前往定远营（现巴彦浩特）晋见阿拉善王阿宝老爷和道格甚公主，获准修建昭化寺。中秋，仓央嘉措随道格甚公主入京半年，驻锡什刹海阿拉善王府，游黄寺、皇宫，在雍和宫观益西嘉措所献的檀香木大佛，在德胜门见第巴子女被押送到京。

⊙1718年春，回阿拉善。

⊙1719年，清朝平定准噶尔，正式承认格桑嘉措为七世达赖。

⊙1720年9月15日，理塘灵童格桑嘉措坐床为达赖，拉萨十余万人膜拜。

⊙1721年，龙王潭公园立康熙帝《平定西藏碑》。

⊙1723年，青海丹增亲王叛乱，康熙帝派川陕总督年羹尧平叛，塔布寺遭焚。

⊙1727年，重建塔布寺（即石门寺）。

⊙1730年，在兰州为岳钟祺征准噶尔大军祝祷，作法七日。

⊙1733年夏，破土动工修昭化寺。

⊙1735年，自筹一万两纹银，派阿旺多尔济去藏区随班禅学经。

⊙1736年，自阿拉善迁青海湖摁尖勒，居9年。

⊙1737年，五世班禅罗桑益西圆寂。

⊙1738年秋,阿旺多尔济精通经文所有论理,返回阿拉善。

⊙1739年,昭化寺举行了规模宏大的祝愿法会,迎请仓央嘉措就坐于八狮法座,主持法事五昼夜。

⊙1743年,塔布寺建成,历时16年。

⊙1745年,仓央嘉措自青海湖揾尖勒回阿拉善,10月底,染病。

⊙1746年5月8日,在阿拉善旗承庆寺坐化,年64岁。

⊙1747年,六世肉身被移到昭化寺高尔拉木湖水边立塔供奉。

⊙1751年,清朝下令由格桑嘉措掌管西藏地方政权,政教合一政权开始。

⊙1756年,开始建造广宗寺(南寺),并将昭化寺全盘搬至现广宗寺寺址。

⊙1757年,弟子阿旺多尔济写成《秘传》,七世达赖圆寂。贺兰山中广宗寺(南寺)建成,被尊为上师。寺里供六世达赖肉身塔,至1966年尚存。

⊙1760年,清廷为南寺赐名"广宗寺"。

⊙1779年,六世班禅自西藏去热河贺乾隆70大寿,11月病死于北京。

⊙1783年,乾隆帝封强白嘉措为八世达赖。

⊙1908年,十三世达赖喇嘛图旦嘉措入京,瞻仰五台山观音洞。

⊙1930年,于道泉《第六代达赖喇嘛仓央嘉措情歌》汉英译本出版。

⊙1938年,曾缄创作《布达拉宫辞》。

⊙1981年,民族出版社出版庄晶译《仓央嘉措情歌及秘传》。南寺僧人在原寺址举行夏季祈愿法会,把精心收藏的六世达赖骨灰重新造塔供奉。

⊙1982年,西藏人民出版社出版《仓央嘉措及其情歌研究》。

⊙1999年,中国藏学出版社出版《情天一喇嘛》。

参考书目

《清史纪事本末》，南炳文、白新良主编，上海大学出版社，2006年

《仓央嘉措情歌》，王沂暖译，青海民族出版社，1980年

《清史十三朝演义》，许啸天著，吉林文史出版社，1992年

《清史通俗演义》，蔡东藩、文轩著，三秦出版社，2006年

《藏族情歌》，苏郎甲措、周良沛译，长江文艺出版社，1956年

《六世达赖仓央嘉措情歌及秘史》，龙仁青著，于道泉译，西藏人民出版社，2003年

《中国历史简表》，辽宁大学历史系著，辽宁人民出版社，1973年

《仓央嘉措及其情歌研究》，黄颢、吴碧云编，西藏人民出版社，1982年

《清代藏事辑要》，张其勤原稿，吴丰培增辑，西藏人民出版社，1983年

一翎，具有扎实的创作功底，勤于写作，有多篇文章发表于杂志及文学期刊，曾被《读者》、《小说选刊》转载。出版长篇言情小说《雨荷梦影》，校园言情《疯狂女生》，都市情感《意乱情迷》，历史言情小说《大宋绝恋》(简、繁体版)，悬疑惊悚小说《艺校女生》系列(1、2、3、4部已上市)，长篇校园悬疑小说《原罪》，都市情感悬疑《绝对隐情》、《漩涡》、《海上繁花落》、《伪证》等作品。《凤凰涅槃》获榕树下中文网小说原创大赛悬疑单项大奖，另有多部作品有待出版。现已经出版作品400余万字，国内数十家杂志报刊报道。

白天，他身居布达拉宫，是雪域最高的教王；
夜晚，他流连街头酒馆，是风流多情的诗人。
他用悲悯生灵的佛心度化众生，却度不了自己的苦难；
他寄寓情歌中的缠绵多情，却无法改变命运的无情。

新 书 预 告

他白衣胜雪，他风华绝代；
他精神丰富，他品格高尚。
一生纵然短暂，却让人生了无数艳羡。
他是一段传奇，虽已逝去三百多年，
但仍旧是，独一无二的绝唱。
跟纳兰学修身，丰富人生之旅。
跟纳兰学修心，开悟人生真谛。

王照，笔名泉好，期刊、杂志、报纸专栏作者，作品常见于《爱人坊》《女人坊》和《婚姻与家庭》等几十家报刊媒体，发表文字300多万字。